LA FABULEUSE LIBRAIRIE
DE LIBBY QUINN

FREYA KENNEDY

LA FABULEUSE LIBRAIRIE DE LIBBY QUINN

Traduit de l'anglais
par Ève Vila

ÉDITIONS | PRISMA

Titre de l'édition originale :
The Hopes and Dreams of Libby Quinn

ISBN : 978-2-8104-3699-6

Pour le vrai grand-père Ernie
qui nous a laissé tant de souvenirs empreints de magie.

Prologue

Vingt-six ans plus tôt

Il était une fois une petite fille qui s'appelait Libby, qui voyageait dans une centaine de mondes et vivait un millier de vies. Il lui suffisait d'ouvrir un livre et elle en découvrait la magie, tout simplement.

– Il n'y a pas plus beau cadeau que celui de transmettre l'amour de la lecture, lui dit son grand-père Ernie.

Juchée sur ses genoux, elle leva la tête vers lui et cligna des yeux. La laine du gilet fétiche du vieil homme grattait ses bras nus.

– Où en étions-nous ? lui demanda-t-il, en parcourant les pages jaunies de leur dernier livre acheté dans une boutique d'occasion.

Selon lui, les livres devaient être aimés et même ils devaient avoir l'air dorlotés. Il adorait les pages cornées et les dos brisés. Il affectionnait les notes griffonnées dans la marge. Signes qu'un livre avait été disséqué, lu, dévoré.

Avec ses petites mains, Libby tourna les pages.

– On en était là, je crois…

Elle désigna une page fraîchement cornée tout en haut.

– Il se pourrait bien que tu aies raison, Libby, s'esclaffa son grand-père. Pile au moment où Compère et Commère Gredins vont enfin recevoir ce qu'ils méritent !

Brûlant de découvrir la suite, Libby ressentit une vague d'excitation. Elle était impatiente de voir défaits les affreux Gredins et leurs horribles manières.

– Quand on aura fini, tu pourras me raconter une histoire à toi ? De quand tu étais petit ?

Libby aimait les histoires des livres, mais elle adorait tout autant celles racontées par son grand-père.

– Eh bien, en fait, répondit-il, je pensais qu'on aurait pu aller à la librairie, pour voir si on pouvait choisir un ou deux nouveaux livres.

Elle passa les bras autour de son cou et embrassa sa joue râpeuse.

– Vraiment, on peut ? demanda-t-elle.

– Bien sûr, répondit-il. Tu imagines, Libby, si nous avions une librairie à nous ? À quel point ce serait incroyable ? Tous ces livres…

– Je n'en sortirais jamais, jamais de jamais.

Son grand-père sourit.

– Oui, je crois que moi non plus. Qui sait, peut-être qu'un jour… Mais d'abord, découvrons ce qui arrive aux deux Gredins.

Libby acquiesça, posa la tête sur la poitrine de son grand-père et regarda son doigt se déplacer sous les mots au fil de la lecture. Et l'histoire prit vie sous ses yeux.

Chapitre 1

Les Grandes Espérances

Libby n'avait pas bien dormi. Pas bien du tout. Une effervescence (peut-être due à l'excitation ou à la nervosité, ou encore aux deux) l'avait maintenue éveillée la majeure partie de la nuit.

Finalement, elle le faisait ! Elle poursuivait son rêve. Ce rêve partagé pendant des années avec son grand-père bien-aimé. Elle ressentait un petit pincement au cœur quand elle pensait à lui, mais elle savait qu'il n'avait pas complètement disparu. Il se tenait à ses côtés. Pour toujours.

Elle en avait eu l'intime conviction en attrapant son exemplaire fatigué des *Grandes Espérances* et en le parcourant. Tout en le lisant, elle pouvait presque distinguer la voix de son grand-père. Elle se souvenait même de la première fois qu'il avait ouvert ce roman (déjà bien aimé à l'époque, avec son dos brisé, ses pages jaunies) pour le lui lire. L'invitant ainsi dans l'univers de Pip et d'Estella, et de l'incomparable Miss Havisham.

Avec un signe de tête vers la photo d'Ernie, posée sur la commode dans sa chambre d'enfant, Libby interrompit sa lecture pour chuchoter :

– On le fait, grand-père. Ça y est, on le fait !

Quand elle reposa le livre, il était encore trop tôt pour qu'un être sain d'esprit ne se lève. Elle mit un pied sous la douche et parcourut mentalement sa liste.

D'abord : aller chercher les clés. Le moment crucial. Celui qui faisait faire un saut périlleux à son estomac. Le moment qui lui permettait de chasser toutes les inquiétudes à propos de ce qu'elle trouverait, une fois ouvertes les portes de son nouveau bien sur Ivy Lane.

Bien sûr, aujourd'hui, la boutique ne ressemblait pas à grand-chose. En fait, de l'extérieur, on avait l'impression qu'il valait peut-être mieux tout raser et bâtir du neuf. Mais Libby voyait au-delà de l'enduit abîmé, de la peinture écaillée sur les montants des fenêtres et des journaux jaunis qui couvraient les carreaux des bâtiments situés à l'angle de la rue. Elle voyait même au-delà de la descente de gouttière cassée, dans l'appartement du dessus, et du tuyau de trop-plein qui semblait abriter son propre écosystème. Elle fermait les yeux et son imagination faisait le reste.

Dès que sa meilleure amie Jess l'avait appelée pour lui annoncer que la boutique de ses rêves était vendue aux enchères, Libby avait su exactement quoi en faire.

Précisément ce qu'elle avait si souvent évoqué avec son grand-père. Ce qu'ils avaient toujours dit qu'ils feraient « un jour », sans croire réellement que ce serait possible. En tout cas, pas tant que la vie consistait à être raisonnable et à ne pas prendre de risques.

Libby Quinn en avait assez de se montrer raisonnable. De ne jamais prendre de risques. Au fond d'elle-même, elle brûlait de vouloir davantage et c'était là sa chance de s'y essayer. Elle transformerait cette boutique délabrée en un petit coin de paradis, un endroit où le parfum entêtant des livres se mêlerait à l'arôme chaud du café et des gâteaux, dont l'atmosphère chaleureuse accueillerait chaque personne qui en franchirait le seuil. Dans cette ruelle, une oasis de calme s'offrirait à tous les amoureux des livres, exactement comme elle.

L'appel de Jess n'aurait pu mieux tomber. Libby s'occupait de la tombe de son grand-père et le mettait au courant des dernières nouvelles, comme elle le faisait chaque semaine. Elle lui avait demandé de lui faire un signe pour la guider dans son avenir professionnel, lorsque son téléphone avait sonné.

Tandis que Jess parlait, Libby avait les larmes aux yeux et la chair de poule.

– C'est notre boutique, papi, avait-elle dit après avoir raccroché. Celle qu'on trouvait parfaite pour une librairie !

Et c'était exactement cet immeuble-là, avec sa façade et sa corniche en pierres d'origine, ses fenêtres encadrées de bois. Selon eux, le lieu était prêt pour une rénovation conduite avec amour. Justement, Ivy Lane retrouvait de l'animation, grâce au développement du campus universitaire tout proche, mais aussi grâce au nombre croissant de visiteurs qui affluaient vers Derry chaque année pour s'imprégner de son histoire et de sa culture.

Grand-père Ernie l'avait prédit. Il avait dit que tout adviendrait en son temps, et il avait eu raison. Libby le constatait. Ce n'était pas encore le plein essor (une bonne chose, s'agissant du prix de la boutique), mais la situation était en bonne voie.

Aujourd'hui, elle avait les moyens et l'énergie de tenter sa chance. Le prix annoncé s'inscrivait largement dans ses budget. Enfin… il le serait, d'après Libby, une fois qu'elle aurait vendu sa maison, celle qu'elle avait achetée dès qu'elle avait réuni un petit apport et restaurée avec amour. En cumulant l'héritage généreux légué par son grand-père et l'indemnité de licenciement perçue après treize années de bons et loyaux services dans une société de relations publiques, toutes les chances étaient de son côté.

Elle avait aussitôt mis sa maison en vente. Par bonheur, le marché penchait en sa faveur et, en quelques jours, elle avait trouvé un acheteur prêt à payer comptant. Elle avait donc prévu de retourner vivre temporairement chez ses parents.

Elle avait noté la date de la vente aux enchères du 15 Ivy Lane dans son agenda et avait écarté toute pensée négative : par exemple, un autre acquéreur susceptible de surenchérir. Ce bien lui était destiné, il fallait qu'elle y croie.

Elle s'était attendue à ce que ses parents la jugent déraisonnable. Mais leur réaction l'avait surprise.

– Eh bien, c'est parfait, avait dit son père, la larme à l'œil, quand elle lui avait exposé ses projets. C'est exactement ce que ton grand-père aurait voulu pour toi.

Il avait tendu ses mains vers les siennes et les avait serrées, tandis que sa mère tamponnait ses yeux avec son torchon. Tous deux faisaient encore leur deuil, Libby le savait. Grand-père Ernie avait vécu dans la maison des Quinn durant trente années, et Libby en avait trente-quatre. Jim s'assurait en permanence que son père ne manque de rien, et, plus que tout, de compagnie.

– Je regrette que nous ne l'ayons pas fait de son vivant, avait ajouté son père.

Sa mère avait posé une main apaisante sur l'épaule de son mari.

– Là, Jim… Allons ! Nous avons toujours dit que les choses adviendraient en temps voulu. Pensons à la joie du vieux schnoque s'il était assis là à regarder notre Libby poursuivre ses rêves !

Bien que Linda Quinn ait un assortiment de mots choisis pour décrire feu son beau-père, sa voix trahissait une véritable affection quand elle l'évoquait.

– Pas de miracle, il va falloir bosser dur, avait dit Linda à sa fille unique. Tu vas devoir mettre les mains dans le cambouis.

– Je n'ai pas peur de me salir, maman, avait rétorqué Libby d'un air malicieux. Je n'ai pas affronté la restauration de ma maison, peut-être, et je ne m'y suis pas tenue ?

– J'ai l'impression que cette boutique-là te donnera plus de boulot que ta maison, ma chérie. Et j'imagine qu'il faudra la terminer plus vite aussi.

– Elle nous aura les garçons et moi pour l'aider, avait ajouté Jim. Et tu sais y faire avec un seau et une serpillière, toi aussi, Linda.

– Pas de repos pour les braves, avait conclu sa mère en levant les yeux au ciel.

Mais Libby avait remarqué l'air chaleureux de son père, quand il s'était tourné vers sa femme pour lui rappeler :

– Et encore moins pour les bonnes âmes.

À présent, sous sa douche, Libby commençait à paniquer, à la pensée de ce que pouvaient dissimuler la peinture écaillée et l'enduit craquelé du 15 Ivy Lane.

Elle prit une profonde inspiration. Les étoiles s'étaient alignées pour l'amener jusqu'ici, se remémora-t-elle. Elle espérait qu'elles seraient partantes pour un petit bonus et qu'elles garderaient leur position durant les semaines et mois à venir.

Elle avait acheté le bien sans l'avoir vu elle-même. Une démarche audacieuse, Libby le savait. Mais son père avait inspecté l'extérieur, sondé les murs, levé ses yeux d'entrepreneur sur l'immeuble, et il avait déclaré qu'il avait « une bonne carcasse ».

Mais en dépit de ce regard affûté, l'approche du grand moment la rendait de plus en plus nerveuse. Dans un peu plus de deux heures, les clés de son futur reposeraient entre ses mains. Elle ouvrirait la porte de son immense investissement et découvrirait ce qu'elle *devrait* affronter.

Dix ans d'inoccupation, c'était long pour un bâtiment. Dieu seul savait quelles fuites ou créatures avaient pu sévir durant cette période. Elle frissonna. Le mot « infestation » rendait Libby Quinn malade. S'il y avait une seule chose susceptible de mettre ses nerfs en pelote, c'était bien ces petites créatures poilues qui détalaient dans tous les sens. Elle ne parvenait même pas à prononcer le mot commençant par un « s ».

– Concentre-toi sur ce que tu sais, s'exhorta Libby, en rinçant ses cheveux châtains. Valorise le positif, se répéta-t-elle à haute voix. L'extermination des nuisibles ne tient qu'à un coup de fil.

Jim avait sollicité tous ses copains du bâtiment. Un électricien passerait pour vérifier le système électrique avant qu'elle n'allume quoi que ce soit. L'alimentation en eau était censée fonctionner, mais en cas de problèmes, un plombier avait été réquisitionné pour y jeter un coup d'œil. De toute façon, il viendrait inspecter la tuyauterie.

– On n'est jamais trop prudent avec les vieilles bâtisses. Il peut y avoir du plomb dans les canalisations ou de l'amiante dans les murs. Un diagnostic complet nous donnera une vue d'ensemble, avait dit son père.

Et puis, il ne serait pas surpris que la barrière d'étanchéité soit endommagée. Mais elle ne devait pas s'inquiéter, avait-il ajouté en voyant son air inquiet. Il connaissait des gens. Ils lui feraient un prix d'ami.

De plus, elle avait décroché la boutique à un moindre prix et avait plus d'argent qu'elle ne l'avait prévu. Malgré tout, son budget n'était pas illimité. Elle ferait la majorité du boulot elle-même. Elle mettrait les mains dans le cambouis, comme elle l'avait dit à sa mère. Elle regarda ses mains, alors qu'elle s'essuyait après la douche, la manucure gel d'un rose clair datant de la semaine précédente ne durerait pas longtemps. Elle dirait au revoir à ce genre de frivolités dans les mois à venir.

Pourtant, elle soupira : qu'importait le coût, elle le faisait. Libby Quinn le faisait ! Elle avait acheté une boutique vacante, délaissée, au coin d'Ivy Lane, et elle n'accomplissait pas seulement son rêve, mais aussi celui de son grand-père. Elle n'échouerait pas. Elle ne pouvait pas échouer.

***

Libby savait que le sac à ses pieds, rempli de produits d'entretien, lui serait aussi utile pour la tâche à venir qu'une cuillère de Doliprane pour enfants à une femme qui accouche, mais malgré tout, elle avait insisté pour l'emporter. Elle utiliserait son contenu, et plus (bien plus !) durant les mois à venir, mais en l'ayant avec elle, elle avait l'impression de s'approprier les lieux avant même d'avoir récupéré les clés. Car son projet consistait à emménager dans l'appartement du dessus aussi vite que possible. Ainsi, elle pourrait rénover la boutique matin, midi et soir. Une partie d'elle-même, toute petite, minuscule, s'agrippait avec un optimisme désespéré à l'espoir que l'appartement serait une capsule témoin stylée, prête à l'accueillir après un coup de plumeau et une pulvérisation de désinfectant parfumé.

– Tu es sûre de vouloir y aller sans nous ? demanda son père au petit déjeuner.

Tout comme Libby, Jim et Linda Quinn n'avaient pas pu rester au lit et ils frémissaient d'excitation.

– Il faut que j'enfile mon costume de grande personne et que je le fasse toute seule, lui répondit-elle.

Ce qui n'était pas tout à fait vrai. Ant O'Neill, son copain depuis huit mois, l'accompagnerait pour récupérer les clés à l'étude de notaire. Gestionnaire dans une banque nationale, il respirait le calme et le professionnalisme, qualités qu'aucun membre de la famille Quinn ne possédait en cet instant. Il l'aiderait à contrôler ses émotions et à ne pas sangloter sur l'épaule du jeune clerc qui avait finalisé les documents.

– Vous nous retrouverez sur place tout à l'heure, ajouta-t-elle. Une fois que j'aurais eu un moment pour m'adapter. Vers onze heures, ça irait ?

Jim hocha la tête.

– Pas de souci, ma chérie. Ton grand-père aurait été très fier de toi, tu sais, ajouta-t-il d'une voix brisée.

Incapable de parler de peur d'ouvrir les vannes, Libby se limita à un geste d'au revoir.

Heureusement, toute potentielle crise émotionnelle fut abrégée par le bruit d'une voiture au-dehors et le hurlement d'un klaxon.

– Mon carrosse m'attend, annonça Libby, des papillons dans le ventre.

Sa mère intervint :

– Avant que tu files, nous avons un petit quelque chose pour toi.

Libby lut sur le visage de sa mère qu'elle préparait une offensive émotionnelle, et la jeune femme posa une main sur son ventre pour se calmer.

– C'est juste un petit truc, pour la boutique, ajouta sa mère en lui tendant un sachet en papier.

Libby déplia le sachet avec soin et le secoua pour faire tomber le contenu dans sa paume. Les yeux humides de larmes, elle contempla une photo de son grand-père et d'elle, enchâssée dans un porte-clés en plastique. Sur la photo, elle avait huit ou neuf ans, et ils souriaient tous les deux à l'appareil. Son cœur se serra, pétri d'amour et de chagrin.

– Je l'adore, émit-elle d'une voix rauque. À cet instant, un coup de klaxon fracassant attira son attention.

– Tu ferais mieux d'y aller, l'encouragea son père.

Elle les embrassa tous les deux.

– À plus tard.

***

– Tu es prête ? demanda Ant, tout sourire, les yeux pétillants.

Le genre de pétillement qui, en temps normal, transformait ses jambes en coton (d'autant plus qu'elle n'avait rien avalé et que son taux de sucre était forcément très bas).

– Je ne sais pas si je vais crier de joie ou vomir, répondit Libby en posant son sac sur le siège arrière.

Elle remarqua la présence d'une bouteille de champagne et d'une enveloppe avec son nom.

– C'est juste une carte pour te souhaiter bonne chance, déclara Ant en suivant son regard. Et un petit quelque chose pour trinquer à ta nouvelle piaule… Bien que tes parents aient une maison charmante, ce n'est pas le meilleur moyen pour que tu te débrouilles toute seule.

Il sourit à l'instant où le ventre de Libby se serra.

Ant O'Neill était aussi incorrigible qu'insatiable. Libby ne put s'empêcher de sourire en grimpant sur le siège à côté de lui.

– On dirait bien un plan, dit-elle en se penchant pour l'embrasser.

Elle n'avait anticipé qu'un rapide baiser, mais il l'attira plus près et l'embrassa à lui en donner des frissons. Elle s'écarta en riant.

– Anthony O'Neill, cessez ces comportements. Le travail nous attend. Et pas qu'un peu !

– Oui, madame, répondit-il avec un salut. Je suis à votre service. Maintenant en route, allons chercher ces clés !

Libby avait un si large sourire qu'elle en avait presque mal aux joues, mais elle n'aurait pu le réprimer, même si sa vie en dépendait. Aucun retour en arrière possible. Contre vents et marées, voire contre toutes créatures poilues, elle était la fière propriétaire d'un bâtiment à rénover et elle ne ménagerait pas ses efforts pour qu'il en soit ainsi.

Chapitre 2

Des souris et des hommes

Ant l'avait aidée à rédiger le premier jet d'un business plan. Sa gentillesse allait jusque-là. Il connaissait les chiffres clés à indiquer, tandis que Libby avait plutôt tendance à se perdre dans la réflexion : quels livres avoir en stock, comment rendre l'endroit accueillant pour les lecteurs et les auteurs…

Elle avait une vision très claire de ce qu'elle voulait : une librairie qui proposerait des classiques aussi bien que des titres contemporains. Une boutique avec un petit coin où l'on pourrait prendre un café, un thé ou un chocolat avec des Chamallows fondants, pour que l'achat de bouquins devienne une expérience à part entière. Elle voulait abriter un centre névralgique pour les amoureux des livres. Elle installerait de petits espaces où les auteurs pourraient louer un poste de travail, réserver une heure ou deux pour écrire sans interruption, baignant dans l'odeur de l'encre et du papier. Elle voyait une étagère pour présenter les livres dont elle était tombée amoureuse sur les genoux de son grand-père. Les contes mythiques de Roald Dahl. Mais aussi *La Petite Sirène* et *Le Jardin secret*. Des contes de fées, ainsi que les premières œuvres littéraires, rendues accessibles par la voix douce de son grand-père et sa patience infinie pour répondre à ses innombrables questions.

Libby gardait espoir, même si le marché du livre se révélait plus compétitif que jamais. Et aussi malgré le fait que les gens étaient plus enclins à télécharger le dernier titre, ou à le balancer dans leur caddie, à côté de leurs courses de la semaine. Même Ant se révélait enthousiaste par rapport à certaines de ses idées. Le café, les postes de travail pour les auteurs et les groupes d'écriture allaient sans aucun doute se montrer rentables, avait-il dit. À moins qu'elle ne se trompe, il avait l'air plutôt impressionné.

Grâce à lui, elle avait pris confiance et exposé ses projets à ses parents. Ils lui avaient toujours témoigné un soutien sans faille, mais elle savait que, cette fois, ils s'inquiétaient pour elle. Surtout après le décès de son grand-père Ernie.

– Tu sais bien que ton grand-père aurait voulu que tu sois heureuse, lui avait dit Jim, après que Libby lui eut exposé les grandes lignes de son projet. Mais c'est un gros boulot !

– Eh bien, tu m'as toujours encouragée à faire de grands rêves, avait renchéri Libby. Et je ne veux pas passer ma vie à me demander « Et si ? ». Papa, c'est ma chance de faire ce dont papi et moi avions toujours parlé.

Jim avait acquiescé.

– Alors je ferai de mon mieux pour t'aider, avait-il conclu.

Et elle le savait sincère.

Elle espérait seulement qu'il ne changerait pas d'avis en découvrant l'intérieur de son bien immobilier fraîchement acquis.

***

– Bon, dit Ant, sur le trottoir, devant le numéro 15 d'Ivy Lane. Tout ça c'est à toi. Qu'est-ce que tu en penses ?

Libby relâcha le souffle qu'elle retenait depuis une éternité, lui semblait-il. Était-ce son imagination ou l'endroit était-il encore plus délabré qu'elle ne le pensait, à moins que la réalité n'ait commencé sournoisement à se faire jour ?

Elle hocha la tête et le regarda. Des larmes lui piquaient les yeux. Tout cela lui parut un peu trop écrasant, réalisa-t-elle.

– Tu peux y arriver, tu le sais, dit Ant. C'est effrayant, je te l'accorde, mais ce n'est pas hors de portée.

– Et si l'intérieur tombe en ruine ? Mais si ça part vraiment en morceaux ? Pourri jusqu'à la moelle ? Irrécupérable ? poursuivit-elle. Oh, bon sang, j'aurais été bête à ce point ? Jusqu'à balancer tout mon argent dans un bâtiment dont je n'ai même pas aperçu l'intérieur ?

La panique menaça de l'envahir.

Ant posa les mains sur les épaules de sa copine.

– Libby, regarde-moi.

Elle le fixa. Elle riva son regard à ses yeux chocolat, aux ridules d'expression qui les encerclaient et lui conféraient un charme fou à la George Clooney.

– Ne flippe pas. Quoi que nous trouvions, ce sera réparable. Tu peux le faire. Tu devras seulement faire preuve de courage.

– Et revêtir mon costume de grande fille, dit-elle pour se rassurer.

– Celui que j'aime ? s'enquit Ant, en affichant un sourire coquin. Avec la dentelle et…

Elle lui asséna un petit coup avant de le repousser dans un rire.

– Pas maintenant, on a du boulot.

Ils se retournèrent vers l'extérieur du bâtiment, recouvert d'une peinture verte écaillée.

– Allons-y, déclara Libby, tentant de réprimer le tressaillement dans sa voix.

Elle trouva la bonne clé sur le porte-clés rouge (celui avec inscrit « devanture » au stylo bleu sur l'étiquette) et prit une profonde inspiration.

– J'ai l'impression de vivre un moment historique, déclara Ant tout sourire.

– C'est le cas ! approuva Libby.

Elle glissa la clé dans la serrure et, avec un brin de force persuasive, parvint à la tourner. Elle posa l'épaule sur la porte, pesa de tout son poids et parvint à l'ouvrir en la poussant.

– Vérifie qu'il n'y a pas des petites choses poilues, chuchota-t-elle, les yeux clos, s'attendant à entendre des petits pas de souris détaler sur le sol.

Mais, en cet instant, elle ne distingua que les martèlements de son cœur.

– Rien d'après ce que je vois, déclara Ant. Mais il fait tout noir là-dedans. Quand as-tu dit que l'électricité serait mise en fonction ?

– Elle doit déjà l'être, mais je préférerais ne rien allumer avant que l'électricien n'y jette un œil.

– Bah, soit ça marche, soit ça ne marche pas, lâcha Ant.

Elle ouvrit les yeux, juste à temps pour le voir atteindre un interrupteur près de la porte et l'actionner. Elle eut la vision fugace d'un choc électrique qui l'enverrait bouler à l'autre bout de la pièce, mais aucun drame ne se produisit. Seul un bref éclat de lumière mourut aussitôt qu'il était venu à la vie.

– Un plomb a dû sauter, expliqua Ant. J'espère que l'électricien ne tardera pas à passer.

Il sortit son téléphone de sa poche.

– On va devoir faire avec ce que l'on a, ajouta-t-il en allumant la lampe et en éclairant l'intérieur de la boutique.

Libby lui emboîta le pas, bien que l'odeur ait dû l'aiguiller sur ce qui l'attendait. C'était un stupéfiant mélange d'humidité et de pourrissement, une touffeur de renfermé. Et aux quatre coins du vaste espace flottaient des particules de poussière, qui renfermaient sûrement une espèce de virus, pour le moins mortel.

– Je vais arracher un peu de papier, proposa Ant en marchant vers la fenêtre.

Il fit de son mieux pour décoller le papier journal qui adhérait aux vitres depuis une éternité. Les fragments détachés laissèrent des vestiges d'articles imprimés sur les carreaux. D'autres parties restèrent résolument collées.

– On va devoir les détremper, suggéra-t-il, en prenant du recul et en s'essuyant les mains sur son pantalon cargo.

Deux empreintes de mains noires se transférèrent sur le pantalon clair.

– Tu n'as pas réfléchi sérieusement à ta tenue, si ? s'enquit Libby.

Il baissa le regard et sourit.

– J'imagine que non. Mais les vêtements, ça se lave. Je suis certain que ça partira au lavage.

Libby n'était pas aussi catégorique. On aurait dit le genre de crasse qui résistait à vie. Il lui faudrait plus qu'un sac rempli de pulvérisateurs antibactériens et de décapant industriel pour, au mieux, l'atténuer !

Elle se félicitait d'avoir enfilé son vieux jean, un T-shirt *oversize* gris emprunté et jamais rendu à un ex, et ses baskets les plus confortables. Elle s'était attaché les cheveux avec un bandana rouge pour dégager son visage. De cette façon, ils avaient moins de chances de ramasser des toiles d'araignée.

Certes, l'odeur était inhumaine. Et la crasse bien épaisse et noire. L'électricité était fichue et les cadres de fenêtre semblaient tout bonnement se décomposer. N'empêche ! La panique nichée au fond de son ventre cédait lentement la place à une joie pure et parfaite.

Elle sourit comme une demeurée et arpenta la boutique jusqu'à l'endroit où se tenait un ancien comptoir à tissus, délaissé dans un coin, assorti d'une vieille caisse enregistreuse fatiguée. Arrivée là, elle regarda derrière elle en direction de la vaste étendue de son nouveau royaume. Elle voyait au-delà de la crasse, des crottes et du plâtre qui s'effritait. Elle voyait le lieu tel qu'il serait.

Et elle le vit magnifique…

Ce fut sa dernière pensée avant qu'une souris, talonnée par deux copines à elle, ne surgisse en courant de dessous le comptoir et ne file entre ses jambes, en un convoi poilu qui la fit hurler à pleins poumons et bondir au-dessus du comptoir susmentionné.

– Je vais appeler les dératiseurs, non ? s'enquit Ant, pendant que Libby s'efforçait de respirer convenablement.

***

Sa respiration avait ralenti jusqu'à approcher de la normale, le temps qu'ils regagnent la sortie et qu'ils fixent leurs regards sur la porte donnant un accès indépendant à l'appartement.

– Quelles sont mes chances d'entrer dans la capsule temporelle parfaite, genre rétro années 1950, que j'espère ? demanda-t-elle en examinant la plaque du numéro en cuivre terni.

– La quoi ? s'enquit Ant.

– On voit ça sur Internet. De temps à autre, un site piège à clic poste une story sur quelqu'un qui découvre une maison parfaitement conservée, dans son jus, avec installations et équipements d'origine.

Elle se mâchouilla la lèvre.

– Tu as vu l'intérieur de la boutique, non ? demanda-t-il, et elle acquiesça. Et tu sais que les mêmes proprios possédaient aussi l'appartement et qu'ils l'ont laissé pourrir ces dix dernières années ?

Libby le savait. Le propriétaire n'était pas originaire de Derry et vivait en Écosse. Il avait hérité du magasin à la suite d'une très longue recherche de parent encore vivant, après le décès en 2009 de la vieille dame très excentrique qui tenait le magasin de tissus. Ledit parent n'avait très probablement jamais mis les pieds à Derry : il avait mis la boutique aux enchères dès la signature des documents.

– On ne sait jamais. Il y a toujours une chance, dit-elle, son optimisme diminuant à chaque seconde.

– J'admire ton attitude décidée. Ne change jamais, Libby Quinn, déclara Ant. Le monde a besoin d'âmes pures comme toi.

– Rien de mal à garder un brin d'optimisme rempli d'espoir, dit-elle en parcourant les clés sur le porte-clés rouge usé, jusqu'à ce qu'elle trouve celle marquée « 15A », même si elle ne se sentait en réalité pas aussi optimiste qu'elle l'affirmait.

Insérer la clé dans la vieille serrure rouillée ne fut pas une mince affaire et Libby eut besoin qu'Ant recoure à la force pour l'aider à la tourner. Même alors, une fois le verrou ouvert, la porte ne se laissa pas déplacer facilement.

Malgré tout, grâce à l'insistance de la jeune femme, la porte en bois daigna enfin bouger, mais elle progressa lentement comme si quelque chose bloquait son avancée. Ce quelque chose se révéla être une montagne de courriers indésirables tout jaunis et de journaux gratuits empilés à proximité de la boîte aux lettres. D'après la puanteur, ces papiers avaient offert une litière géniale à quelque animal. Probablement de multiples animaux, d'ailleurs, et sans aucun doute des créatures plus grosses que des souris, songea-t-elle, en voyant la taille des crottes et la manière dont le papier avait été déchiqueté.

– Ce sont des marques de dents ? demanda Ant, les yeux écarquillés, les narines fermement pincées.

Son armure de calme commençait à se fissurer.

– Les dératiseurs vont arranger ça, répliqua-t-elle avec une joie feinte.

Elle s'exhorta à penser positif, leva les yeux et s'imprégna du tableau d'ensemble.

Tableau d'ensemble somme toute assez peu réjouissant.

Une volée de marches raides, extrêmement usées, chichement éclairées par une fenêtre sale en hauteur, lui offrait un panorama décevant.

De la main, elle frôla le papier peint décoloré à l'intérieur de la porte et fut démoralisée de le trouver humide.

– C'est peut-être seulement la condensation, déclara Ant.

Mais en levant les yeux vers la coloration jaune et le plâtre craquelé du plafond, Libby comprit que le problème était bien plus sérieux.

Entre cela et la puanteur d'urine animale, Libby sentit les larmes lui piquer les yeux. Après une inspiration (peu profonde pour ne pas inhaler cette odeur infâme), elle se ressaisit.

– Le plafond est réparable. On peut retirer la moquette, dit-elle avec optimisme. Je peux faire reposer un plancher si nécessaire. Et poncer les marches… Mettre des appliques, des vitraux en hauteur. Ce sera superbe.

– Hmmm, murmura Ant, sa voix bien moins affirmée que précédemment. J'admire ton concept d'ensemble.

Elle s'irrita. Elle avait besoin qu'il la soutienne, et pas qu'il se mette à flancher lui aussi.

– Il reste encore l'appartement à voir. Peut-être qu'il sera bien ? dit-elle.

Elle nourrissait encore le secret espoir d'un chez-soi confortable, parfaitement conservé.

– Hmmm, répéta Ant, avec encore moins d'enthousiasme cette fois.

– On entre ? proposa-t-elle.

Au départ, elle avait nourri le léger fantasme qu'il la porterait dans ses bras pour franchir le seuil, mais étant donné le risque élevé de glisser sur une crotte de rongeurs et son insistance à garder une main rivée sur le nez pour masquer l'odeur, cela lui paraissait improbable.

Libby ouvrit la voie vers l'étage à l'affût de la moindre fissure, yeux et oreilles aux aguets, guettant les signes d'amis poilus.

Bien entendu, elle avait su que l'appartement, inhabité depuis plus de dix ans, ne pourrait être qu'une coquille pourrie, ayant tout juste l'apparence d'un bien habitable. Pourtant, c'était terriblement pire que ce qu'elle avait imaginé. Ce lieu était totalement décrépit. Point final.

L'odeur ne s'était pas améliorée non plus. À présent, un fumet de « cadavre vraisemblablement enterré quelque part » s'ajoutait au mélange.

Le visage d'Ant avait viré au vert sans équivoque.

– Je vais aérer, déclara Libby.

Elle se dirigea vers les fenêtres à guillotine du salon, qui donnaient sur Ivy Lane. Elle les secoua violemment jusqu'à ce qu'elles s'ouvrent enfin péniblement, dans un crissement, centimètre par centimètre, et laissent entrer une bouffée d'air frais qu'elle aspira goulûment. Elle plaqua un sourire sur son visage et fit volte-face.

– Il y a du potentiel ici, lâcha-t-elle, en se tournant vers les cerisiers en fleurs, de l'autre côté de la rue.

Contrairement à l'intérieur, c'était une promesse de beauté.

– C'est un boulot énorme, Libby. Plus important que je ne l'avais prévu.

Elle regarda autour d'elle. C'était un boulot énorme, oui. Titanesque. Peu de choses inspirait confiance. Le papier peint qui se décollait datait des années 1980, et la moquette, qui collait sous les pieds, probablement des années 1970. La peinture s'écaillait et jaunissait. La cuisine ne tenait debout que grâce à la crasse, et pas à grand-chose d'autre. Un vieux radiateur à gaz absolument affreux et assez dangereux était accroché au mur du salon. Dans ce qui était censé être la chambre, il n'y avait que quelques rouleaux de tissu psychédélique, des cartons détrempés et un mannequin implorant qu'on le sorte de sa détresse. Libby ne se sentait pas assez de courage pour jeter un coup d'œil à la salle de bains. Au vu de l'expression d'Ant quand il en était sorti, elle était heureuse de reporter cette expérience à plus tard.

– C'est faisable. Il le faut. Je suis trop impliquée là-dedans pour faire marche arrière, statua Libby, tout en réalisant qu'elle se devait de persévérer, envers et contre tout.

Malgré ses imperfections, cet endroit lui donnait l'impression de lui être destiné.

Certes, elle ne savait pas par quel bout commencer. Mais elle était persuadée d'une chose : il lui faudrait, hélas ! bien plus qu'un sac de désinfectant, de chiffons de nettoyage et de désodorisant. Elle devrait commencer petit.

Elle plongea la main dans sa poche à la recherche du nouveau porte-clés offert par ses parents et remplaça l'ancien.

– Voilà, c'est déjà mieux !

– C'est vrai, répondit Ant avec un sourire. Et ça n'ira qu'en s'améliorant à partir de maintenant. Je te conseille de faire venir une benne immédiatement. D'embaucher quelqu'un pour qu'il arrache tout. Qu'il dénude tout et qu'ensuite tu puisses commencer à reconstruire.

Libby réfléchit à son budget. Elle en avait conscience, il serait mis à l'épreuve bien plus que prévu. Elle soupira.

– Saute la case embauche, je peux le faire moi-même. J'espérais peut-être enrôler quelques costauds, ou femmes, pour m'aider à débarrasser ? Je dois prendre les choses en main, Ant, et réaliser le maximum par moi-même. Mon budget est limité, tu le sais bien.

– Pour les dépenses, je t'aiderai, dit-il avec un sourire.

Ant était un businessman à la réussite florissante. Au fil des années, il avait su où et quand investir son argent. Par conséquent, il était devenu exceptionnellement riche… et généreux. Il n'avait pas encore rencontré de problème qu'il n'aurait pu résoudre, soit en injectant de l'argent soit en usant de ses charmes.

– Ant, je dois faire ça toute seule. Financièrement, je veux dire. Par contre, je ne refuserai jamais un coup de main. Tout comme un massage réconfortant.

Elle lui fit un clin d'œil. S'efforçant de le flatter pour qu'il accepte d'impliquer son physique musclé de joueur de foot gaélique dans ses projets.

– Je ne fais pas le gros œuvre, dit-il. Tu le sais. Je ne peux pas risquer une blessure sur le chantier. Et je ne ferais que te freiner… Ça aussi tu le sais. Tu dois trouver quelqu'un de capable, et si tu n'acceptes pas mon aide financière, alors peut-être qu'il faudra que tu acceptes un petit compromis ?

À l'entendre, on aurait pu croire qu'il jouait dans l'équipe nationale et pas dans le club local, et des matchs amicaux en plus.

Libby se sentit rejetée.

– Libby, ne sois pas fâchée contre moi, dit-il en l'attirant contre lui.

Il la serra dans ses bras.

– On doit se montrer raisonnables.

Le téléphone d'Ant sonna. Il s'éloigna en lui faisant signe qu'il le prenait à l'extérieur. Il se pinça le nez et grimaça pour souligner le fait que l'odeur l'indisposait. Quand elle le suivit enfin au-dehors, il déchargeait le matériel de nettoyage de sa voiture. Un instant, son cœur tressauta. Avait-il changé d'avis et allait-il l'aider en fin de compte ?

– Écoute, il faut que j'y aille. Une urgence au boulot. J'ai appelé le gars contre les nuisibles et il va bientôt passer. Je vais m'arranger pour le loueur de bennes aussi. Prends le temps de t'imprégner du lieu. Sans que je sois sur ton dos. Et quand tu en auras marre de jouer à la marchande, rejoins-moi chez moi. Je nous préparerai un délicieux repas, on pourra ouvrir cette bouteille de champagne et célébrer l'événement comme il se doit ? Et je te ferai ce massage, OK ?

Libby eut du mal à dissimuler sa déception, mais elle n'avait aucune envie de faire une scène. Elle ne voulait pas gâcher ce jour mémorable par une dispute insignifiante. Peut-être qu'il avait raison ? Elle serait moins gênée sans son regard, lui rappelant sans cesse le boulot gigantesque qui l'attendait.

– Mon père s'occupera de la benne, dit-elle. Il connaît des gens. Mais oui, vas-y. Je te verrai plus tard. Mets le champagne au frais.

Elle se força à afficher un sourire lumineux et il l'attira contre lui pour lui embrasser le front. Bien qu'en couple depuis huit mois, ils n'avaient pas encore atteint le stade du « Je t'aime », mais il lui chuchota qu'il croyait en elle, avant de remonter joyeusement dans sa voiture de luxe et de démarrer.

Gonflant la poitrine, Libby jeta un regard à la boutique derrière elle. Sa boutique. Infestée comme elle l'était de créatures poilues et avec cette odeur de toilettes, c'était tout de même la sienne. La sienne propre. Elle la possédait et elle ferait en sorte que ça marche.

Malgré tout, elle ne put s'empêcher de lâcher un bruyant soupir de soulagement quand elle aperçut la voiture de ses parents tourner au coin de la rue. Son père arborait un air de fierté et d'enthousiasme, et à cette vision, le cœur de Libby s'emballa.

Chapitre 3

Les Misérables

– J'ai vu pire, déclara son père. Une fois que les corps de métier seront passés, on réglera ça vite fait bien fait.

– Tu penses vraiment ce que tu dis ?

– Absolument. Enfin, peut-être pas aussi vite fait, mais ce sera fait, en tout cas. Patience, ma chérie. Et peut-être qu'il faudrait repousser la date d'ouverture ?

Le cœur de Libby se serra. Elle ne voulait pas reporter cette date. Elle avait choisi le 5 août (qui n'était que dans dix semaines) pour une bonne raison : c'était l'anniversaire de son grand-père.

– Ton grand-père comprendrait, déclara son père, en posant une main sur son épaule.

– Bien sûr que oui, lui assura sa mère d'une voix douce.

Mais pas Libby. Ouvrir la librairie le jour précis où son grand-père aurait soufflé ses quatre-vingt-sept bougies faisait partie intégrante du projet.

– On verra, répondit-elle. Je suis prête à travailler autant qu'il le faudra. Je n'ai pas d'autre activité prévue et si on peut embarquer des gens en route…

Ses parents échangèrent un regard. D'après ce regard, elle comprit qu'elle s'avançait trop, mais selon elle, ils sous-estimaient sa détermination.

– Nous ferons notre possible pour t'aider, renchérit son père. Tu le sais. Seulement, on ne veut pas que tu te mettes en situation d'échec.

– Je comprends. Mais donnez-moi une chance.

À l'instant où elle prononçait ces paroles, elle fut interrompue par un énorme fracas : dans le couloir menant à l'appartement, le plâtre jaunissant du plafond venait définitivement de rendre l'âme, provoquant par là même une belle inondation d'eau marronnasse et boueuse.

***

Libby réussit brillamment à ne pas sombrer dans le désespoir. Elle se concentra sur les choses positives. Il y avait donc l'eau courante à la boutique ! Certes, elle ne se risquerait pas à la boire, mais elle était assez bonne pour faire le ménage. Les exterminateurs de nuisibles avaient fait preuve d'efficacité en posant des pièges et en recherchant tous les accès possibles. Ils avaient la situation sous contrôle, lui avaient-ils assuré, et cela ne devait pas prendre trop de temps.

Son père avait tenu parole. Il avait réservé la première d'une longue série de bennes, avant de consolider les poutrelles du couloir et de réparer le tuyau qui fuyait. Elle avait enfin réussi à faire partir ses parents, sachant qu'elle ne pourrait avancer que très peu ce jour-là. Elle voulait vraiment, vraiment, passer du temps toute seule dans la librairie pour réfléchir, et se remémorer des souvenirs avec son grand-père Ernie. Elle s'accorda encore quelques instants pour rêvasser. Les yeux clos, elle imagina le lieu transformé : les briques qu'elle conserverait apparentes, les luminaires en cuivre, les fauteuils confortables, les étagères recyclées. Elle voulait lui donner une impression hors du temps, tout en proposant au lecteur tout ce qu'il était en droit d'attendre aujourd'hui.

Cette rêverie suffit à rallumer un petit feu dans sa poitrine. Elle décida de marquer sa boutique de son empreinte. D'abord, elle pulvérisa généreusement le vieux comptoir à tissus de lessive détergente et entreprit de le récurer… Sous les couches de crasse se dissimulait une belle finition au vernis. Quand elle eut terminé, elle se planta derrière et inventa un petit jeu de rôle : bavardant avec des clients imaginaires, appuyant sur les touches de sa caisse enregistreuse et souriant comme une idiote à la pensée que cette boutique allait prendre vie.

Elle était tellement absorbée qu'elle n'avait pas remarqué le changement de temps : le ciel bleu avait cédé la place à des nuages menaçants. En passant à la tâche suivante (le lavage des carreaux), elle prit conscience qu'il commençait à pleuvoir. Pourtant, même un déluge n'aurait pu la décourager.

Les nombreuses vitres de la boutique faisaient partie des choses qu'elle préférait, mais elle n'aimait pas les couches de papiers journaux collées par-dessus, ni leur état général de délabrement. Certains cadres en bois étaient glissants de moisissures ou ils avaient pourri à force d'humidité. Puis, bien sûr, il y avait les carreaux cassés et condamnés depuis très longtemps. Elle avait déjà pris rendez-vous avec un vitrier pour la semaine suivante, afin qu'il vienne prendre des mesures. Mais pour l'instant, elle se contenta de gratter les journaux, de verser de copieuses quantités de nettoyant pour vitres sur un chiffon et de frotter en faisant de grands gestes circulaires. Il n'y avait pas de signe plus évocateur d'un futur changement que des vitres barbouillées de grands tourbillons roses et visqueux.

Les bras meurtris, le T-shirt éclaboussé de saleté et d'humidité, Libby décida de sortir pour contempler son œuvre… et poussa un juron lorsqu'elle entendit le clic de la porte qui se refermait derrière elle, la laissant plantée dans la bruine épaisse. Regardant par les fenêtres maculées, elle aperçut les clés de la boutique et de l'appartement posées sur le comptoir, à côté de son portable.

Elle secoua la porte, comme si ce geste désespéré allait débloquer la serrure, ouvrir la porte et lui permettre d'entrer. Elle envisagea de lui donner un coup de pied… Mais elle doutait d'avoir la force nécessaire et, dans le meilleur des cas, cela n'entraînerait qu'une dépense supplémentaire.

Lançant un regard à la ronde, Libby essaya de trouver une solution plus intelligente à son problème. La seule idée qui lui vint à l'esprit fut de traîner son moi trempé, sale et probablement très malodorant jusqu'au bar situé de l'autre côté de la rue, et de demander au barman (qu'elle espérait amical) de lui permettre d'utiliser le téléphone pour demander de l'aide. Elle avait laissé un double des clés à ses parents et si elle arrivait à les convaincre de les lui apporter, elle sauverait le reste de sa journée.

De l'extérieur, l'*Ivy Inn* avait l'air plutôt accueillant. L'endroit n'avait rien d'un bar à vin ultra sélect, ni d'un repaire pour étudiants alcooliques.

Comme ils allaient être voisins, elle se dit que ce serait de toute façon une bonne idée d'aller dire bonjour et de se présenter. Bien qu'elle eût préféré se montrer légèrement plus présentable, elle déposa sa fierté dans une flaque devant la porte de la librairie et traversa la rue.

Avec des baskets suspendues au plafond, telles des efflorescences multicolores, l'*Ivy Inn* dégageait une ambiance avenante. Il annonçait un jardin à l'arrière et, lorsqu'elle poussa la lourde porte en bois, Libby fut soulagée de ne pas avoir à traverser des nuages de fumée.

Le lieu était déjà bien animé pour un début de soirée : des groupes d'amis bavardaient autour de verres de vin et de bouteilles de bière artisanale, quelques familles savouraient un thé un peu à l'avance, des enfants coloriaient avec de gros crayons gras ou étaient penchés sur leurs tablettes pendant que leurs parents prenaient une boisson fortifiante, censée les booster jusqu'à l'heure du coucher. Le pub était bâti sur trois anciennes maisons, à présent réunies, de sorte qu'il proposait de nombreux coins et recoins, où le plus solitaire des buveurs pouvait se réfugier afin de trouver la paix et la tranquillité. L'ambiance générale était chaleureuse et conviviale, exactement telle qu'elle l'espérait.

Libby avait conscience de laisser des empreintes humides sur le sol en ardoise, elle se précipita donc vers le bar, où un grand barman brun était en grande conversation avec deux dames impeccablement pomponnées.

Elle frissonna, pourtant il ne faisait pas froid. L'humidité de la bruine avait traversé ses vêtements. Elle patienta jusqu'à ce qu'il remarque sa présence.

Et patienta encore.

Enfin, elle tenta un toussotement poli, qui n'éveilla nullement l'attention. Dans un second temps, elle se vit donc contrainte d'adopter une toux plus tuberculeuse. Qui, elle, attira l'attention… et un regard assez dégoûté de la part des deux blondes, qui n'appréciaient guère l'apparence détrempée de Libby.

– Tout va bien ? demanda-t-il, d'un ton chaleureux. Je peux t'aider ?

– Eh bien, j'espérais que oui. Je m'appelle Libby Quinn, dit-elle en tendant la main pour serrer la sienne… et elle regretta aussitôt d'avoir levé les bras, car la pluie lui avait donné l'air d'une participante à un concours de T-shirts mouillés.

Il lui accorda une rapide mais ferme poignée de main, sans révéler son nom.

– Heu, j'ai acheté la boutique d'en face.

– Désolé pour toi, dit-il avec un sourire taquin, mais Libby n'était pas d'humeur à rire.

Elle se sentait déjà une âme protectrice envers son nouveau chez-elle. Certes, elle savait qu'il demanderait beaucoup d'efforts, mais elle appréciait moyennement de se l'entendre dire.

– En fait, ce lieu a un fort potentiel, répliqua-t-elle. Ou il en aura un, si je peux un jour retourner à l'intérieur. Je suis sortie, et la porte s'est refermée derrière moi… Bien sûr, mes clés et mon téléphone sont restés dedans.

Elle renifla et frissonna un peu.

– Alors, j'espérais, comme vous êtes mon voisin, que vous me laisseriez gentiment utiliser votre téléphone pour qu'on m'apporte des doubles ?

– Eh bien, je suppose que ce ne serait pas du très bon « voisinage » si je répondais non, pas vrai ? s'enquit-il, d'un ton léger.

– En effet, vraiment pas, dit-elle en claquant des dents.

– Je suppose que je ferais mieux d'obéir, alors, dit-il en se déplaçant jusqu'au bout du bar.

Il souleva le passe-plat et lui fit signe de le rejoindre.

Libby lui sourit (ce qui lui demanda pas mal d'efforts) et le suivit jusqu'à un bureau, où il désigna un téléphone sur la table.

– Tu peux laisser vingt pence près du téléphone pour l'appel, dit-il.

Elle était pratiquement sûre qu'il plaisantait, mais n'aurait pas été surprise du contraire.

– Dès que j'aurai récupéré mon sac, je n'y manquerai pas, déclara Libby, l'observant retourner vers le bar et laissant la porte ouverte derrière lui.

Voulait-il écouter sa conversation ? Ou croyait-il qu'elle allait se sauver avec le bazar de lettres, factures, canettes de Coca vides et emballages de chips froissés, étalés sur le bureau ?

Elle composa d'abord le numéro de ses parents, puis râla quand la sonnerie résonna dans le vide. Elle ne connaissait aucun de leur numéro de portable par cœur. En fait, elle ne connaissait que deux numéros par cœur… et l'un des deux était le sien ! Le second, c'était celui de Jess. Après un coup d'œil à sa montre, elle constata qu'il était assez tard pour que Jess ait terminé ses opérations de la journée. Elle n'aurait pas osé l'appeler, la sachant encore en consultation. Elle composa le numéro et attendit.

– Allô ? répondit son amie d'une voix hésitante, incapable de reconnaître le numéro qui s'affichait sur son portable.

– Jess, c'est moi, Libby. J'ai besoin d'un coup de main.

– Qu'est-ce qu'il se passe ? J'ai attendu de tes nouvelles toute la journée. Tu es à la librairie ? Tu as une ligne fixe qui fonctionne déjà ? Quand est-ce que je peux passer faire ma curieuse ?

– En fait, il se trouve que ce serait bien que tu passes tout de suite, répondit Libby.

Elle écarta le téléphone de son oreille, pendant que sa meilleure amie hurlait de joie.

– Mais j'ai besoin que tu me rendes d'abord un service. Tu peux faire un détour chez mes parents… pour voir s'ils sont à la maison ? J'ai essayé le fixe, mais pas de réponse. Tu les connais, ils n'entendent jamais ce fichu téléphone de toute façon. J'ai réussi à enfermer mon portable et mon sac dans la boutique, et je suis bloquée ici, trempée jusqu'aux os. Mes parents sont les seuls à avoir les doubles, expliqua-t-elle en regrettant de les leur avoir tendus, peu de temps auparavant. Oh, et Jess, tu peux m'apporter des vêtements de rechange aussi… mon jean skinny et un sweat ? Je suis à l'*Ivy Inn*… tu sais le pub juste en face ?

– Ah, ça explique le numéro bizarre, alors, dit-elle.

– En effet, répondit Libby.

Elle jeta un œil par la porte, juste à temps pour apercevoir une femme étrange, avec une tignasse rousse ramassée en un chignon désordonné, un crayon planté en travers. La femme la fixait droit dans les yeux. Elle fit un bond en arrière et sentit qu'elle marchait sur quelque chose. Quelque chose de poilu… et apparemment de très fâché. Un bruyant jappement, suivi d'une salve d'aboiements fit lâcher le téléphone à Libby et lui arracha un cri de surprise.

– Oh, bon sang, pardon ! Je suis désolée, chuchota-t-elle au gros border collie, qui lui bondit dessus.

Était-ce ainsi que sa vie allait s'achever ? Mutilée par un chien enragé, dans l'arrière-salle d'un bar ?

– Paddy ! Par terre, mon gars ! Tu ne peux pas manger les voisins… On en a déjà parlé ! interpella une voix féminine, qui appartenait vraisemblablement à la rousse effrayante.

Dès que la femme entra dans la pièce, le chien se calma instantanément et recula, avant de s'asseoir au pied de sa maîtresse et de prendre l'air honteux approprié.

– Je suis désolée, dit Libby.

Elle se dépêcha de reprendre le téléphone, mais sans oser rompre le contact visuel avec Paddy. À présent, il avait adopté l'attitude d'un chien très docile et amical, et plus du tout la bête féroce qui l'avait terrifiée quelques secondes plus tôt.

– Je lui ai marché sur la queue. Je ne savais pas qu'il y avait un chien.

– Noah ne te l'a pas dit ? Je suis prête à tout pour lui ! dit la femme en s'accroupissant et en ébouriffant la fourrure autour du cou de Paddy.

Il arborait un bandana rouge, identique à celui que Libby portait dans les cheveux.

– La plupart des gens ici connaissent Paddy. Il fait partie des meubles et franchement, crois-le ou non, il ne ferait pas de mal à une mouche.

Libby les contempla tous les deux. Son cœur reprit un rythme normal à l'instant où la voix distante de Jess se fut frayé un passage dans ses pensées.

– Libby ? Libby ! Tu vas bien ?

Elle porta le téléphone à son oreille.

– Oui, oui, je vais bien. Je… Est-ce que tu peux venir aussi vite que possible ? Merci, ajouta-t-elle avant de mettre un terme à l'appel.

Bien sûr, par « bien », elle entendait honte totale et absolue, mais elle n'allait pas le dire au téléphone devant sa nouvelle voisine qui pensait probablement déjà qu'elle était complètement à côté de ses pompes.

– Je ne lui ai pas fait mal, pas vrai ? demanda-t-elle, le visage écarlate.

– Il a l'air d'aller bien, répondit la femme, tandis que Paddy remuait la queue avec malice, comme pour confirmer ses paroles. Dis bonjour à la dame, Paddy.

À ces mots, le chien marcha vers Libby, se laissa tomber lourdement à ses pieds et leva la patte pour qu'elle la serre. Libby ne put s'empêcher de sourire.

– Bon, salut Paddy. Moi, c'est Libby. Heureuse de te rencontrer.

Elle leva les yeux vers la femme.

– Je viens d'acheter la boutique en face, mais je me suis enfermée dehors.

– Ouais. Noah m'a raconté. Heureuse de faire ta connaissance. Je m'appelle Jo et par malheur, je suis l'assistante du gérant de cet endroit.

– Enchantée, déclara Libby avant de frissonner à nouveau. Je suppose que vous n'avez pas de serviette ou un truc avec lequel je pourrais me sécher ? Mon amie arrive, mais pas avant un moment.

– Oh, mince, bien sûr, désolée ! Je t'apporte un truc tout de suite. Noah ne te l'a pas proposé ? Franchement, ce mec !

Jo afficha un grand sourire qui éclaira son visage, et fila chercher une serviette.

Chapitre 4

L'Étrange Cas du Dr Jekyll et de M. Hyde

Dans les toilettes pour dames, Libby avait fait de son mieux avec la serviette que Jo lui avait passée. Elle avait encore l'air d'un chien mouillé, mais son mascara ne s'écoulait plus en petits ruisseaux sur son visage et ses cheveux ne gouttaient plus. Elle évaluait les dégâts dans le miroir quand Jo entra, un T-shirt à la main.

– Tu peux enfiler ça en attendant, OK ? C'est un lot qu'on garde pour les gagnants des quiz. Tu ne gagneras pas le grand prix de la mode avec ! Je suis désolée, il ne nous reste qu'un XXL, mais il est chaud et sec.

Libby en aurait pleuré.

– Merci mille fois, dit-elle avant d'entrer dans une toilette, et d'enlever son T-shirt et son soutif détrempé.

Elle enfila le T-shirt trop grand et se sentit aussitôt mieux, en retournant dans la chaleur du bar.

– Tu peux attendre près du feu si tu veux, lui proposa une voix masculine.

Elle regarda autour d'elle et vit Noah lui désigner le coin à l'extrême gauche du pub.

– La table est encore libre, alors si tu es rapide…

Son T-shirt et son soutien-gorge trempés roulés en un petit paquet, Libby se fraya un passage entre les tables jusqu'à l'endroit où un petit feu de cheminée venait d'être allumé dans l'âtre. C'était juste chaud pour ne pas être accablant, mais suffisant pour compenser la baisse de température.

Libby s'empara du journal posé sur la table. Ce serait un moyen de passer le temps et de se cacher des regards indiscrets.

Décidément, elle n'aurait pas imaginé faire une première impression sur ses voisins dans cet état. S'il n'avait tenu qu'à elle, elle ne les aurait pas rencontrés avant que la librairie n'ait eu l'air en ordre, avec des paniers de fleurs accrochés dehors, des petits espaces d'écriture confortablement meublés et prêts à l'emploi, et le café fraîchement moulu remplissant la pièce d'une odeur délicieuse et accueillante.

Elle avait prévu de déposer des invitations dans tous les magasins, bars et restaurants du quartier, et de les inviter à l'ouverture. Elle servirait du vin et du fromage, et il y aurait peut-être un peu de musique ou une lecture de poésie. Elle avait même projeté de porter la somptueuse robe longue Pinko à bretelles, une folie achetée avec l'argent de son licenciement, juste avant de tout investir dans son affaire.

Débarquer ici, crasseuse et sans un sou pour une tasse de thé ou un appel téléphonique, voilà qui ne faisait assurément pas partie de ses plans.

Pour se distraire, Libby fit semblant de trouver un intérêt pour des articles, qui se faisaient passer pour des infos, consacrés aux scandales des célébrités. Elle priait pour que les dieux de la circulation se montrent aimables, et que Jess arrive plus vite que prévu.

Elle sursauta quand, une ou deux minutes plus tard, elle entendit un faible toussotement. Elle leva les yeux et aperçut

Noah, planté près de sa table, une grande tasse de café à la main, Paddy à ses pieds.

– Jo m'a demandé de t'apporter ça, dit-il.

Libby vit que la rousse levait les pouces en l'air derrière le comptoir.

– Elle dit que c'est sur le compte de la maison. Et Paddy veut savoir s'il peut s'asseoir avec toi ?

Libby leva un sourcil.

– En fait, ce n'est pas tout à fait ça. Ce chien localise la moindre source de chaleur et s'avachit devant. Je ne suis pas assez doué pour l'en empêcher.

– Trop sympa, dit-elle. Mon amie ne devrait pas tarder et ensuite, je vous laisserai tranquille… et je pourrai déposer les vingt pence près du téléphone. Je vais servir du café dans la boutique. Tu peux dire à Jo qu'un café gratuit l'attendra avec son nom dessus, dès que nous ouvrirons.

– Alors c'est ton projet pour ce vieil endroit ? demanda-t-il en s'asseyant en face d'elle.

Paddy, lui, avança lentement jusque devant le feu et s'allongea sur le sol en ardoise, exactement comme Noah l'avait prédit.

– Pas exactement… Juste une petite partie. J'ouvre une librairie.

Noah aspira de l'air entre les dents.

– Une librairie avec la crise économique ? J'admire ton courage.

– Les gens liront toujours des livres, répondit-elle, incapable de réprimer l'irritation dans sa voix.

Elle avait eu cette même conversation une centaine de fois depuis qu'elle exposait son projet. Seuls ses parents et Jess croyaient en elle. Quant à Ant, bon, il s'efforçait de faire semblant, mais elle n'était pas très convaincue.

– Ma librairie sera un peu différente, de toute façon, poursuivit-elle. Plus qu'une « simple librairie ». Un lieu de création, un lieu pour que les auteurs et les lecteurs se rencontrent, et parlent d'écriture, qu'ils aient un endroit calme pour travailler et prendre un bon café.

– Eh bien, je te souhaite une belle réussite… Ce vieil endroit a bien besoin d'un peu d'amour. J'ai toujours pensé qu'il avait du cachet… qu'il méritait que quelqu'un lui redonne un coup de boost. Et tout ce qui peut donner à cette rue un coup de boost est bienvenu, dit-il en souriant.

Libby gigota sur son siège.

– Ben… c'est le plan. Dès que je pourrai y retourner, bien sûr.

– Bon, si tu as besoin de quelque chose : café, T-shirts, téléphones, n'importe quoi, n'hésite pas à passer. Jo ou moi, on est là la plupart du temps. Le reste de l'équipe n'est pas mal non plus. J'ai hâte de voir ce que tu vas en faire.

Jo demanda à Noah de venir l'aider et cela mit un terme à la conversation. Libby n'était pas fâchée de le voir partir. Elle leva le journal et entreprit de se cacher derrière en attendant Jess.

Jess arriva trente-cinq minutes plus tard. Heureusement, elle avait en sa possession un sac contenant une tenue complète de rechange et les doubles des clés, qu'elle agita sous le nez de Libby.

– Je n'ai jamais été aussi heureuse de te voir, je crois, déclara Libby.

Elle se leva pour embrasser sa meilleure amie sur la joue.

– J'aime bien ton T-shirt, dit Jess avec un sourire.

Elle recula pour admirer le T-shirt en coton noir, orné de l'inscription « Ivy Inn » sur la poitrine.

– Trop tendance, déclara Libby pince-sans-rire. Bon, maintenant, sortons d'ici avant que quelque chose d'autre ne débloque.

– Reviens nous voir bientôt, Libby Quinn ! lança Noah, lorsqu'elles se dirigèrent vers la porte.

Tous les regards, y compris celui de Jess, se tournèrent vers lui, avant de revenir sur Libby. Cette dernière poussa son amie vers la sortie et leva une main en signe d'au revoir.

– Punaise, qui c'est ça ? demanda Jess en jetant un œil par-dessus l'épaule de Libby pour tenter d'apercevoir l'homme à la voix grave.

– Noah. Il tient le bar. Avec la rousse, Jo. Tu ne l'as pas vue ?

– Non. Ils tiennent le bar ? Ensemble ? Y a un truc entre eux ? demanda Jess, comme si son bonheur futur dépendait d'une réponse négative.

– Aucune idée. Possible, déclara Libby en haussant les épaules.

– Je parie que oui, ajouta Jess, même si elle n'avait fait qu'apercevoir Noah et qu'elle n'avait même pas jeté un œil à Jo. Je sais où en sont mes chances quand il s'agit d'amour. Y a un truc entre eux. Probablement mariés. Probablement un de ces couples qui ne peuvent pas s'empêcher de se tripoter et de s'appeler « chéri ».

Jess Hutchison, ou Dr Jess Hutchison comme ses nombreux patients l'appelaient, était devenue cynique en matière de cœur. Libby connaissait les aspirations de son amie : un homme qui l'attende à la fin de sa journée. Et jusqu'ici la conclusion « tout est bien qui finit bien » lui avait filé entre les doigts. Alors que Jess était une femme forte et indépendante, qui réussissait à bien des égards, elle admettait volontiers qu'elle mourait d'envie de bâtir une relation stable.

– Je suis désolée, déclara Libby. Je suis certaine que M Idéal se présentera très bientôt.

– Je serais bien contente de rencontrer M. Fera-l'affaire-pour-aujourd'hui, en fait, répliqua Jess, la mine assombrie.

Libby secoua légèrement la porte après avoir introduit le double des clés.

– Nous n'avons pas toutes la chance qu'Ant O'Neill marche à notre bras. D'ailleurs, n'était-il pas censé t'aider aujourd'hui ?

– Hum, il est rentré cuisiner un dîner spécial pour fêter ça, marmonna Libby, gênée qu'il ne soit pas là avec elle, manches retroussées, en train de se salir. En fait, il faudrait que je l'appelle, ajouta-t-elle tout en donnant un coup d'épaule dans la porte, aussi fort que possible.

Pour une porte qui s'était refermée si facilement, c'était un vrai cauchemar de la rouvrir. Il était dix-huit heures trente maintenant, et à ce rythme, elle n'arriverait pas chez lui avant vingt heures trente au moins. Pendant qu'elle réfléchissait à la logistique, la porte céda.

– Ta-dah ! lança Libby en faisant signe à Jess d'entrer.

Dans la grisaille d'une soirée pluvieuse de mai, l'intérieur avait l'air encore plus déprimant que le matin, malgré tout le boulot de Libby sur le comptoir et les fenêtres. Certes, le nettoyant crémeux dissimulait tout ce qui se passait dans la boutique, mais il n'aidait pas à mettre en valeur le potentiel à l'intérieur. Un électricien viendrait le lendemain, son père l'en avait assurée. Elle aurait au moins de l'énergie. La lumière aiderait, espérait-elle.

– Il faut que tu imagines à quoi ça va ressembler, dit-elle à Jess. Et comment ça va sentir aussi. Pas de doute, l'odeur sera meilleure qu'aujourd'hui. Et imagine le soleil entrer par les fenêtres et le parfum du café et des pâtisseries.

Jess posa une main sur la poitrine et, l'espace d'un instant, Libby se demanda si son amie allait vomir. Elle observa Jess qui inspectait tout, secouait la tête, une main toujours serrée sur la poitrine. Elle sentit son optimisme flancher à nouveau.

– Oh, Libby, lâcha Jess. Ça va être incroyable. Grand-père Ernie aurait adoré. Je le vois sourire. Il te dirait aussi quels livres commander et de veiller à ce que personne ne plie les dos, mais il le dirait en souriant. Il serait tellement fier. Je suis tellement fière, déclara Jess en attirant son amie près d'elle pour la serrer dans ses bras.

C'était exactement la réaction dont Libby avait besoin, et elle la serra fort en retour.

– Il adorerait, pas vrai ? Et tu sais, il aurait déjà commandé au moins un livre. Plusieurs exemplaires des *Grandes Espérances.*

Libby essuya ses larmes du dos de la main.

– Je n'arrive pas à trouver un nom. Je veux qu'il lui rende hommage, mais pas d'une façon tarte. Je veux que les gens me prennent au sérieux.

– Hmmm, émit Jess en regardant à la ronde. Je vais me creuser la cervelle. Mais si tu espères ouvrir dans dix semaines, on n'a pas beaucoup de temps. Il faut que tu déposes le nom.

Libby le savait. Dans l'idéal, elle aurait déjà dû avoir réglé cette affaire de nom, mais le choix lui torturait à la fois le cœur et l'âme.

– Je vais m'en occuper cette semaine, dit-elle en hochant la tête, comme pour s'assurer qu'elle maîtrisait la situation.

– Brave fille. Maintenant, fais-moi visiter… Je vois déjà que cet endroit a un énorme potentiel. Où vas-tu installer les postes d'écriture ? Et le coin café ? Et est-ce que tu sortiras une petite terrasse en fer forgé dans la rue, quand il fera beau ? Tu as songé à une palette de couleurs ?

Libby était trop heureuse de répondre aux questions de son amie. Sur la boutique et l'appartement. Après avoir remplacé son jean humide par le pantalon sec que Jess lui avait apporté,

Libby lui fit faire le tour complet. Son amie réussit à se montrer positive à propos de tout, même de l'appartement, malgré le plafond écroulé et l'état général de délabrement.

– L'essentiel, c'est que l'espace est bon. Tout est là. Et même la cour à l'arrière peut être utile, s'enthousiasma Jess.

En cet instant, sous le clair de lune, la cour arrière prenait des airs de décharge.

– Les bennes viennent demain. Et le plombier, et l'électricien. Et un menuisier aussi. Papa va effectuer une expertise complète.

– Et un bravo pour ton père ! déclara Jess avec un sourire.

Elle adorait Jim Quinn presque autant que Libby… ayant passé pas mal de temps dans son adolescence à la maison des Quinn. La maisonnée Hutchison était chaleureuse et amicale, mais surpeuplée et toujours bruyante. Jess se réfugiait fréquemment dans la maison de son amie pour étudier, regarder la télé, aider Linda à faire des pâtisseries ou écouter de la musique. Parfois, elle s'échappait seulement parce que passer cinq minutes de plus dans une maison avec six frères et sœurs plus jeunes se serait terminé par un meurtre. Libby regarda sa montre et jura.

– Qu'est-ce qu'il y a ? s'enquit Jess.

– J'ai dit à Ant que je serais chez lui à vingt heures trente. Il faut encore que je file chercher ma voiture. Que je me passe un coup d'eau. Et que je me change.

– Et si je te déposais et que tu prenais une douche vite fait sur place. Tu as des vêtements de rechange chez lui, non ?

– Juste des sous-vêtements, et je ne suis pas certaine que la tenue séduisante que je porte actuellement me le mette dans la poche, dit-elle en montrant son jean certes propre, mais élimé, et le T-shirt *Ivy Inn*.

Jess se mordit la langue et ses yeux pétillèrent.

– Nouvelle robe ! hurla-t-elle.

Libby leva les yeux au ciel.

– Si on n'a pas le temps de rouler jusque chez mes parents pour prendre des fringues propres, on n'aura encore moins le temps de s'accorder une virée shopping.

– En effet. Espèce de nounouille. J'ai une nouvelle robe. Dans le coffre. Elle t'ira à merveille. Je l'ai achetée aux soldes du printemps, mais elle ne me va pas. J'allais la donner à une boutique caritative, mais en te voyant, c'est évident. Elle ira à merveille avec ton teint. En fait, elle est parfaite pour toi. Je ne sais pas pourquoi je n'ai pas pensé à toi dès le départ.

– Docteur Jess Hutchison, je t'aime.

– Tu pourras m'aimer encore plus quand je te dirai que j'ai un kit de maquillage dans mon sac à main. Tu peux t'octroyer une transformation rapide.

– Que ferais-je sans toi, Jess ? demanda Libby, reconnaissante envers son amie pour son sens de l'organisation exceptionnel et sa générosité tout aussi exceptionnelle.

– Ça marche dans les deux sens, dit Jess en serrant le bras de son amie. On prend soin l'une de l'autre, pas vrai ? Bon, allons-y ou tu vas être en retard.

Libby sourit en montant sur le siège passager de la Mini Cooper jaune. Elle se permit un élan de fierté et d'excitation à l'idée de posséder enfin sa propre librairie, même si elle n'avait encore ni livres, ni électricité, ni même de nom.

Chapitre 5

La Belle au bois dormant

La maison d'Ant, située sur les sables dorés de Lisfannon Beach, se trouvait à dix minutes à peine, après la limite entre les comtés de Derry et de Donegal. En chemin, tous les muscles de Libby avaient commencé à se paralyser. Ses bras avaient acquis le poids du plomb et son torticolis allait nécessiter une sérieuse quantité de pommade chauffante. De plus, elle sentit l'épuisement s'abattre sur elle, comme si le trajet en voiture lui avait permis de se détendre, pour la première fois de la journée. Elle prit aussi conscience de sa faim. Elle n'avait rien avalé depuis le petit déjeuner. Ce qui ne lui arrivait jamais. Libby Quinn n'avait jamais sauté un repas de sa vie.

Elle espérait contre tout espoir que le dîner promis par Ant serait presque prêt. Plus tôt dans la journée, il lui avait envoyé un texto disant qu'il lui préparait son chef-d'œuvre habituel : un bœuf Stroganoff lentement mijoté. À cette simple pensée, elle en salivait d'avance : une sauce riche et crémeuse, des morceaux de bœuf fondants, servis sur un lit de riz, avec des bouquets de brocolis bien tendres. Elle avait tellement faim qu'elle devrait surveiller ses manières pour ne pas fourrer la nourriture dans sa bouche et lécher l'assiette ensuite.

– Et voilà, tu y es, ma chérie, annonça Jess, alors qu'elles remontaient l'allée de gravier menant à la maison d'Ant.

Le bâtiment moderne était juché sur une colline, les fenêtres nombreuses, s'étirant du sol au plafond, offraient aux chanceux habitants une vue sans égale sur les vagues qui venaient s'écraser sur la côte. Il était minimaliste et immaculé. Libby ne voulait même pas imaginer le coût de sa construction.

– Tu es mon idole, déclara Libby à son amie.

Brusquement, elle prit conscience que Jess allait rentrer dans son appartement en bord de rivière, où elle mangerait son dîner (nul doute, quelque chose de sain, bourré de superaliments qu'elle n'aimait pas vraiment, mais qu'elle se sentait obligée de manger) seule devant des rediffusions de *Sex and the City*. Pas vraiment le vendredi soir idéal, quand on a la trentaine. Elle sentit une vague de culpabilité la submerger, alors qu'elle s'apprêtait à savourer un délicieux festin préparé amoureusement, arrosé de deux ou trois verres de vin. Les heureuses conséquences d'une éducation catholique à l'irlandaise : il y avait toujours une dose de culpabilité en stock, même pour des choses dont vous n'étiez pas responsable.

– Pourquoi tu ne te joindrais pas à nous ? Tu connais Ant : il prépare toujours trop à manger, même pour moi. Et on n'est jamais en manque de vin. Je suis certaine que ça ne l'embêtera pas.

En fait, Libby était sûre qu'Ant serait embêté, mais qu'il serait trop poli pour l'exprimer.

– Je ne crois pas. Je n'ai pas envie de tenir la chandelle, déclara Jess, mais sa voix trahissait une légère hésitation.

– Tu ne tiendras pas la chandelle, loin de là, et tu m'as sauvée aujourd'hui. Vous deux, vous êtes très importants pour moi, tu le sais.

Libby pensait chacune de ses paroles. Elle regrettait qu'Ant et Jess n'aient pratiquement pas fait connaissance en huit mois.

Jess souleva un sourcil parfaitement dessiné.

– Tu es très importante pour moi aussi, ma belle. Mais je serais gênée. Je suis sûre qu'Ant a des plans pour vous deux. Des plans qui ne m'impliquent pas du tout et, franchement, ça me va.

Libby éclata de rire.

– Tu parles ! Telle que je me sens, là, tout de suite, pas de folies ce soir. J'ai mal partout et je suis épuisée, dit-elle en espérant qu'Ant comprendrait pourquoi sa libido était en panne pour la soirée.

– Ouais, sûr, déclara son amie, en faisant « du balai » de la main. Sors de ma voiture et rejoins-le dans ses rêves ou dans d'autres bêtises échevelées.

Libby regarda son amie, gênée de l'abandonner, mais elle pouvait difficilement la menacer avec un pistolet pour l'y obliger. Plus le temps passait, plus elle réalisait à quel point il lui fallait une douche et un verre de vin.

– Tu es sûre ?

– Parfaitement, répliqua Jess, une pointe de frustration dans la voix. N'oublie pas la robe dans le coffre. Je prendrai de tes nouvelles demain. J'ai trop envie de te donner un coup de main. Je pourrai être là dès le réveil.

Libby s'approcha de Jess, l'embrassa sur la joue, lui dit qu'elle l'aimait et réprima un grognement en se levant. Elle prit la robe dans le coffre et se dirigea vers la maison, juste à temps pour voir Ant ouvrir la porte. Il avait l'air frais comme un gardon (un gardon très viril, évidemment) et il lui souriait.

– Je te conseille de ne pas inspirer trop près de moi. Je ne suis pas au meilleur de mes atouts olfactifs.

– J'aime ton T-shirt, dit-il en regardant le logo de l'*Ivy Inn.*

Elle eut soudain la conscience aiguë de ne pas porter de soutien-gorge, et ressentit le besoin de croiser les bras.

– Quasi certain que tu n'étais pas habillée comme ça en partant, dit-il.

– C'est une longue histoire, répondit-elle avec une grimace. J'ai hâte de me laver, de m'asseoir et de déguster un bon verre de vin rouge. Ça t'embête si je file sous la douche ?

– En fait, oui, dit-il en posant les mains sur ses épaules.

Le cœur de Libby flancha. *S'il vous plaît, faites qu'il ne veuille pas avoir de rapport sexuel... Pas maintenant, en tout cas*, songea-t-elle.

– Parce que je t'ai fait couler un grand bain plein de bulles et que je t'ai servi un verre de vin. Et en bon métrosexuel, j'ai allumé quelques bougies parce que j'ai pensé que tu aimerais ça. Alors, si madame veut bien monter jusqu'à la baignoire, je suis certain que je peux l'aider à se détendre.

Libby en aurait pleuré de reconnaissance. Elle monta les marches avec peine, se déshabilla, retira le bandana de ses cheveux et se glissa sous les bulles dans la baignoire à pieds de griffon. La douce chaleur de l'eau décontracta ses muscles et elle expira bruyamment. Fermant les yeux, elle inhala la senteur musquée de l'huile de bain utilisée par Ant.

Elle lui sourit lorsqu'il poussa la porte de la salle de bains, chargé de deux verres de vin : il lui en tendit un et avala une petite gorgée de l'autre, tout en se perchant sur une chaise près de la baignoire. Cette pièce était l'une des préférées de Libby. Elle était somptueuse et mesurait au moins deux fois la taille de sa chambre, sans parler de sa salle de bains. La hauteur de la maison sur la colline permettait assez d'intimité pour avoir installé des carreaux en verre transparent, de sorte que Libby pouvait contempler le ciel du soir, tout en laissant ses ennuis se dissiper.

– Le dîner sera prêt dans une demi-heure environ… Tu penses que ce sera suffisant pour que tu sois bien détendue ? s'enquit Ant en interrompant le cours de ses pensées.

– Humm, ronronna-t-elle avec contentement, alors qu'elle sirotait son verre de vin. Ça se pourrait.

Il se leva et s'approcha d'elle.

– Je ne suis pas le plus doué pour nettoyer les sols et récurer les vitres, mais si tu me passes une éponge, je peux t'aider à te savonner ?

Dans ce nouvel état de relaxation, Libby trouva très facile d'accéder à ses souhaits, de sorte qu'elle s'assit et ramena les genoux contre sa poitrine. Lui s'agenouilla près de la baignoire et fit courir une éponge sur le dos de Libby, avant de lui laver tendrement les cheveux. Elle grogna de plaisir tandis qu'il lui massait le crâne. Elle pourrait s'habituer à cela : se faire dorloter et caresser. Le fait qu'il n'essaie même pas de la peloter durant le processus lui fit gagner quelques points supplémentaires.

Le temps qu'elle se sèche et enfile la très jolie robe d'été que Jess lui avait donnée, qu'elle brosse ses cheveux sombres, qu'elle les ébouriffe et qu'ils retombent humides sur ses épaules, elle se sentit une nouvelle femme.

Libby entra dans la cuisine à pas lourds. Le fumet des fourneaux fit gargouiller son estomac.

– J'espère que tu as faim, déclara Ant en posant sur la table assez de nourriture pour quatre.

– J'ai dit à Jess que tu cuisinais toujours trop et je l'ai invitée à se joindre à nous, lança malicieusement Libby en s'asseyant et en observant Ant remplir leur verre.

– Elle n'a pas voulu rester ? demanda Ant.

– Elle ne voulait pas tenir la chandelle.

– Hmmm, répondit Ant. Correct. Je préfère quand on est tous les deux.

Il sourit en servant le dîner… mais il demeura inhabituellement silencieux en mangeant. Si Libby avait été moins fatiguée, elle aurait demandé à quoi il pensait, mais elle était tellement crevée que son cerveau luttait pour former des phrases cohérentes. De plus, elle avait tellement faim qu'elle ne pouvait s'arrêter de manger. Pas même quelques secondes. Elle voulait seulement dîner et se coucher tôt : ce qui, elle l'espérait, ne contrarierait pas trop les projets d'Ant.

En l'occurrence, quand elle lui signifia qu'elle avait besoin de dormir, il acquiesça, lui assura qu'il comprenait et lui souhaita de beaux rêves. Elle trouva étrange de monter toute seule l'escalier menant à la chambre… Encore plus étrange de se pelotonner dans le lit *king size* sans sa présence. Elle était certaine que, comme elle avait le sommeil léger, elle se réveillerait quand il grimperait dans le lit et qu'ils pourraient s'accorder des petits câlins.

Quand elle s'éveilla, elle découvrit stupéfaite que le soleil entrait à flots par la fenêtre.

Libby se retourna. Ant, profondément endormi, ronflait doucement près d'elle. Même dans son sommeil, il avait l'air d'un Adonis, avec ses cils sombres qui effleuraient ses joues délicatement hâlées, sa barbe naissante qui soulignait ses traits et lui donnait une apparence plus virile. Un instant, elle savoura le simple fait de le regarder, avant de se retourner et d'attraper son téléphone sur la table de chevet. Il était un peu plus de sept heures. Elle devait rejoindre Ivy Lane à temps pour accueillir l'électricien et le plombier, elle n'avait pas une minute à perdre. Surtout qu'elle n'avait toujours pas de voiture et qu'elle comptait sur Ant pour la déposer chez elle avant d'aller à la boutique.

Libby bougea dans le lit et essaya de ne pas réveiller Ant. Elle s'assit et, par les immenses fenêtres, elle admira le magnifique panorama sur la plage et les eaux de Lough Foyle qui léchaient doucement la côte. Déjà, on sentait que la journée serait chaude et que, bien avant la fin de la matinée, la plage serait animée par les promeneurs et les familles en vadrouille pour la journée. Elle aurait pu les envier, si elle n'avait pas dû travailler à la boutique.

Libby descendit les marches à pas feutrés, gagna la cuisine ouverte et l'espace de vie, et ouvrit les portes-fenêtres qui menaient au jardin impeccablement entretenu (par un jardinier). Elle posa une cafetière sur le feu et décida qu'elle lui porterait le petit déjeuner au lit. C'était le moins qu'elle puisse faire, après s'être montrée de si piètre compagnie la veille.

D'abord, elle prit une minute pour respirer l'air frais du matin, huma la puissante odeur iodée de l'océan tout proche, laissa la chaleur du soleil frapper son visage. Elle constata que ce qui comptait le plus à ses yeux, c'étaient ces plaisirs simples.

Son grand-père aurait adoré cet endroit, songea Libby avec un soupir de regret. Il adorait marcher le long de la plage, bâtir des châteaux de sable avec elle. Ils ramassaient des coquillages et les rapportaient à la maison pour faire des œuvres d'art, ils les collaient avec du plâtre sur des pots de confiture ou des cadres de photos. Les plus gros, il les approchait de son oreille à elle et lui demandait si elle entendait la mer. Puis, il lui lisait *La Petite Sirène*. Encore. Elle avait gardé le livre, avec son joli logo de coccinelle sur le devant. C'était un de ses trésors. À cette pensée, une boule se forma dans sa gorge.

Libby se demanda si, un jour, elle l'évoquerait sans ressentir ce douloureux sentiment de perte. Deux ans avaient passé. Elle aurait dû trouver cela plus facile.

Elle inspira profondément et se jura de ne pas pleurer… Pas aujourd'hui. Pas ce week-end. Pas alors qu'elle travaillait aussi dur pour concrétiser leur rêve.

« Les livres seront toujours tes amis, Libby, avait-il dit. Ils te transporteront dans un millier d'endroits différents. À des moments différents. Des créatures mythiques, des monstres magiques, le bien et le mal, l'effrayant et le drôle. Il n'y a pas de situation malheureuse qu'un livre ne puisse t'aider à surmonter, ne serait-ce qu'un instant. »

Libby n'était pas certaine d'y croire : aucun livre au monde ne l'avait aidée quand il était malade, aucun livre ne lui avait apporté de réconfort à son décès. Mais elle voulait y croire. Elle le voulait vraiment.

Chapitre 6

Amour et amitié

Libby lui avait préparé son petit déjeuner préféré, elle avait grimpé ensuite dans le lit et s'était comportée d'humeur coquine. Malgré cela, Ant devint irritable quand elle lui demanda de la déposer chez elle.

– C'est samedi matin, dit-il avec une moue, qui ne lui convenait pas. On passe toujours nos samedis ensemble. Au lit, d'habitude. Ou on se balade sur la plage, on prend un déjeuner arrosé dans un pub, puis on revient au lit.

Elle savait qu'Ant aimait leurs week-ends. Pendant la semaine, ils se voyaient rarement, parce qu'il avait des horaires très chargés. Pourtant, il savait très bien qu'elle devrait consacrer un maximum de temps à la boutique, maintenant qu'elle en avait les clés. Il lui faudrait aussi s'adapter au calendrier des artisans, sachant qu'engager les bonnes personnes relevait d'une importance capitale.

Sa relation avec Ant devait passer au second plan jusqu'à ce que tout soit sous contrôle. Elle avait espéré qu'il le comprendrait, mais d'après son air grognon, il ne s'en réjouissait pas.

– Nous en avons déjà parlé, dit-elle. Je sais que d'habitude, on passe les week-ends ensemble, mais tu comprends, pas vrai ? Il y a tellement de boulot. Plus qu'on ne le pensait. Ça vaudra le coup, quand tout sera fini. La boutique et l'appartement. On rattrapera le temps perdu.

– Si tu le dis, répliqua-t-il d'une voix lasse.

Libby se pencha sur la table pour déposer un doux baiser sur ses lèvres.

– Ne sois pas fâché, Ant. Tu sais que tu es important pour moi. Tu sais à quel point tu comptes pour moi.

– Tu comptes pour moi aussi, reprit-il, en lui rendant son baiser. C'est pour ça que je veux passer du temps avec toi.

– On le fera. De nouveau. Tu pourrais venir m'aider ? proposa-t-elle.

Son visage s'assombrit un peu.

– Eh bien, je me disais que, puisque tu allais travailler, j'allais faire de même. J'ai pas mal de trucs en retard.

Il faisait la tête. Elle le savait.

Bon, il allait devoir apprendre à vivre avec leur nouvelle dynamique, songea-t-elle.

Libby acquiesça, lui dit qu'elle comprenait. Effaça toute trace de déception dans sa voix.

– Ce n'est pas pour toujours. Allons, il faut que je me prépare, dit-elle après un coup d'œil à la pendule. Je peux appeler un taxi si tu veux te mettre au boulot. Elle ajouta cela dans l'espoir de l'apaiser un peu.

– Non. Ça va, dit-il. Je te ramène chez toi.

– Merci, dit-elle en l'embrassant doucement, avant de se lever et de sauter sous la douche.

***

Lorsque Libby se gara, Jess attendait déjà devant la boutique, appuyée contre la fenêtre, bras croisés, en salopette, ses cheveux blonds retenus en arrière en un chignon désordonné.

En réalité, elle donnait l'impression de sortir d'une publicité pour un soda, loin de son personnage de médecin généraliste parfaitement soigné, vêtue habituellement d'une jupe crayon et de talons hauts de sept centimètres et demi.

Devant la vitrine se trouvaient deux grosses pelles, des balais, un seau contenant des éponges, du matériel de nettoyage et des gants de caoutchouc.

– Je sais, tu as dit que des gens allaient venir nettoyer, mais tout coup de main est bon à prendre, non ? Et j'ai acheté des masques antipoussière. On ne sait pas quelles spores et moisissures peuvent flotter là-dedans.

C'était Jess tout craché, songea Libby. Médecin dans l'âme, même durant son temps libre. La santé occupait la première place dans ses préoccupations, et malgré son hyperprudence, Libby éprouvait une gratitude infinie pour son amie. Jess poursuivit :

– J'ai une tenue de rechange dans la voiture, plus une gourde de thé et des sandwichs. Et par « gourde de thé », cette fois, j'entends gourde de thé, pas du vin, comme la fois où l'on a pris le train. Bon, je me suis quand même dit que si on terminait tôt, on pourrait se faire un déjeuner tardif chez tes nouveaux voisins.

Elle fit un geste vers l'*Ivy Inn* (et Libby grimaça).

– Je préférerais éviter, dit-elle car le cours du temps n'avait en rien diminué sa gêne : elle avait marché sur la queue de Paddy, effrayant la pauvre créature, sans parler de son apparence digne d'un film d'horreur.

L'Étrange Créature du lac noir, peut-être.

– L'endroit a l'air chouette, et ce barman me paraît très gentil. S'il te plaît, Libby ? implora Jess.

Libby se sentit un peu coupable. Elle savait que son amie mourrait d'envie de voir Noah de plus près, et elle savait aussi qu'elle devrait faire un effort pour s'entendre avec ses nouveaux voisins, puisqu'elle avait pour projet de devenir une habituée d'Ivy Lane pour un long moment.

– OK. On verra comment on avance, déclara Libby, avant qu'un van blanc ne se gare et qu'un homme, qui se présenta comme « Terry l'électricien », ne les salue.

Libby venait à peine de faire entrer Terry l'électricien qu'un autre van arriva. Cette fois, ce fut un homme petit et trapu, vêtu d'un jean et d'un T-shirt blanc trop court pour couvrir complètement son ventre rond, qui en sortit.

– Tu es la fille de Jim ? s'enquit-il sans se présenter.

– Oui.

– Super. Il m'a demandé de jeter un œil à ta tuyauterie.

Libby entendit Jess pouffer dans son dos.

– Vous êtes le plombier, alors ? s'enquit Libby, en tentant d'ignorer les tortillements de sourcils de Jess.

– Eh ben, qu'est-ce que je pourrais être d'autre ? demanda l'homme en reniflant et en remontant son jean. Je m'appelle Billy O'Kane. Ton père est un gars bien. Alors, tout ce que Jim Quinn veut, Jim Quinn l'obtient.

– Ça fait plaisir à entendre, répliqua Libby.

Elle se retourna pile à l'instant où son père descendait de son propre van et marchait dans leur direction, une main tendue vers Billy.

– Merci pour ton aide, dit-il. Ça compte beaucoup pour nous. Notre Libby que voilà concrétise le rêve de son grand-père.

– Un autre gars bien, déclara Billy, avec un hochement de tête. Ernie, c'était un sacré personnage.

Alors qu'un camion s'engageait avec fracas dans la rue, chargé d'une grosse benne, Libby sentit une montée d'excitation à l'idée que la rue s'animait. Et tout cela contribuait à faire de son rêve une réalité.

Elle se tourna vers Jess et vit que son amie essuyait une larme à la hâte.

– C'est génial, dit Jess. Vraiment génial.

– Tu ne penseras peut-être pas ça en voyant le nombre de pièges que le dératiseur a laissés ! s'esclaffa Libby, mais c'était quand même unique, songea-t-elle.

***

Plusieurs heures plus tard, le T-shirt humide de transpiration, la peau irritée par la poussière, et après avoir écouté l'électricien lui exposer son plan pour recâbler l'endroit, tout lui sembla un peu moins génial. La facture était faramineuse, et c'était sans compter les détails personnalisés tels que les prises supplémentaires et le câblage de son nouvel éclairage. Il s'agissait uniquement de s'assurer que l'installation (qui fonctionnait, pour être juste) respecte les normes, qu'elle soit fiable dans le court terme, et que la boutique et l'appartement soient pérennes.

– Bon, j'ai vu pire, avait déclaré Terry l'électricien. Vous vous en tireriez pour moins, mais sous peu, il vous faudrait refaire tous les circuits. Vous feriez mieux de vous en occuper tout de suite, puisque vous allez tout refaire, de toute façon.

Il avait raison, bien sûr. Tout comme le menuisier : il préconisait le remplacement de certaines solives en décomposition, des cadres de fenêtre pourris et des portes coupe-feu coulissantes. Quant au plombier, il jugeait que les installations actuelles n'étaient pas récupérables et que Libby aurait intérêt à changer la tuyauterie, tant qu'elle était dans les gros travaux.

Libby s'efforça de demeurer positive de bout en bout, mais son sourire se mua en rictus au fur et à mesure que la matinée avançait. Enfin, lorsque son père parla de refaire l'enduit de la façade, après s'être attaqué à plusieurs taches d'humidité qui avaient rongé le plâtre, elle s'autorisa un bref instant de panique. Elle calculait mentalement les montants des travaux et elle commença à avoir peur. Son fonds de prévoyance allait avoir besoin d'un fonds de prévoyance supplémentaire.

– Mon cœur, déclara son père, c'est la partie gros sous. La partie effrayante. Oui, on espérait que l'intérieur serait mieux conservé. Mais ç'aurait pu être pire. Ces types te font un bon prix… et je connais leur qualité. C'est préférable de bien faire dès le départ.

Libby acquiesça. Son père avait raison. Comme toujours.

– Et chérie, tu n'as pas à t'angoisser. Ta mère et moi, bon, nous avons un peu d'argent de côté. Nous serions heureux de l'investir pour que ton rêve devienne réalité.

Libby sentit une boule se former dans sa gorge et elle en resta sans voix. Elle se contenta de hocher la tête. Elle ne voulait pas que ses parents piochent dans leurs réserves.

– Je ne veux pas de dispute, jeune fille, poursuivit son père. Tu oublies que tu es notre petite fille, même si tu es une adulte, et nous voulons ton bonheur. Nous croyons en toi et en ta librairie. Et, ajouta-t-il d'une voix brisée, c'était mon père. Je veux faire ça aussi pour lui.

Libby attira son père dans une étreinte, elle perçut un léger tressaillement d'émotion dans son corps. Ernie Quinn leur manquait terriblement à tous les deux, mais ses parents avaient déjà renoncé à tant de choses. L'argent de son grand-père lui avait été légué, avec l'approbation de ses parents, pour qu'elle réalise son rêve. Il n'était pas juste de leur demander davantage. Alors, elle crut entendre son grand-père Ernie lui chuchoter à l'oreille : « Tu n'as pas demandé. Ton père te l'a proposé. »

***

Au début de l'après-midi, Libby se sentit plus calme. Au moins, elle savait à quoi s'en tenir, et son père lui avait assuré que, même si le délai de dix semaines était serré, il n'était pas impossible à respecter.

Ant lui avait envoyé un texto pour s'excuser de s'être montré grincheux. Il s'était arrangé pour qu'une équipe de spécialistes arrive au saut du lit le lundi matin afin de débarrasser la cour, déblayer l'appartement et le débarrasser de tous les déchets. C'était son « cadeau ». Après une matinée passée à secouer une moquette humide et pourrissante, elle était trop fatiguée pour se disputer ou décliner son offre généreuse.

– Je tuerais pour un thé, déclara Jess, en tirant sur son masque antipoussière. Il est temps de faire un break.

– On prend ton pique-nique et on remonte vers les pelouses de la fac ? On pourrait faire semblant de vivre l'existence facile des étudiantes et prendre un peu le soleil, proposa Libby.

– Sans parler d'échapper à toutes les maladies mortelles qui se nichent ici. Sans vouloir te vexer, déclara Jess.

– Pas de souci, répliqua Libby, sachant qu'elle se laverait les mains grâce à l'eau courante, et qu'elle ferait aussi un usage généreux du gel hydroalcoolique que son amie avait toujours sur elle.

Elles quittèrent la boutique et, par chance, Libby n'oublia pas ses clés, cette fois. Elles bavardèrent en grimpant la colline, en direction du campus Magee.

– Alors, ta soirée avec Ant ? demanda Jess.

– Tranquille ! Heureusement. J'étais si fatiguée. Il a été charmant, tu sais. Il a préparé un super dîner, ne s'est pas fâché quand je suis allée au lit tôt, toute seule. Il s'est montré un peu bizarre avec moi ce matin, quand même. Ça l'ennuie que je sois à la boutique, même si je viens d'avoir les clés et qu'il y a tant à faire. J'avais espéré qu'il viendrait m'aider, mais non.

Elle remarqua l'air préoccupé de Jess.

– Mais il m'a envoyé un texto pour me dire qu'il enverrait des gens lundi pour m'aider à débarrasser. Je sais que les amis de papa m'ont déjà bien aidée, mais l'union fait la force, etc.

– C'est gentil de sa part, déclara Jess. D'organiser ça.

– Oui. Et il se fait pardonner pour hier, car il m'a laissé tomber dès qu'il a fallu porter un truc lourd.

– Tu aurais pu t'en douter. Tu n'as pas remarqué qu'il était maniaque ? Il est toujours tiré à quatre épingles, et sa voiture n'est pas remplie de canettes vides de Coca Zéro et de tickets de caisse froissés comme les nôtres. En fait, je ne l'ai jamais vu sale à l'extérieur, alors... à l'intérieur ! Et sa maison ? Ce mec vit seul et c'est la parfaite maison témoin. Pas de manette de Xbox qui traîne. Pas de résidu de dentifrice dans le lavabo. Combien de célibataires vivent comme ça ?

Jess marquait un point, Libby le reconnut, même si elle n'avait jamais réfléchi à l'attention méticuleuse qu'Ant apportait aux détails et à la propreté. Sans aucun doute, Jess reprenait sa routine de Dr Jess. Bientôt, elle se jetterait sur un diagnostic de troubles obsessionnels compulsifs.

– Tu en tiens un bon là, Libby. Il n'est pas parfait, mais c'est loin d'être le pire. Contrairement à tout homme qui semble me porter de l'attention.

Elle soupira et Libby la dévisagea. Cela ne lui ressemblait pas d'être abattue, encore moins dans sa vie amoureuse. Pourtant, dernièrement quelque chose avait changé. Elle semblait plus fragile, plus en demande de quelqu'un à aimer.

Elle avait eu son lot de relations (certaines à long terme) mais toutes à ses conditions à elle. Et c'est elle qui y avait mis un terme. Elle paraissait apprécier son indépendance. Mais en y réfléchissant, depuis un moment, ses rendez-vous ne dépassaient pas une ou deux soirées. Et c'est souvent qu'elle appelait Libby ensuite pour lui raconter à quel point cela avait été désastreux. Après son allusion à M. Idéal en sortant du pub, Libby se demandait si elle ne lui avait pas tendu une perche.

– Oh, ma puce. Je croyais que tu étais heureuse toute seule. Pour le moment en tout cas.

Jess soupira.

– Moi aussi, mais plus maintenant. Peut-être que c'est l'âge… Tout le monde se case. Bon sang, Libby, certaines de nos copines ont leur deuxième bébé et je n'ai même pas encore rencontré quelqu'un avec qui partager mon code Netflix. Plus je vieillis, plus mes options se réduisent. J'ai peur de devenir une vieille femme excentrique qui essaie de se taper un jeune. Les signes sont déjà là. Je veux dire, il y a cet infirmier de vingt-neuf ans qui est arrivé au cabinet et il est, tu vois… Nom d'un chien, il est trop beau ! Je me suis mise à porter une jupe légèrement plus courte quand j'ai su que je serais en consultation avec lui. Bon, pour l'instant, je maîtrise… mais j'ai peur de ce que je pourrais faire.

Elle avait l'air tellement sérieux que Libby se sentit un peu coupable de réprimer un gloussement à la pensée de son amie en style cougar. Rien n'était plus éloigné de Jess.

– Il faut qu'on te trouve quelqu'un de gentil, avant que tu ne te fasses une réputation d'obsédée du mariage.

– Si tu pouvais, ce serait génial. Mais je commence à croire qu'il existe un sérieux manque de beaux gosses disponibles. On n'appelle pas cette ville « Maiden City » pour rien.

Elle avait raison. Depuis longtemps, Derry avait gagné le surnom de « Ville des vierges ». L'explication officielle avait quelque chose à voir avec les murs de la ville demeurés inviolés pendant le siège de Derry dans les années 1600. Aujourd'hui, on disait volontiers que la population féminine dépassait la masculine selon un pourcentage insensé (et possiblement erroné).

Libby s'esclaffa, mais s'efforça de réfléchir. Les deux jeunes femmes connaissaient les mêmes personnes et cela ne les aidait pas.

– Peut-être que quand la boutique ouvrira, j'accueillerai une marée de célibataires séduisants. Je pourrai leur faire une réduction s'ils sortent avec toi.

– Tu vas vendre des livres, je dirais qu'il y a plus de chances que tu accueilles une marée de vieilles dames et de mamans recherchant un album pour leurs tout-petits baveux en pleine poussée dentaire.

– Allons ! Il y a des lecteurs de tout poil, de tout âge et de tout statut marital ! Et n'oublie pas les postes de travail, ajouta Libby sur la défensive. Je vais accueillir le genre artiste, tout en poésie, barbu, et carrément consommable.

Ce fut au tour de Jess de réprimer un rire.

– Avec ma chance, si tu en as un comme ça, il aura des manières dégoûtantes : il écrira de la science-fiction érotique, il ne se lavera pas, ou que sais-je.

– Vrai, je ne peux pas t'aider, si tu fais la difficile.

Libby éclata de rire et posa aussitôt la main sur le ventre, qui gargouilla bruyamment.

– C'est l'heure du thé et des sandwichs, je pense. Cet endroit est parfait.

Jess acquiesça et sortit de son sac une nappe de pique-nique, qu'elle étendit sur la pelouse d'un vert luxuriant. En tendant la main pour prendre la Thermos de thé, elle s'exclama :

– Oh, c'est carrément génial.

Libby, qui se sentait pratiquement défaillir, eut le sentiment que ce « génial » n'était pas de bon augure. Ses craintes furent confirmées quand Jess sortit une main trempée du sac isotherme.

– Je n'ai pas dû bien refermer la Thermos, dit-elle en sortant les sandwichs transformés en bouillie dans leur emballage de papier essuie-tout. Je ne pense pas qu'ils soient comestibles et le reste du thé a refroidi. Il y a une soupe dégoûtante qui baigne au fond du sac.

Consciente de la fragilité de Jess ce jour-là, Libby plaqua sur son visage un sourire qui disait « ah bon, pas de souci », même si elle se sentait un brin déstabilisée par ce déjeuner gâché.

– On mangera autre chose, dit-elle. Tout va bien, Jess. Ne t'inquiète pas. C'est l'intention qui compte.

– Pas quand on meurt de faim. Mais je suppose qu'on pourrait aller déjeuner au pub ? Réfléchis un peu… Quelque chose de chaud et de savoureux et un gros dessert au chocolat bien culpabilisant à la fin ?

– Tu te sens bien ? s'enquit Libby. Un déjeuner et un dessert ?

– Syndrome prémenstruel, répondit son amie. Je pourrais même prendre une entrée. Ne me fais pas les gros yeux !

Ah, alors, cela expliquait l'émotivité de son amie.

Jess battit des paupières et une seule larme d'autoapitoiement coula de ses grands yeux bleus jusque sur sa joue. Libby avait espéré ne pas frapper à la porte de l'*Ivy Inn* avant que sa prestation en T-shirt mouillé n'ait été totalement oubliée. Puis elle pensa à quel point le visage de Jess s'était éclairé en apercevant Noah la veille. Et pour être honnête, elle songea aussi à sa faim.

– OK. Allons nous restaurer.

Jess lui adressa un sourire si radieux que Libby ne put s'empêcher de le lui rendre. Elles remballèrent les décombres de leur ancien déjeuner et redescendirent la colline en direction d'Ivy Lane.

Chapitre 7

The Outsiders

Le bourdonnement des conversations et le délicieux fumet du déjeuner accueillirent les filles lorsqu'elles pénétrèrent dans le bar. Contrairement à la veille, le pub était bondé, toutes les tables étaient occupées par des clients joyeux qui savouraient leur jour de congé.

Libby regarda Jess et haussa les épaules.

– On ne va pas avoir de place, on dirait, lâcha-t-elle, en partie soulagée d'avoir une raison valable de partir… et en partie déçue parce que la nourriture sentait incroyablement bon.

Jess regardait autour d'elle, juchée sur la pointe des pieds, afin d'ajouter un peu de hauteur à son mètre soixante.

– Cette table là-bas a presque terminé, j'ai l'impression.

De la tête, elle désigna une famille de quatre personnes qui s'attaquait à des coupes de glace.

– On pourrait s'asseoir au bar en attendant ? Ou manger au comptoir ?

Une place privilégiée pour papoter avec Noah, se dit Libby. Libby n'en avait guère envie… mais Jess l'avait déjà attrapée par le bras et l'entraînait vers le bar où, à son énorme soulagement, il n'y avait nulle trace de Noah.

Deux femmes, aucune n'étant Jo, faisaient le service, souriant et bavardant avec les clients. Libby se détendit un peu et se hissa sur un tabouret, pendant que Jess commandait deux verres de rouge.

– Pas raisonnable, déclara Libby, en trinquant avec son amie. Nous conduisons toutes les deux.

– Oh, la barbe ! soupira Jess. À quand remonte la dernière fois que nous avons passé un agréable après-midi à boire ?

Libby essaya de se souvenir… Cela faisait un bon moment. Sans doute avant Ant, songea-t-elle, honteuse. Était-elle devenue une de ces amies qui disparaissent subitement dès qu'un homme entre en scène ?

– Quand la boutique sera ouverte et qu'elle tournera, nous en ferons notre priorité, déclara-t-elle.

– Ou alors je prendrai un taxi la prochaine fois qu'on bossera de l'autre côté de la rue ? Dans quelques semaines, tu vivras là de toute façon… Tu n'auras alors aucune excuse.

– Je suppose, admit Libby.

Mais elle se demanda comment elle pourrait concilier le besoin de son copain de l'avoir tous les week-ends, la solitude croissante de Jess et son travail à la librairie. Prenant une bonne gorgée de vin, elle décida de chasser ces pensées de son esprit afin d'apprécier son déjeuner, cette pause avec sa meilleure amie. Vivre l'instant… Ce n'est pas ainsi que l'on dit ? Son grand-père Ernie l'avait encouragée dans ce sens.

« Nous ne savons pas ce qui viendra ensuite, ma petite fleur, lui avait-il dit. Alors profite au maximum de chaque instant. Ne le gâche pas en t'inquiétant de ce qui adviendra après. »

– Choisissons notre plat avant que je ne m'évanouisse ! dit-elle à son amie.

Jess saisit le menu sur le bar et le parcourut.

– Tout a l'air trop bon, je ne sais pas quoi choisir.

– Je recommande formellement la salade de poulet chaud, suivie du brownie fudge au chocolat avec sa glace vanille maison, suggéra une voix grave dans leur dos.

Libby sursauta… et son verre oscilla dangereusement sur le bord du comptoir. La main de Noah le stabilisa.

– Désolé, dit-il avec un sourire. Je ne voulais pas te faire peur.

– Cela devient une habitude dangereuse, déclara Libby d'un ton sec.

Il éclata de rire.

– Je suppose. Je vais faire plus d'efforts. Pardon. Une autre journée trépidante ?

Libby prit soudain conscience d'avoir l'air presque aussi débraillée que la veille. Au moins, elle n'était pas trempée jusqu'aux os cette fois.

– Qu'est-ce qui m'a trahie ? s'enquit-elle, avec un sourire forcé. La poussière dans nos cheveux ? La saleté de nos fringues ?

– Peut-être l'odeur dégueu, répondit Noah.

Libby rougit. Entre les moquettes sales et la transpiration à force de porter des trucs, elle ne devait probablement pas sentir la rose.

– Oh, je blague, ajouta Noah. Sérieux. Tu ne sens pas aussi mauvais que ça.

Il rit et Jess l'imita. D'un rire un brin trop enthousiaste, hurlant que Noah et son sens de l'humour faisaient craquer son amie. Libby se souvint qu'elle ne les avait pas encore présentés.

– Voici mon amie, Jess. Elle me donne un coup de main. On débarrasse un peu avant le gros du boulot, lundi. On allait faire un pique-nique, mais on a vécu un petit incident avec une Thermos de thé.

Noah leva un sourcil et tendit la main pour serrer celle de Jess.

– Ravi de te rencontrer. Si tu n'es pas trop traumatisée par cet incident, on sert du thé ici.

Jess lui serra la main et sourit.

– Le vin est parfait pour l'instant.

– On est plus traumatisées par la perte de notre déjeuner, alors on voudrait commander un truc.

– Bon, je vous laisse étudier le menu. Mais je le répète, la salade de poulet et le brownie au chocolat.

Il s'embrassa le bout des doigts comme un chef cuisinier.

– Faites signe quand vous êtes prêtes à commander ou demandez à l'une des filles.

– Merci, dit Jess, lorsqu'il se retourna pour s'éloigner.

Libby marmonna un « merci » plus réservé, avant de reporter son attention sur le menu. Elle ne savait pourquoi, mais il la déstabilisait. Très probablement parce que son sens de l'humour avait toujours un train d'avance.

– Ben, il est charmant. Et il ne porte pas d'alliance, même si aujourd'hui, ça ne veut rien dire, je le sais, déclara Jess. Je me demande si l'autre barmaid travaille… la rousse ?

– Je ne la vois pas, répliqua Libby sans lever la tête.

– Humm, lâcha Jess, en reportant son attention sur le menu. Tu sais, je pense que je vais suivre sa recommandation.

– Parce qu'il te plaît ? demanda Libby, un sourcil levé.

Le rouge qui monta aussitôt aux joues de Jess lui confirma qu'elle avait raison.

– Pas juste pour ça. Ça a l'air bon.

Libby se rangea à son avis et elles passèrent commande en ajoutant une portion de frites à partager, bien méritée après leur dur labeur.

***

Quand elle rentra, les parents de Libby regardaient la télé. Ils étaient à leurs places habituelles, côte à côte sur le canapé, main dans la main. Captivés par le téléfilm du samedi soir : un scandale éclatait à la Maison Blanche et le président se préparait à une conférence de presse. Entendant Libby entrer, son père mit la télé sur pause.

– Hello, ma chérie. Tu as l'air épuisée. Tu as l'esprit plus tranquille ?

Libby se frotta le cou.

– Je pense, oui. Mais j'ai mal à des endroits inconnus jusqu'ici. C'est un bon début quand même, et Ant m'envoie une équipe lundi pour arracher tous les vieux trucs.

– C'est très sympa de sa part, intervint sa mère avec un sourire chaleureux.

Linda Quinn était une femme calme, casanière et contente de s'occuper de son nid. Elle adorait avoir sa fille unique sous son toit, même si Libby trouvait un brin étouffant de revenir chez maman et papa après avoir vécu des années toute seule.

– C'est vrai, lui dit Libby avec un sourire.

– Dommage qu'il ne se salisse pas les mains, coupa son père.

– Ah non, Jim, voyons ! Tout le monde n'est pas aussi doué que toi pour le travail manuel. Cet homme a une profession difficile et il y consacre beaucoup de temps. Il ne saurait absolument pas quoi faire sur un chantier, dit Linda.

– Pas besoin de diplôme pour tenir un pinceau, répondit son père, et Libby ne put réprimer un gloussement.

Elle adorait voir ses parents se chercher. Devant ce tableau, et à cause de son épuisement, elle se sentit au bord des larmes. Libby savait qu'elle avait de la chance, à bien des égards.

– Tout va bien, ma puce ? demanda son père, en interrompant ses pensées.

Elle le dévisagea et perçut la ressemblance avec son grand-père, encore plus nettement qu'auparavant. Était-ce à cause de ses cheveux grisonnants, des lunettes qu'il était contraint de porter de plus en plus souvent, ou peut-être de son embonpoint lié à l'âge ? De fait, il ressemblait de plus en plus à l'homme qui l'avait élevé seul, après le décès de son épouse. La gorge de Libby se serra.

– Je vais bien papa, dit-elle. Un peu émue. Mais bien.

– Fais-toi couler un bon bain ou prends une douche, intervint sa mère. Je vais te repasser un pyjama propre et je le poserai sur ton lit. Une bonne nuit de sommeil et tu te sentiras mieux demain matin.

Libby sourit et hocha la tête. C'était parfait. Elle était heureuse de ne pas avoir de projets avec Ant. Tout ce dont elle avait envie, c'était de se blottir sous la couette avec un bon bouquin et de s'oublier un moment.

Chapitre 8

Le Magicien d'Oz

Après la douche, Libby choisit *Les Quatre Filles du Docteur March* dans la bibliothèque bancale de sa chambre. Une bibliothèque que son grand-père Ernie avait fabriquée avec amour pour elle. Il en était fier le jour où il l'avait apportée dans sa chambre. Il lui avait promis de lui acheter un livre par mois jusqu'à ce qu'elle soit pleine. Et il avait tenu parole, remplissant les rayonnages avec des contes classiques.

Ils faisaient partie de ses trésors les plus chers. Chaque livre contenait certes une histoire, mais aussi le souvenir du moment où ils l'avaient choisi. La bibliothèque renfermait non seulement des classiques, mais toute son enfance.

Son grand-père Ernie représentait à la fois un ami d'enfance et le héros le plus cher à son cœur. Elle l'adorait autant qu'elle l'admirait. Grâce à sa personnalité hors du commun, il pouvait enjoliver les histoires et les rendre magiques. À eux deux, ils transformaient les tâches les plus inintéressantes en merveilleuses aventures. La balade pour rentrer de l'école n'était jamais une simple marche : il y avait des monstres imaginaires à semer, des torrents à franchir, des montagnes à gravir et des chevaux à enfourcher. Traverser la rue en criant « Ouaaaaaah, nous voilà ! » sans se soucier des autres, et puis rire, rire. Les moments dans le jardin devenaient des cours de botanique où se mêlaient histoires de fées et de petit peuple. Ils fabriquaient des portes de fée à accrocher aux arbres pour que leurs amis fabuleux puissent leur rendre visite.

En grandissant, Libby passa l'âge de beaucoup de choses, mais jamais celui de passer du temps avec son grand-père. Ils devinrent même plus proches encore. Elle écoutait sa manière presque lyrique de raconter les histoires. Elle jouait aux dames avec lui. Se confiait sur ses amours et ses peines de cœur. Elle s'asseyait à ses côtés en silence parfois, mangeait une glace à la plage ou savourait un thé au lait.

Après la mort d'Ernie, le père de Libby lui avait raconté combien la naissance de sa petite-fille l'avait adouci. Car après la mort de son épouse, (son fils Jim venait alors d'avoir cinq ans) Ernie avait fermé son cœur au bonheur. Mais grâce à Libby, il avait cru de nouveau en l'amour et aux belles choses.

– Quand j'étais enfant, il ne me montrait pas son amour. Enfin, il le faisait à sa manière, mais pendant la plus grande partie de mon enfance, je l'ai vu pleurer ta grand-mère. C'était comme s'il ne voulait pas trop s'approcher de son propre fils ; je suppose qu'il avait peur de me perdre, tout comme il l'avait perdue, elle. Il a pris soin de moi du mieux possible et a toujours assuré mes besoins matériels. Mais avec toi, c'est comme s'il était devenu celui qu'il devait être : le nounours tendre, un peu gâteux, affectueux, qui a donné toute sa magie à ton enfance.

Pas une once d'amertume dans les yeux de son père. Le cœur de Libby avait pleuré pour cet homme qui avait perdu sa mère à un si jeune âge, qui n'avait pas connu l'innocence de l'enfance.

Comme s'il lisait dans ses pensées, son père avait ajouté :

– N'aie pas de peine pour moi, ma fille. Vous voir tous les deux a guéri mes blessures.

Pendant cette discussion, tous deux avaient le cœur lourd.

Libby lut jusqu'à ce que ses yeux se ferment, puis elle posa le livre sur la table de chevet. Elle aperçut les photos encadrées. Un selfie avec Jess, toutes deux avec des lunettes de soleil surdimensionnées, brandissant des cônes de glace et souriant à l'objectif. Une photo de ses parents à la remise de diplômes. Une autre d'elle enfant, dans le jardin, souriant fièrement à côté de son grand-père. Elles la firent sourire.

Alors qu'elle dérivait lentement vers le sommeil, son téléphone émit un bip pour l'avertir d'un message. Plissant les yeux dans le noir, elle vit qu'il venait d'Ant.

Tu m'as manqué aujourd'hui. Nos samedis après-midi coquins m'ont manqué. J'ai besoin de te voir vite. J'ai besoin de t'avoir vite.

Un autre jour, elle aurait éprouvé une délicieuse sensation en lisant le texto suggestif de son copain, mais cette fois, elle se contenta de soupirer. Elle n'était pas d'humeur coquine. Il ne lui avait même pas demandé comment s'était passée sa journée. Ne comprenait-il pas à quel point c'était important pour elle ?

Tu m'as manqué aussi. Bisous.

Elle répondit en espérant que cela suffirait à le calmer, puis elle éteignit son téléphone et plongea dans un profond sommeil.

***

Après un dimanche passé à additionner tous les devis, à discuter des meilleures options avec son père et à ignorer les tentatives d'Ant pour la faire abandonner ses occupations et venir le retrouver, Libby avait hâte de retourner à Ivy Lane le lundi matin. Oui, elle se sentait coupable de se débarrasser d'Ant et oui, il s'était montré généreux de l'aider, mais elle ne pouvait pas poser ses outils et courir chez lui. Pas maintenant. Elle avait trop de choses à faire.

Ce fait se rappela à elle dès qu'elle déverrouilla la porte un peu après huit heures. Le soleil était déjà chaud et l'odeur de renfermé l'accueillit dès l'entrée. Elle laissa la porte ouverte pour laisser l'air frais s'infiltrer et chasser un peu les mauvaises odeurs.

Les exterminateurs de nuisibles devaient arriver après neuf heures pour vérifier les pièges et déposer d'autres d'appâts si nécessaire. Libby ne voulait pas penser à ce qui pourrait (ou pas) remplir les pièges laissés le vendredi. L'équipe d'Ant était prévue pour dix heures, et Terry l'électricien devait arriver « autour de dix heures » avec ses propres ouvriers pour installer l'essentiel. Libby avait organisé (avec pas mal d'optimisme, elle en prenait conscience) la venue d'un agenceur de boutiques vers dix heures trente. C'était avant de réaliser qu'il faudrait un bon moment avant que la librairie ne soit prête pour les touches finales, telles que les étagères, les sols et les comptoirs.

– Ne l'annule pas, dit son père. Cela te donnera plus de temps pour discuter de ce que tu veux. Demande-lui de concevoir un beau design pour toi.

– C'est ce que j'attends avec le plus d'impatience, déclara sa mère. Tous les petits bibelots.

Libby avait souri à sa mère avec indulgence. Linda avait une vision fantasmée des transformations. Elle voyait déjà Libby en train de danser dans la boutique en chantant *A Woman's Touch* du film *Calamity Jane*, et l'endroit passait par magie de zone de bombardement à jolie librairie. Libby se dit que ce n'était pas loin du fantasme qu'elle avait nourri elle-même… jusqu'à ce qu'elle découvre l'intérieur de la boutique et de l'appartement !

Dressant mentalement la liste des tâches à accomplir ce jour-là, Libby bâilla et réalisa qu'elle rêvait d'un café. Oui, elle avait déjà avalé un grand café au lait sur le trajet, avec un petit pain au bacon pour le supplément d'énergie, mais les efforts du week-end la rattrapaient et elle avait la tête dans du coton. Il y avait une supérette en bas de la rue, à quelques portes de l'*Ivy Inn*. C'était l'un des quatre magasins de la ruelle, avec un boucher, un fleuriste et une boutique solidaire. C'était aussi le seul, mis à part le sien, à donner l'impression d'avoir arrêté le temps. Des décalcos ternis aux fenêtres faisaient la publicité de journaux depuis longtemps disparus, et tout à l'intérieur paraissait estompé, comme derrière un filtre Instagram, et donnait à l'ensemble une touche *eighties* de vintage authentique.

Elle décida de tenter sa chance, marcha jusqu'à la boutique, et poussa la porte, qui fit tinter une clochette. Bien que propre, l'intérieur du magasin avait un aspect vieillot. Chaque article était encore étiqueté au pistolet, les étagères garnies avec le nécessaire incontournable, allant du pain frais aux tampons à récurer. Sur le mur, une affiche montrait des glaces à l'eau datant des années 1980 et, de prime abord, la caisse sur le comptoir semblait plus ancienne que celle de la librairie.

Libby douta qu'une machine à café soit apte à lui prodiguer un grand café crème avec du caramel liquide. Elle fit le tour de la petite boutique en mission de repérage, et fut accueillie par un homme âgé, apparu comme s'il était sorti de nulle part, posté derrière le comptoir.

– Ah, c'est toi en personne ! La jeune fille de l'ancien magasin de tissus. J'ai entendu dire que tu ouvrais une librairie… Nous vendons quelques livres ici, dit-il en désignant une étagère avec des romans sentimentaux en assez piteux état (en couverture des beaux mâles torse nu et des jeunes femmes libertines), ainsi que quelques biographies. Mais je parie que tu feras une meilleure sélection, pas vrai ?

Il éclata de rire.

– Et ces machins e-book aussi, je parie. Pourquoi les gens lisent-ils sur un ordinateur ? Ça me dépasse ! Le papier et l'impression… voilà ce qu'il y a de vrai. La technologie sonnera le glas des commerces indépendants. Libby, c'est ça ? Jo du pub me l'a dit. Je m'appelle Harry.

Enfin, il prit une inspiration avant de tendre une main douce et moite. Il afficha un large sourire, et l'éclat de son dentier faillit aveugler Libby. Elle lui donnait soixante-dix ou soixante-quinze ans. Légèrement moins que son grand-père, peut-être. Elle se demanda pourquoi il travaillait encore à son âge, mais devina que sa boutique représentait certainement toute sa vie. Sa posture traduisait sa fierté de propriétaire.

– Ravie de vous rencontrer, Harry. Oui, je m'appelle Libby. Libby Quinn. Et je ne vendrai pas d'e-books ni de liseuses. Des livres imprimés. Je suis une amoureuse des classiques. J'ai pensé faire un saut pour prendre un café avant de démarrer ma journée.

– Ah, je suppose que ce sera un café crème, un cappuccino ou quelque chose à emporter. La machine est là-bas, dit-il en désignant le fond du magasin. Difficile de croire qu'il fut un temps où les gens entraient ici pour prendre un thé ou un café, et où je faisais chauffer une bouilloire, et je glissais un sachet de thé dans une tasse en polystyrène. Ils n'ont plus envie de ça de nos jours.

– Je suis certaine que vos thés et cafés à la bouilloire étaient aussi bons que ces nouveaux trucs, dit-elle en se réjouissant intérieurement de la présence d'une machine à café.

– Oh, bon Dieu, non. Ils étaient dégueulasses ! Ma Mary me répétait toujours qu'ils ne méritaient rien d'autre que l'évier.

Il rit.

– Mais quand même, c'étaient des temps plus innocents. Pas de problèmes de santé, ni de sécurité, ni de boutiques de café chic.

– En effet, acquiesça Libby.

Elle repéra la machine et appuya sur le bouton du crème extra-large. Elle décida de ne pas dire à Harry qu'il y aurait un coin café dans sa boutique. Elle n'en ressortirait peut-être pas vivante.

– C'est pour ça que c'est chouette de voir du sang neuf arriver dans cette rue.

La voix de Harry lui parvint depuis l'entrée de la boutique.

– Et une librairie. Ça suppose des valeurs traditionnelles, pas vrai ? Des histoires. Amener des gens à la lecture. C'est mieux que de s'asseoir devant ces Gameboy-là. Nous avons un petit-fils… enfin, il a vingt-cinq ans aujourd'hui, mais il est sans arrêt sur ces jeux-là. Difficile d'avoir la moindre conversation avec lui. Un hochement de tête si on a de la chance.

Le pauvre petit-fils n'aurait probablement pas pu en placer une, même s'il avait essayé, songea-t-elle, tout en emportant sa tasse.

– Les choses ont radicalement changé, dit-elle, mais comme vous l'avez dit, heureusement, nous pouvons maintenir un peu d'animation dans la rue. J'aime bien ici. Assez près du centre-ville pour que l'endroit soit fréquenté, mais sans toutes les places de stationnement et les musiciens de rue, et tout le reste.

– Ne me lance pas sur les musiciens ambulants, déclara Harry en croisant les bras sur son ventre rebondi.

Les boutons de sa chemise rayée se tendirent sur son maillot de corps blanc. Lorsqu'il prit une profonde inspiration et qu'il reprit la parole, Libby eut le sentiment qu'il allait se lancer, quoi qu'il en soit.

Le bref aller-retour de deux minutes à la boutique se mua en plus de vingt minutes de conversation… mais Harry lui avait offert un paquet de biscuits Ginger Nuts dont la date de péremption approchait, en guise de cadeau de bienvenue, les lui avait fourrés dans la main. Mais non, elle n'avait pas besoin de le remercier, lui avait-il dit, en lui adressant un sourire éblouissant. Dans sa jeunesse, il avait dû être bel homme, et à sa manière de parler (et de parler, parler, parler !), elle en déduisit qu'il se sentait seul. Qu'il appréciait de se trouver au cœur de la communauté. Elle se demanda si son grand-père Ernie et lui se seraient entendus. Elle imagina que oui, même si la façon dont ils se seraient entendus aurait été un mystère.

En sirotant son café crème, elle sentit la caféine déferler dans ses veines, et se promit d'apprendre à mieux connaître Harry. De garder un petit œil sur lui.

Libby sourit en traversant la rue, déverrouilla sa porte et la poussa. Elle s'assit au comptoir, sur le tabouret qu'elle avait apporté, et sirota son café crème en pratiquant la visualisation positive. Elle s'autorisa à ouvrir les Ginger Nuts, avant d'entendre intérieurement la voix de Jess l'avertissant des nombreux germes qui flottaient dans la boutique.

Alors, elle rangea les biscuits dans son sac et ouvrit son compte Pinterest sur son ordinateur. Avec un grand sourire, elle parcourut toutes les photos épinglées. Des murs d'un vert profond. Des appliques en cuivre. Du parquet en bois ciré. Des bureaux et des sièges Vintage. Des impressions encadrées de couvertures de classiques, accrochées partout dans la librairie. Réutiliser d'anciennes étagères : valoriser, détourner. Ce serait décalé, différent, accueillant. Un mur en briques apparentes au niveau du café. Des feuilles de lierre rampant. Des fournitures originales en vente au comptoir. Elle pourrait réparer l'ancien meuble à étoffe avec sa face vitrée pour ranger des punaises et des cartes postales, des *tote bags* et des badges. Un rêve de bibliophile.

Elle demeura plongée dans ses pensées jusqu'à l'arrivée des exterminateurs. Ils lui confirmèrent que tous les pièges installés sauf un contenaient des nuisibles. Des rats et des souris. Double joie. L'homme rit quand elle lui demanda s'ils étaient tous attrapés.

– Peu probable, mademoiselle. Mais nous avons une idée des endroits par où ils entrent. Désolé de dire ça, mais ce boulot de rénovation va les forcer à sortir de leur cachette. Je vous conseille de nous laisser poser de la mort-aux-rats, mais il faudra qu'on revienne encore et encore, jusqu'à ce que le plus gros soit fait et qu'on puisse condamner tous les accès.

Libby frissonna en imaginant une armée de copains poilus, qui détalaient entre les lattes du plancher et dans les murs creux.

– J'ai vu des endroits pires que ça, déclara M. l'exterminateur de nuisibles. Vous auriez dû voir quand cette vieille usine près de Craigavon Bridge est partie en fumée. C'était comme ce fichu *Joueur de flûte de Hamelin* sur Foyle Road. Ces petits sacripants couraient par centaines se mettre à l'abri.

Libby frémit.

– Votre lieu n'a rien à voir.

– Je suppose que ça se veut rassurant, ajouta-t-elle, même si elle se sentait tout sauf rassurée.

Libby se dit que l'exterminateur de rats était particulièrement enjoué pour un homme qui passait ses journées à chasser les nuisibles et les infestations en tous genres. Cette pensée la rendit légèrement nauséeuse... mais il faut de tout pour faire un monde. Elle se rappela l'inviter à la soirée d'ouverture. Elle avait besoin de personnes enjouées autour d'elle, du moment qu'il ne faisait pas référence devant les invités aux nuisibles qui cavalaient partout.

Ensuite, les hommes à tout faire d'Ant arrivèrent, suivis par une seconde grosse benne à ordures. Harry passa la tête hors de son magasin et leva les deux pouces dans sa direction, tandis que la benne atterrissait avec un bruit sourd devant la boutique.

– Pas mieux qu'un bon nettoyage ! hurla-t-il, avant de disparaître à l'intérieur.

Les hommes commencèrent par la cour arrière et débarrassèrent tous les détritus en un rien de temps.

Libby envoya un texto à Ant pour le remercier et lui dire que les hommes faisaient du super boulot. Il lui renvoya un smiley et un simple mot :

Tu pourras me remercier plus tard ?

Libby leva les yeux au ciel, mais elle était d'humeur positive. D'habitude, elle ne voyait pas Ant le lundi, mais peut-être qu'elle pouvait faire une exception et lui faire une rapide visite.

Je te vois après le boulot ?

En guise de réponse, elle reçut un émoji au visage souriant.

Quand le décorateur arriva pour discuter de ses projets, l'excitation la rendait rayonnante. Elle ne fut même pas déstabilisée quand il lui dit que, certes, il pourrait l'aider avec le design, les installations et les équipements, y compris la réserve et le coin café, mais elle devrait arpenter elle-même les marchés vintage ou les ventes aux enchères pour trouver des meubles anciens.

– Nous pouvons rechercher quelques trucs pour vous, mais en toute franchise, ce serait plus économique d'opter pour des reproductions. La même apparence à moindres coûts, déclara Craig, un grand rouquin tout mince, à l'accent de Glasgow très prononcé.

Libby fit la grimace. Il avait peut-être raison, mais elle adorait l'idée de posséder des objets dotés de leur histoire propre.

Craig remarqua son expression.

– Si vous tenez absolument à acheter de l'authentique, pour faire les meilleures affaires partez en repérage. Je peux vous donner une liste des prochains marchés, si vous voulez ? Je crois qu'il y en a un bientôt à Belfast, plutôt pas mal. Vous avez sans doute une idée de ce que vous voulez, mais je vous conseille le mobilier Ercol, une bonne marque de meubles des années 1920. Je pense que cela correspond à l'ambiance que vous recherchez. C'est cher, surtout les pièces du milieu du siècle dernier, mais difficile de trouver mieux, en termes de qualité.

Libby sourit. Faire du repérage, elle en était capable.

Elle aimait bien Craig. Il la rassurait : non seulement il était sur la même longueur d'onde qu'elle par rapport à la librairie, mais en plus, il n'allait pas la surfacturer. Son enthousiasme pour le projet de Libby était manifeste.

Penchés sur le comptoir, ils gribouillaient des esquisses de plans, lorsque Libby fut distraite par des bruits de pas. Elle leva la tête et aperçut Noah franchir la porte, Paddy sur les talons, la truffe en l'air.

Chapitre 9

Le Magasin d'antiquités

– Ah, Libby, la salua Noah. Paddy et moi, on a eu envie de faire les curieux. Comme la porte était ouverte… Ça a déjà une meilleure gueule ici.

Il fit un mouvement de tête vers les sols fraîchement déblayés et l'endroit où le plâtre avait été gratté.

Il laissa tomber la laisse. Le chien marcha lentement vers Libby et se frotta la tête contre sa jambe, la queue fouettant furieusement l'air.

– Il se souvient de toi ! déclara Noah. Et j'ai l'impression qu'il t'a pardonné de lui avoir marché sur la queue.

Libby rougit. Elle ne voulait pas que Craig entende ce triste épisode.

– Eh bien, ce n'était pas ma faute…, commença-t-elle, avant que Noah n'éclate de rire.

– Je te charrie. Sérieux. Mais il t'aime bien.

Libby baissa le regard vers les grands yeux marron de Paddy. Ce chien devait obtenir tout ce qu'il voulait avec ce regard-là. Elle le caressa et le chatouilla sous le menton.

– Noah ! C'est toi ! lança Craig. Comment ça va ?

– Ça va bien, mon pote. On n'a pas à se plaindre. J'ai vu ton van dehors et je me demandais si c'était toi ou un de tes gars. Comment vont les affaires ?

– Bien occupé, tu sais. Mais je ne me plains pas.

Libby donna une autre caresse à Paddy, puis regarda Noah de manière appuyée, en espérant qu'il sortirait et qu'elle pourrait continuer à discuter avec Craig.

Apparemment, Noah avait d'autres intentions.

– On envisage de faire quelques petits travaux dans l'arrière-bar et dans le jardin, et j'avais l'intention de te passer un coup de fil. Tu n'es pas trop occupé pour y jeter un œil ?

Libby brûlait de rétorquer que oui, en fait, Craig était trop occupé, parce qu'il avait à discuter de sa boutique et qu'il n'avait pas le temps, dans l'immédiat, de débattre des améliorations du pub. Elle n'en fit rien cependant, à son grand dépit. Elle manquait d'assurance.

– Je suis certain qu'on trouvera une solution, déclara Craig. Peut-être dans six semaines. Avec l'été qui arrive, ça ne vous ira peut-être pas.

Noah acquiesça.

– Je vois. Quand nous aurons une idée précise de ce que nous voulons, nous prendrons une vraie décision. Fais-moi signe dès que tu seras libre.

– Ben… je suis dans le quartier, aujourd'hui, alors qu'est-ce que tu dirais si je faisais un saut quand j'aurai terminé ici ? On pourra lancer la machine.

– Génial, conclut Noah avec enthousiasme.

– Parfait.

Libby s'attendait à ce que ce soit la fin de la conversation. Mais non ! Elle s'attendait aussi à ce que Noah et Paddy sortent du magasin, pour que Craig et elle reviennent à leur discussion et à leurs croquis préliminaires. Mais non !

Noah se contenta de changer de conversation.

– Ce sont vos idées ? demanda-t-il en désignant les carnets sur le comptoir.

Comme si ça pouvait être autre chose ! songea Libby.

– Oui. Les esquisses, tu vois, répondit-elle.

– Ça t'embête si je jette un coup d'œil ? demanda Noah, en approchant du comptoir.

Elle lutta contre l'impulsion de serrer les croquis contre sa poitrine. Était-ce grossier de se sentir aussi protectrice envers ses projets ? Surtout au stade où ils en étaient, des idées désordonnées, peut-être même des rêves foireux ? Trouverait-il l'ensemble trop kitsch ? Les petits recoins pour les écrivains ? Ses idées de guirlandes lumineuses et de terrariums aux bords en cuivre, les impressions funky et les tasses à café vintage ? Son intention d'installer des étagères détournées et des bureaux Vintage afin de créer un refuge pour les amoureux des livres ?

Noah retourna les carnets dans son sens et jeta un œil au tableau Pinterest ouvert sur son ordinateur. Elle rougit.

– C'est pour les auteurs ? demanda-t-il, en montrant les quatre espaces de travail dédiés.

Elle acquiesça.

– Une sorte de poste de travail à louer… un endroit où bosser au milieu des livres, avec des bureaux, du café à volonté, etc.

– À louer ? Mais si un écrivain peut apporter son ordi au *Starbucks* ou dans n'importe quel café, se brancher et écrire au milieu de l'odeur du café pour le prix d'un café crème, pourquoi est-ce qu'il paierait pour un bureau ici ?

– Eh bien, c'est une librairie. Le lieu aura son ambiance à lui. Des ondes créatrices.

– Le bruit des clients qui entrent dans la boutique ? Tu mettras la radio ? La machine à café va-t-elle chuinter et siffler ? Les gens regarderont par-dessus leurs épaules pendant qu'ils écriront ? Est-ce que ça ne ressemblera pas à un zoo ? Je veux dire… je suis sûr que tu y as réfléchi, mais…

Ce fut au tour de Craig de toussoter d'un air gêné, pendant que la colère de Libby grandissait. Plus que cela, elle sentit des larmes lui piquer les yeux.

– Les espaces de travail seront isolés derrière des étagères, mais éclairés par la lumière naturelle des fenêtres. Les coûts de location seront minimes, avec la chance de voir leur travail présenté sur les pages de nos réseaux sociaux et promu grâce à nos *mailing lists*. J'ai discuté avec quelques revues littéraires sur le fait d'accepter des contributions ou de venir à la boutique pour des événements. De même pour les auteurs publiés. J'y ai réfléchi sérieusement… tu vois. J'ai fait des recherches. Je ne suis pas une incapable. Il s'agit de bâtir une communauté.

Elle fut énervée contre elle-même quand elle perçut un léger tremblement dans sa voix. Qui était-il pour sous-entendre que ses projets manquaient de sérieux ? Manifestement, il la sous-estimait.

– Oh flûte, je ne voulais pas suggérer que tu étais une incapable. Désolé ! Vraiment. Je sais à quel point c'est dur de s'installer à son compte. On avait pris un faux départ avec l'*Ivy Inn*. On l'a mal lancé, dit-il l'air contrit. On a dû faire de gros changements, très vite. Des changements coûteux. Désolé, j'ai l'air d'un pauvre idiot arrogant.

Libby réprima un petit sourire.

– Eh bien…

– Désolé, dans une vie antérieure, j'ai bossé dans la gestion financière. Dans la vraie jungle, à Londres. J'en ressens encore le stress post-traumatique, je te jure.

Il rit brièvement, mais à son air, on devinait qu'il n'était pas si loin du compte.

– J'ai les marges de bénéfices chevillées au corps et parfois elles ressortent. Tu as la tête sur les épaules, si tu penses en termes de communauté. Je crois que c'est ce qui fait ou défait une affaire de nos jours. Et c'est ce qui compte.

Libby s'empourpra, de fierté cette fois. En fait, elle avait un peu le vertige à cause des montagnes russes émotionnelles, qu'elle traversait depuis dix minutes.

– Si je puis me permettre un dernier conseil, et tu es libre de m'envoyer bouler, mais d'après mon expérience, les gens aiment l'intimité, conclut-il.

De toute évidence, il ne voulait pas se retirer de la conversation.

– J'imagine que c'est encore plus vrai quand on écrit que quand on vient boire un verre. Nous avons créé nos box dans cet esprit avec l'aide de Craig. En cherchant des idées, on avait envisagé des murets arrondis en pierre (d'environ un mètre vingt de haut), un caractère fou ! Tu t'en souviens, Craig ?

Celui-ci acquiesça.

– Oui, je pense que j'ai encore des photos de l'endroit où ça a été fait… Attendez, dit-il à Libby tout en s'identifiant sur son iPad. C'est une super idée, juste le bon degré d'intimité, mais peut-être pas en maçonnerie pour la librairie. Je vois plutôt un placage en bois recyclé, non ? Cela n'alourdirait pas beaucoup votre budget et ce serait assez efficace.

Quand Craig lui montra les photos, Libby ne put s'empêcher de penser que Noah tenait une bonne idée. Elle savait, malgré ses fanfaronnades sur ses recherches, qu'il lui faudrait beaucoup se creuser la tête pour valoriser ses postes de travail, surtout pour des auteurs aux faibles revenus. Tout le marketing du monde ne changerait pas le concept de base. Cela rendrait les espaces encore plus intimes, à l'écart des distractions, mais proches d'une effervescence créatrice.

– Eh bien… ce n'est pas la pire idée du siècle, admit-elle. Merci !

– Pas de souci, Libby. On est tous sur le même bateau, pas vrai ? À essayer de faire vivre nos affaires. Et de faire d'Ivy Lane un endroit attirant auquel les gens aient envie d'appartenir. C'est notre intérêt mutuel de collaborer… nous tous des commerçants.

– Tu as raison, dit-elle. J'irai me présenter aux autres plus tard. J'ai déjà rencontré Harry.

Le visage de Noah s'éclaira d'un grand sourire au prénom de Harry.

– C'est notre héros, déclara Noah avec chaleur. Le cœur d'Ivy Lane.

***

Une benne remplie fut emportée avant dix-sept heures. Quand Libby fit le tour de l'appartement, il n'était plus rien qu'un squelette de sols et de murs mis à nu ; la cuisine et la salle de bains avaient été démantelées. L'espace habitable n'était plus qu'une toile vierge. Il paraissait plus grand… et déployait son potentiel sous les yeux de la jeune femme.

Malgré cette longue journée, Libby avait une démarche sautillante lorsqu'elle referma derrière elle et qu'elle grimpa dans sa voiture. Elle souriait encore en se douchant. De même quand elle enfila une robe d'été à bretelles, quand elle s'ébouriffa les cheveux, quand elle les vaporisa d'un spray au sel marin pour leur donner un effet texturé, et quand elle glissa les pieds dans une paire de tongs ornées de bijoux. Elle pulvérisa un soupçon de Jo Malone sur les poignets et le cou avant d'appliquer un peu de gloss sur les lèvres. Puis elle se contempla dans le miroir et comprit que son sourire, son bonheur venaient du cœur. Ils irradiaient de sa personne, de chaque pore de sa peau, et cela lui faisait un bien fou. Les soucis et le stress de ces derniers jours (et même de ces dernières années, depuis le décès de son grand-père) paraissaient s'estomper. Pour la première fois depuis longtemps, elle sortait la tête hors de l'eau. Mieux qu'avant. Plus forte. Plus confiante. Moins encline à supporter les choses sans importance.

Elle sourit à son reflet, lança un joyeux au revoir à ses parents et sauta dans sa voiture, fenêtres ouvertes et radio à fond, pour rouler jusque chez Ant. Elle sourit en songeant à ses larges épaules, à ses bras musclés, à son sourire espiègle, capable de faire pétiller ses entrailles. Elle avait hâte de l'embrasser, de l'inviter à sentir son bonheur après une journée de réels progrès. À imaginer à quel point elle serait heureuse quand tout serait terminé et qu'elle quitterait la boutique chaque jour en sachant qu'elle avait passé une journée à vivre son rêve.

Dans la société de relations publiques où elle avait travaillé, elle n'avait fait que de la figuration, à écrire encore et encore des articles et des posts qui n'enflammaient pas son imagination. Oui, elle avait travaillé correctement. On lui donnait carte blanche, car elle se montrait créative lorsqu'elle écrivait sur un nouveau produit destiné à atterrir sur les étagères des supermarchés ou sur une nouvelle couleur de rouge à lèvres. Même si elle faisait bien son boulot et que la boîte remportait la couverture médiatique souhaitée, en ligne et dans les magazines, elle ne savourait pas sa gloire. Elle passait simplement à la tâche suivante. Treize ans plus tard, c'était devenu sans intérêt, répétitif. Cela ne déclenchait plus la même passion qu'à ses débuts. Quand des licenciements avaient été annoncés, elle avait presque été soulagée d'apprendre la restructuration de son département. Sans cette impulsion, elle n'aurait peut-être pas eu le cran de faire le grand saut. Mais à l'époque, elle avait perçu que c'était un signe de son grand-père : l'heure était venue de rêver grand et de vivre grand.

Certaines personnes voulaient faire le tour du monde, claquer leur argent dans des sacs ou des chaussures de créateurs. Libby, elle, s'autorisa à croire que son rêve était accessible. Aujourd'hui encore, c'était effrayant et cela le serait probablement toujours. Mais sur la route côtière, le vent fouettant ses cheveux et l'iode pénétrant ses narines, elle chanta à pleins poumons, et cela lui fit du bien.

Elle chantait toujours quand elle grimpa sur la colline, et hurla les notes les plus haut perchées en garant sa voiture.

Ant se fendit d'un large sourire en la voyant. Il quitta sa chaise à la table bistro installée devant la maison, au cœur du jardin verdoyant, et idéalement située pour capter le soleil de fin de journée. L'architecte qui avait conçu la maison avait intégré le lever et le coucher du soleil à sa réflexion. Le jardin était hyper ensoleillé. C'était un délice de s'y asseoir pour se détendre et respirer les odeurs de lavande et de jasmin.

Libby se glissa hors de la voiture, repoussa ses lunettes de soleil sur le haut de la tête et marcha dans sa direction. Il l'attira dans une étreinte, lui inclina légèrement la tête et l'embrassa, un baiser si profond qu'elle eut du mal à attendre que son corps s'entremêle au sien.

Personne n'avait jamais fait réagir son corps comme lui : il savait comment l'étourdir de désir d'un simple frôlement des lèvres, un mouvement rapide de la langue, une caresse du doigt sur sa peau hâlée. Alors qu'il l'embrassait là, dans le jardin, elle commença à trembler, son rythme cardiaque s'accéléra, elle eut envie de lui.

– Rentrons, souffla-t-elle et il ne fut que trop heureux de s'exécuter, la conduisant par la main jusqu'à sa chambre.

***

– Si j'avais su qu'une benne et deux ouvriers provoqueraient une telle réaction, je les aurais embauchés il y a longtemps.

Ant rit, allongé près d'elle dans le lit.

– La plupart des femmes aiment les fleurs ou les bijoux, mais si ton truc, ce sont les bennes…

– Hé, je n'ai rien contre les fleurs et les bijoux.

Elle s'assit et attrapa sa robe gisant par terre.

Ant se redressa et l'embrassa délicatement sur l'épaule.

– Tu te rafraîchis et tu me retrouves en bas. Qu'est-ce que tu dirais d'une bonne bière fraîche ?

– Ça me paraît merveilleux, mais je conduis. Je ne découche pas les soirs d'école, tu te souviens ? dit-elle en lui rappelant sa propre « règle ».

Il travaillait si tard en temps normal que la question ne se posait pas.

– Parfois, je me déteste, déclara Ant en s'esclaffant. Ce sera une boisson sans alcool alors.

Libby remarqua qu'il ne proposait pas de faire une exception.

***

Le temps qu'elle le retrouve en bas, il avait préparé une salade César, servie avec des tranches d'une miche tigrée toute fraîche. Il tenait une bière fraîche dans la main, et un verre d'eau pétillante avec une tranche de citron était posé à côté de l'assiette de Libby.

– Aujourd'hui, ça s'est bien passé alors, dit-il quand elle s'assit et prit sa fourchette.

Soudain, elle était affamée.

– Mieux que bien, dit-elle. Oh, Ant, je sais qu'il y a un sacré boulot, mais je visualise bien comment ça va prendre forme. Et ce sera tellement bien ! Craig, le décorateur, a des idées incroyables. Il m'a conseillé d'aller dans un marché vintage ce week-end, pour acheter des pièces de mobilier. Ils ont des meubles vraiment géniaux, il paraît… Tu sais, des bureaux et d'autres trucs pour les espaces écriture. Une fois que je les aurai, je pourrai mieux me projeter.

– Ce week-end ?

Le sourire d'Ant s'effaça.

– Oui, c'est un événement éphémère. Heureusement qu'il m'en a parlé. Le suivant n'aura peut-être pas lieu avant des mois.

Libby voyait bien que son copain ne partageait pas son enthousiasme, mais il lui restait une carte dans sa manche.

– J'ai pensé que tu pourrais venir avec moi, dit-elle en lui faisant les yeux doux et en se servant de tous les trucs que le chien Paddy lui avait enseignés. C'est près de Belfast, alors on pourrait même y passer la nuit. Réserver au *Merchant Hotel* ou un autre endroit un peu décalé ?

– Une nuit à acheter des vieux meubles ?

Si ses sourcils s'étaient soulevés un peu plus encore, ils auraient risqué de bondir de sa tête.

– Ben, non…, dit-elle en refoulant son abattement. La journée serait consacrée à l'achat des vieux meubles. Et la nuit, on ferait tout ce dont on a envie.

Elle prononça les derniers mots plus lentement, pour les accentuer.

– Je ne suis pas certain qu'une journée à déambuler parmi les odeurs de renfermé et les vers à bois me mettrait dans l'ambiance, dit-il. J'avais espéré qu'on se terrerait ici. Tu sais, un de ces week-ends délicieux où l'on passait quatre-vingt-dix pour cent de notre temps au lit et où l'on ne s'aventurait dehors que pour trouver nourriture et boissons ?

En se remémorant les paroles de Jess sur la maniaquerie de son copain, elle se radoucit un peu.

– Je sais, mais les choses sont différentes aujourd'hui. On a déjà eu cette conversation, Ant. Et si on y allait ensemble, tu te détendrais à l'hôtel et j'irais au marché toute seule. On se retrouverait à l'hôtel ensuite ? On pourrait faire monter un *room service*, ça te plairait ?

C'était loin d'être idéal, mais elle tentait de trouver un compromis, même si elle était froissée qu'il ne l'aide pas à chercher ses meubles. De toute évidence, la seule chose qui l'intéressait, c'était se mettre au lit avec elle et la garder sous les draps.

– Ce n'est pas pareil. Et puis, qu'est-ce que je vais fabriquer tout seul à Belfast ? Je vais m'ennuyer, dit-il.

Libby perçut le ton d'enfant gâté dans sa voix.

– Ant, dit-elle après avoir pris une profonde inspiration, tu sais que j'ai une échéance pour ouvrir la librairie. Ça va être intense. Tu le sais depuis le début. Ce marché ne se tient que tous les quelques mois. Il faut que j'y aille. Je dois être libre les week-ends, au moins dans l'immédiat. Je n'ai pas le temps de passer un week-end à ne rien faire.

– Ce n'est pas ne rien faire. C'est faire avec moi !

Il lui lança son plus beau sourire… Le sourire qui, habituellement, la rendait toute bizarre à l'intérieur. Aujourd'hui, il la mettait en colère.

Elle posa sa fourchette. Son appétit s'était envolé.

– Faire avec toi, dit-elle avec calme. Même si cette activité est marrante, elle ne va pas m'aider à ouvrir ma librairie.

– Mais je t'ai aidée. Je t'ai envoyé des gars pour porter des trucs lourds. Tu as gagné un jour ou deux. Un jour que tu pourrais nous consacrer, non ?

– Est-ce que je n'ai pas brisé la règle pour venir jusqu'ici ce soir, juste pour te voir ?

– Ce n'est pas la même chose.

– Je suis désolée, dit-elle.

Pourtant, honnêtement, elle ne l'était pas du tout.

– Je comprends que ça signifie beaucoup pour toi. Énormément, mais on dirait que je ne compte plus.

– Tu es bête, dit-elle soudain déstabilisée.

Ce n'était pas du tout sa nature d'être en manque… pas du tout. Ils ne formaient pas un couple privé d'affection. Leur relation avait toujours eu un ton désinvolte, qui leur avait très bien convenu à tous les deux. En tout cas, Libby l'avait cru.

– Ant, depuis que nous avons commencé à parler de la librairie, nous savons qu'elle occuperait la majeure partie de mon temps. C'était une évidence. Tu ne peux pas continuer à me culpabiliser.

Elle lui parlait un peu plus durement que dans son intention, mais elle essayait vraiment de ne pas être déçue par lui. Déçue par le fait que toutes les grandes phrases prononcées ces derniers mois, tous ses encouragements et ses paroles lui assurant qu'elle faisait le bon choix, n'étaient pas ce qu'elle croyait en réalité. Tout cela avait existé tant que demeuraient une abstraction, un concept, les contraintes qui pèseraient sur leur relation. Face à la réalité, Ant s'était très vite transformé en enfant boudeur parce que son jouet préféré lui était rationné.

– Je n'essaie pas de te culpabiliser, répliqua-t-il.

– Alors, tu viendras avec moi, à Belfast, samedi et on passera un bon moment ?

Il hocha la tête.

– Si je ne t'ai pas pour moi tout seul, je ferais aussi bien de rester ici et d'abattre un peu de travail. Tu sais que le vintage, ce n'est pas mon style, et les vieux marchés qui sentent le renfermé encore moins. Pourquoi tu ne proposes pas ça à Jess ?

Passer du temps ensemble pour resserrer les liens ? On dirait que la seule personne que tu vois moins que moi, c'est elle.

Alors maintenant, il ne lui reprochait pas seulement le peu de temps qu'elle passait avec lui, mais aussi celui avec Jess ? Le bien-être de leurs ébats s'était bel et bien dissipé.

– Écoute. Je ne suis pas venue ici pour me battre ou me justifier. Nous passons une adorable soirée. Bon sang, il n'y a pas si longtemps, on passait la meilleure soirée du monde ! Peut-être que tu pourrais réfléchir un peu à Belfast ? lui proposa-t-elle, et il acquiesça.

Ils passèrent une pénible demi-heure à discuter de façon guindée, avant que le soleil ne commence à décliner. Libby sentit un frisson la parcourir, qui n'avait pas de rapport avec le froid.

– Je ferais mieux de rentrer, dit-elle, un sourire plaqué sur le visage.

– Je suppose que tu décolles tôt demain matin ?

– En effet. Le vitrier vient examiner les fenêtres, voir ce qui peut être récupéré. Il sera là aux aurores.

Ant hocha la tête sans dire un mot.

L'air embarrassé, Libby l'embrassa sur la joue, brandit ses clés et lui dit qu'ils s'appelleraient plus tard dans la semaine.

– Réfléchis à ce week-end, dit-elle. Ça pourrait être marrant. Différent, mais marrant quand même.

– J'y réfléchirai, dit-il à l'instant où elle montait sur le siège avant de la voiture, mettait le moteur en marche, et se trouvait assourdie par le volume maximal de la radio.

Baissant le son, elle fit un signe de tête dans la direction de son petit ami et démarra, ne sachant plus quoi penser.

Chapitre 10

Love Story

Libby Quinn était une célibataire comblée (enfin peut-être pas comblée, mais célibataire) lorsque, au cours d'une soirée avec Jess, elle tomba sur l'inconnu mythique, mais réel cette fois : grand, ténébreux et beau, accoudé au comptoir. Dès l'instant où il baissa sur elle un regard avide, elle se sentit fragile, délicate et comestible. Incapable de lui résister. Et le temps d'un trajet en taxi jusque chez lui cette nuit-là, elle fut incapable de lui faire retirer ses mains de son corps. Elle ne le voulait pas.

C'était le courant électrique dont on parle souvent. L'air autour d'eux crépitait et Libby n'avait jamais rien éprouvé de tel auparavant. Elle s'y abandonna.

Ils tombèrent dans un mode de fonctionnement : une relation basée sur des ébats sexuels géniaux, un fou rire de temps en temps et un minimum d'engagement, ce qui convenait parfaitement à Libby. Elle voulait mettre sa nouvelle vie sur pied, et elle n'avait ni l'énergie physique, ni émotionnelle pour autre chose.

Libby se demandait si elle devrait ressentir autre chose pour Ant, sachant que sur le papier, c'était le parti idéal. Beau. Indépendant. Propriétaire d'une maison près de la mer, il avait la sécurité de l'emploi, l'art de lui mettre les jambes en coton. Mais elle ne ressentait rien de plus pour lui. Elle était attachée à lui, elle aimait bien qu'il fasse partie de sa vie, mais tout compte fait, elle ne l'aimait pas. Il ne l'aimait pas non plus, en tout cas pas de la manière dont on pouvait penser qu'elle devait l'être. Elle appréciait sa façon de lui faire croire qu'elle était la fille la plus sexy de la Terre. Pendant longtemps, cela lui avait suffi. C'était plus que suffisant. Ils avaient un arrangement confortable, chacun en retirait ce dont il avait besoin, tout en s'amusant au passage. C'était pour cette raison que cela fonctionnait et cela leur convenait à tous les deux. Même si Libby n'avait jamais imaginé qu'elle se retrouverait dans une relation de *sex friends*.

Alors, cette nouvelle facette possessive révélée par Ant la surprenait un peu. Elle n'en comprenait pas la raison, ni pourquoi les choses devaient changer. Ni pourquoi il la culpabilisait son travail ? Elle ne l'avait jamais culpabilisé quand il devait voyager, faire des heures supplémentaires, ou annuler un de leurs « sacro-saints » week-ends à la dernière minute.

Et jusqu'à maintenant, il s'était montré tout aussi détendu avec elle.

Sentait-il que la situation changeait ? Qu'elle devenait plus forte et qu'elle reprenait le contrôle de sa vie. De fait, aujourd'hui, tous ses projets se concrétisaient. Était-il possible que ce qui avait fonctionné pendant si longtemps s'arrête de fonctionner subitement ? Le ressentait-il aussi ?

Elle s'était arrêtée pour faire le plein d'essence quand son téléphone émit un bip. C'était un message d'Ant. Il n'avait même pas accordé cinq minutes de réflexion à sa proposition. Le texto disait :

Écoute, demande à Jess de t'accompagner. Ce week-end n'est pas pour moi. Sans rancune.

Découragée, perdue et un peu agacée, Libby paya l'essence et roula vers les berges de la rivière et l'appartement de Jess. Elle avait besoin de se pelotonner sur le canapé de sa meilleure amie et de lui parler de ses soucis.

Quand Jess vint ouvrir, elle était encore en pyjama et sa chevelure blonde était ramenée en une queue-de-cheval désordonnée au sommet de sa tête.

– Je venais juste de faire du thé, déclara Jess en prenant son amie dans ses bras. Tu en veux ?

Libby acquiesça et la suivit dans sa cuisine d'une blancheur immaculée. Libby était toujours impressionnée par la brillance et la propreté de la cuisine de son amie, surtout parce que Jess adorait cuisiner. Même si elle vivait seule, elle cuisinait toujours tout. Ant et elle partageaient un même amour de l'art culinaire, alors que Libby était plus du genre « plats préparés » de chez *Marks & Sparks*.

– Ça ne t'embête pas que je m'incruste ? demanda-t-elle.

Jess secoua la bouilloire avant de la remplir d'eau et de la brancher.

– Bien sûr que non, c'est chouette d'avoir un peu de compagnie. J'allais regarder *L'amour est dans le pré* et me vernir les ongles de pieds ou une autre activité tout aussi palpitante.

Jess laissa tomber un sachet de thé dans deux mugs et prit du lait dans le frigo, tandis que la bouilloire bouillonnait et sifflait.

– Tout va bien ? Je croyais que tu voyais Ant ce soir.

– Hum ! Je l'ai vu… mais ça ne s'est pas bien passé.

– Ah ? demanda Jess.

Elle lui tendit une tasse de thé préparé à la perfection.

Libby marcha jusqu'au salon et s'installa. Elle raconta à Jess son dîner et ses inquiétudes sur le changement de dynamique de son couple.

Libby prit une inspiration. Une pensée l'avait frappée pendant qu'elle partageait ses soucis.

– Je pense… Je crois que peut-être Ant et moi arrivons à la fin de notre relation, dit-elle.

Jess garda le silence, apparemment sous le choc.

– Peut-être qu'il a besoin de temps pour s'adapter à ta nouvelle réalité ? Et toi aussi ? C'est un grand changement. Avec un peu d'efforts, les choses pourraient se calmer, s'améliorer, non ?

– Tu sais quoi, Jess… Je ne suis pas certaine que ça en vaille la peine.

Ce fut seulement quand elle prononça ces paroles qu'elle réalisa qu'elle les pensait vraiment. Ant n'avait jamais été une perspective à long terme. Elle l'avait toujours su, même si elle ne se l'était jamais avoué. Mais maintenant qu'elle avait ouvert cette porte, elle ne se croyait pas en mesure de la refermer.

Elle lut la confusion sur le visage de son amie.

– Mais je pensais que ça marchait bien. Que vous vous amusiez ? s'enquit Jess.

– Oui, on s'amusait… Et on s'amuse encore, quand on veut. Mais tu sais, Jess, je ne me suis jamais dit que c'était le grand amour de ma vie. Ça te paraît affreux ? Je sais… Peut-être que ça l'est. Mais il va lui falloir du temps et des efforts pour s'adapter. Et je ne pense pas que l'un de nous voie un futur à notre relation ? Qui plus est, je ne suis pas certaine que cela vaille une peine de cœur. Tu crois que oui ?

Jess posa sa tasse par terre et se tourna pour faire face à Libby.

– Je sais que les choses ont toujours été plutôt décontractées entre vous. Mais, malgré tout, il faut que je te demande pourquoi ce n'est pas le bon ? J'ai toujours supposé que tu étais repliée sur toi-même, que tu faisais ton deuil et qu'un jour tu t'ouvrirais et que… je ne sais pas, que tu arriverais ici et que tu me dirais : « Je suis follement amoureuse. »

Libby haussa les épaules.

– Je pensais peut-être que ça arriverait aussi, mais non, ce ne sera pas le cas. Et ce n'est pas juste parce que je lui en veux de ne pas m'accompagner ou de ne pas m'aider davantage à la librairie. Je n'arrive pas exactement à mettre le doigt sur la véritable raison. Mais l'impression que nous ne pourrons pas vivre l'un sans l'autre le reste de notre existence, je ne l'ai pas, c'est tout. On s'amuse… mais à un niveau très superficiel. Je crois maintenant que cela suffit.

L'expression de Jess changea. Elle se frotta les tempes et se raidit.

– Que je comprenne bien. Ce n'est pas le bon, parce que tout ce que vous faites, c'est vous amuser ?

Sans aucun doute, sa voix trahissait une pointe d'incrédulité, voire d'agacement.

– Je sais, renchérit Libby en se sentant grimacer. Mais je ne pense pas qu'il serait en désaccord avec moi. Nous avons été ensemble suffisamment longtemps pour en arriver à évoquer le stade supérieur : peut-être vivre ensemble, je ne sais pas, un mariage, des gamins…

– Vous n'avez jamais discuté des étapes suivantes ? demanda Jess avec incrédulité.

– Jess, je t'en aurais parlé, tu ne crois pas ? Et tu sais, nous n'avons jamais prononcé le mot avec un grand « A ». À mon avis, aucun de nous ne meurt d'envie d'avoir cette conversation. On s'est bien entendus parce que c'était marrant. Et aujourd'hui que ce ne l'est plus autant, tous les problèmes deviennent plus évidents.

– Les relations ne sont pas censées être marrantes tout le temps, Libby. Nous le savons toutes les deux. Il faut réfléchir sur ces points.

Il y avait quelque chose dans le ton de Jess (un jugement qu'elle n'arrivait pas à cerner) qui mettait Libby mal à l'aise. Elle avait l'impression que sa meilleure amie prenait le parti d'Ant, au lieu de lui témoigner le soutien sans faille qu'elle attendait.

– Jess, ne penses-tu pas que si tu es avec le bon, le vrai, celui avec qui ça fonctionne à tous les niveaux, tu n'as pas à remettre ça en question ? Tu as envie de lui dire que tu l'aimes et qu'il te le dise en retour. En fait, qu'il te le dise ou pas, l'amour entre vous va de soi.

Jess s'adossa à son siège, prit une inspiration. Libby voyait presque les rouages tourner dans son cerveau. Jess s'efforçait de comprendre comment elle se comporterait dans une relation avec un homme qui cocherait toutes les cases, mais qui, malgré tout, ne conviendrait pas !

– Je suppose que ce n'est pas facile, concéda Jess avec douceur. Mais voilà, je sais comment tu fonctionnes, Libby Quinn. Je te connais depuis que l'on a quatre ans, et quand tu t'impliques dans un projet, tu te donnes à cent pour cent, ce qui est admirable. Le truc c'est que rien ne devrait occuper cent pour cent de ton existence : aucun projet, aucun boulot, aucun hobby, aucun homme. Ne mets pas tous tes œufs dans le même panier : ne passe pas tout feu tout flamme à l'aventure suivante, sans prendre conscience que la précédente avait encore quelque chose à offrir. Ce ne devrait pas être une affaire d'alternatives. Ant est un mec chouette… Ne te trompe pas. C'est tout ce que je dis.

– Peut-être, admit Libby pour apaiser la discussion.

Pourtant, elle savait très bien ce qu'elle ressentait et qu'elle ne changerait pas d'opinion. Peut-être Jess n'était-elle pas la bonne personne à qui se confier, après tout. Cette conversation lui échappait. Tout comme elle lui avait échappé, quand elle était avec Ant un peu plus tôt. Elle décida d'avancer.

– Que dirais-tu de venir avec moi au marché vintage ce week-end ? On pourrait louer un van. Je te laisserai choisir la musique. On pourrait rester une nuit… user nos talons sur le bitume ? Ou nos chaussures plates d'ailleurs ? dit-elle en regardant ses tongs et les chaussons chaussettes de Jess.

– Oh, ça aurait été génial, déclara Jess sur un ton qui ne collait pas avec ses paroles. Mais je ne peux pas ce week-end. J'ai une conférence sur la santé mentale à l'université de Coleraine. Tout est réservé et je représente mon cabinet médical. Je suis désolée. Tu sais que si j'avais pu, je serais venue.

– Pas de souci, lui assura Libby, sans pouvoir réprimer sa déception.

Et, pour être honnête, elle soupçonnait avec un brin d'inquiétude que son amie lui avait peut-être menti.

Chapitre 11

La Couleur des sentiments

Libby était très douée pour se noyer dans le travail. Surtout quand c'était un travail qu'elle aimait. Mais le jeudi, elle se trouva submergée par la poussière, le bruit et les factures qui s'amoncelaient.

– Il faut que ça empire avant que ça ne s'améliore, lui avait dit son père. Tu seras surprise de voir à quelle vitesse ça va prendre forme.

– Je l'espère, répondit Libby, en ramenant en queue-de-cheval ses cheveux, qui semblaient perpétuellement couverts d'une couche de poussière, malgré la fréquence à laquelle elle les lavait.

– Cela va se faire, dit-il. Souviens-toi, j'ai réalisé de nombreux projets et, à chaque fois, j'ai eu cette conversation avec la personne qui m'a engagé. Mais tu dois reconnaître que ça avance.

Libby baissa les yeux sur le comptoir, où ses notes et ses plans étaient étalés. Elle voyait comment tout prenait forme sur le papier. Elle avait même eu l'occasion de feuilleter le catalogue en ligne pour la vente aux enchères dont Craig lui avait parlé. Elle avait découvert des meubles superbes qu'il lui fallait absolument, dont deux bureaux Ercol et une table de style industriel qui conviendrait à merveille pour exposer les livres au centre de la boutique.

Les progrès étaient aussi réalisés par ses collaborateurs. Nul doute que son père avait de l'influence dans le milieu du bâtiment. Terry l'électricien travaillait d'arrache-pied, assisté par un apprenti boutonneux prénommé Gerry. Libby se demanda si Gerry allait un jour adopter le surnom de Gerry l'Électricien, elle aimait penser qu'il le ferait. Elle adorait la symétrie de Terry et Gerry.

Billy le plombier travaillait jour et nuit, il remplaçait la tuyauterie dégoûtante et réfléchissait à raccorder au mieux le coin café.

Un flot de menuisiers, vitriers et plâtriers entraient et sortaient de chez elle. Craig était en contact quasi permanent avec elle et son père appréciait grandement son rôle de pseudo-chef de projet.

Certains jours, elle avait l'impression d'être reléguée au rôle de serveuse de thé, mais si les progrès en dépendaient, elle continuerait volontiers de fournir du thé et des biscuits à la demande.

Son rôle imposé rendait Harry heureux. Libby arpentait la rue plusieurs fois par jour pour lui acheter du lait, du café ou un paquet de biscuits Rich Tea. Dès qu'il la voyait entrer, il reprenait du poil de la bête. Elle ne ressortait rarement de là sans avoir entendu au moins un coup de gueule, mais elle appréciait d'être acceptée comme l'un des membres de la communauté d'Ivy Lane. Ce jeudi-là, sa colère portait sur le nombre de poubelles domestiques que les gens étaient tenus de posséder aujourd'hui.

– J'ai sorti la mauvaise poubelle ce matin, parce que j'étais encore dans les vapes. Bien sûr, « ils » ne l'ont pas emportée ! Alors maintenant, je vais devoir garder toutes ces ordures qui pourrissent pendant les deux prochaines semaines, avec ce temps superbe ! Il y a du poulet périmé là-dedans, et je peux te certifier que ça ne sentait pas la rose ! Imagine dans deux semaines, par cette chaleur ?

Libby plissa le nez de dégoût, mais elle décida de ne pas y réfléchir en détail.

– Vous pouvez toujours l'emporter à la déchetterie ? s'enquit-elle en prenant un paquet de sucre.

Elle se demandait comment les ouvriers n'avaient pas tous un diabète de type 2, étant donné la quantité de ce truc qu'ils consommaient.

– Juste le poulet ? Ça me paraît un brin radical, déclara Harry et l'espace d'une seconde, elle ne sut s'il était sérieux ou non. Ce fut quand il lui exhiba sa rangée de fausses dents nacrées, en l'accompagnant d'un clin d'œil, qu'elle éclata de rire. Un petit gloussement secoua son ventre.

– Ta tête, Libby ! Tu es un sacré numéro ! Dis-moi une chose, tu es célibataire ? Quel âge as-tu ? Parce que mon petit-fils a vingt-cinq ans et il pourrait trouver pire qu'une adorable petite comme toi.

– Ah, il est un peu jeune pour moi, Harry, déclara Libby, sans lui avouer franchement si elle était célibataire ou pas. Je suis du mauvais côté des trente ans.

– Tu pourrais être du genre cougar ? proposa Harry avec un clin d'œil.

– Ah, non. Je n'ai pas l'énergie pour ça, lança Libby en riant, mais je suis sûre que si ce garçon a ne serait-ce que la moitié du charme de son grand-père, il ne lui faudra pas longtemps pour capturer une charmante jeune femme.

– Je l'espère. Je ne rajeunis pas et ce serait bien de tenir un arrière-petit-enfant dans mes bras, avant de casser ma pipe.

– Harry, vous nous enterrerez tous, alors je ne veux pas entendre ce genre de discours, le réprimanda Libby, en lui tendant l'argent pour ses achats.

– Je pourrais descendre et faire le curieux dans la librairie un de ces jours ? demanda Harry, ayant l'air un petit peu moins hardi et culotté qu'à son habitude.

– Bien sûr. Bon, en ce moment, il n'y a pas grand-chose à voir, c'est un chantier, mais vous êtes le bienvenu. Quand vous voulez. En général, la porte est ouverte… Entrez. Je m'éloigne rarement du comptoir.

Harry acquiesça en lui tendant la monnaie.

– Bien. Bien. Je te rendrai visite alors. Je me souviens du magasin de tissus, même si c'était il y a une éternité. Les gens ne fabriquent plus les vêtements comme avant. Cette boutique était bondée en permanence. Ma Mary y allait sans cesse : du tissu, des boutons et de la laine. Ce sera bon de voir ce vieil endroit s'animer à nouveau.

– Eh bien, j'espère qu'il sera à moitié aussi animé qu'autrefois. N'hésitez pas à passer. Et emmenez votre adorable épouse avec vous si vous voulez, lança Libby, en sortant de la boutique et en redescendant la rue, souriant comme une folle, heureuse de sa journée.

Le sourire (peut-être un peu plus adouci) demeura sur son visage jusqu'à ce que le téléphone sonne un peu après seize heures et qu'un jeune assistant (qui paraissait tout à fait novice) de la société de location lui explique qu'il y avait un problème avec sa location de van. Ils étaient tout à fait désolés, mais étant donné les surréservations, ils étaient incapables d'honorer la sienne.

– Mais j'ai appelé lundi ! J'ai payé un acompte. Vous allez régler ça, non ?

– Je suis navré, mademoiselle Quinn, déclara l'assistant à la voix de bébé. On m'a demandé de vous appeler pour vous dire que nous étions désolés. Nous vous offririons une remise de dix pour cent sur votre prochaine réservation en guise de geste commercial.

– Que diriez-vous, en guise de geste commercial, de me préparer le van que j'ai réservé pour samedi matin ? C'est très important. C'est pour le travail… et il faut que je transporte des meubles… Ils ne rentreront jamais dans ma voiture. Même pas un seul meuble. Alors, vous voyez, le seul geste que j'aimerais envisager, c'est celui pour lequel j'ai payé.

– Je suis terriblement navré, répéta l'assistant à la voix de bébé. Il n'y a rien que nous puissions faire. Nous avons essayé de nous procurer un autre van dans une de nos agences, mais ce week-end est surbooké.

Libby soupira, mais elle garda son calme. Ce n'était pas la faute de l'assistant si le système avait mal fonctionné. Il n'y avait aucune raison de perdre son sang-froid au téléphone.

– Très bien, dit-elle d'un ton acerbe. Bon, je suppose qu'il n'y a rien à faire.

– Nous sommes terriblement navrés. Si nous pouvons vous être utiles dans le futur, n'hésitez pas à nous contacter.

Libby jugea hautement improbable de rechercher à nouveau l'aide de cette société, mais elle ne pipa mot et se contenta de mettre fin à l'appel.

Elle était sur le point de se lancer dans une explosion de jurons et de balancer quelque chose, lorsqu'elle entendit une voix féminine :

– Je tombe au mauvais moment ? Je viens juste de terminer, alors je me suis dit que j'allais faire ma curieuse.

Ravalant le très gros mot commençant par « P » qui la démangeait, Libby plissa un peu les yeux avant de distinguer

Jo dans l'encadrement de la porte : une expression contrite sur le visage, comme si elle se rendait compte qu'elle tombait pile au mauvais moment.

– Euh, entre. Bien sûr, entre ! l'invita Libby.

– J'ai apporté des fleurs de la boutique de Harry. Il a dit que tu les aimerais, dit-elle en lui tendant un bouquet composé d'œillets rouges et jaunes qui avaient certainement connu de meilleurs jours.

Quelque chose chez Libby encourageait Harry à lui fourguer ses articles en train de tourner. Elle sourit de bonne grâce malgré tout et prit les fleurs. Elle remplit un verre à la bouteille de cinq litres dont elle se servait pour préparer du thé et du café. Puis les posa sur le comptoir en verre épais. Au moins, c'était un éclat de couleur dans cet endroit.

Jo traversa la carcasse vide de la librairie en poussant des « Oh ! » et des « Ah ! ».

– Tu la sens, pas vrai ? dit-elle en se tournant vers Libby, tout sourire. L'histoire du lieu ? Tu sens les âmes des personnes qui ont été ici avant nous, pas comme des fantômes, mais dans le sens où cet endroit pourrait raconter une centaine d'histoires ?

Elle retira ses lunettes à la monture noire très chic et les frotta sur son T-shirt avant de les remettre et de regarder de nouveau autour d'elle.

– J'ai un penchant pour les bâtiments anciens. Pour les lieux qu'on peut réinventer. Peut-être parce que j'aime me réinventer moi-même. C'est chouette de penser que les gens et les endroits peuvent avoir une seconde ou une troisième chance, ou qu'importe.

Libby acquiesça et émit les bruits appropriés.

– Écoute-moi radoter, déclara Jo.

Elle retourna vers le comptoir.

– Noah me dit toujours que les clients n'ont pas besoin de connaître ma vie, mais est-ce que ce n'est pas le cœur de tout ça ? Parler avec les gens ? Se marrer ? Aucune raison de faire quoi que ce soit, si tu n'y prends pas de plaisir, si ?

Sa manière de la regarder donnait l'impression à Libby qu'elle pouvait lire dans ses pensées et cela la déstabilisait. La question de savoir si, oui ou non, elle devait poursuivre sa relation avec Ant, alors qu'elle n'y prenait pas autant de plaisir qu'avant, lui occupait toujours l'esprit.

– Tu dois aimer ça. Je veux dire : qui n'aimerait pas ? Ce doit être le projet de tes rêves.

Libby acquiesça et sourit à nouveau. C'était le projet de ses rêves. Elle n'avait aucun problème à raconter à qui voulait l'entendre à quel point c'était le projet de ses rêves.

– J'ai beaucoup de chance, dit-elle. J'espère que tout va marcher, c'est tout. Il le faut.

Libby réprima les larmes qui lui piquaient les yeux. C'était stupide qu'un stupide van la conduise aux larmes, et qu'une stupide virée au salon du vintage ne lui cause que des ennuis.

– C'est stressant aussi, j'imagine, poursuivit Jo en regardant Libby avec insistance. Est-ce que tout va bien ? J'ai l'impression que peut-être pas ?

Libby renifla, en colère contre elle-même d'être chamboulée.

– Je sais que ça paraît bête, mais j'ai loué un van pour aller au salon du vintage et à la vente aux enchères de samedi à Belfast. Et la société de location a réservé mon van à deux autres personnes. La vente aux enchères n'a lieu que deux fois par an et il y aura des meubles super, mais je crois que je vais devoir les laisser filer. C'est un truc stupide qui ne mérite pas qu'on s'en fasse, mais je veux donner un cachet authentique à cet endroit.

Libby songea aux conversations qu'elle avait eues avec son grand-père Ernie au sujet des vieilles choses qui avaient toujours de la valeur et qui racontaient leur histoire, et la voilà partie. Une grosse larme roula le long de sa joue couverte de poussière et s'écrasa sans cérémonie sur le comptoir.

– Oh, ma belle, lâcha Jo en se précipitant de l'autre côté du comptoir pour prendre Libby dans ses bras. Tu sais ce que ma mère dit toujours ? « Il n'y a pas de raison de se tracasser à propos de quelque chose qui peut être arrangé. » Et il se trouve que je sais exactement comment arranger tout ça.

Libby observa Joe avec curiosité, alors qu'elle prenait son portable dans son sac et balayait l'écran avant de taper sur un numéro et de porter l'appareil à son oreille.

– Noah, qu'est-ce que tu fais samedi ? Oui, je sais que c'est une journée chargée... mais nous pourrons tenir la citadelle sans toi, le pub ne va pas s'effondrer. Tu pourrais faire un truc pour aider notre nouvelle voisine ? Tu sais, Libby la libraire ? Elle a besoin d'un van pour aller à un salon ou une vente aux enchères ou un truc du genre à Belfast. La société de location l'a plantée. Tu n'as pas un gros van dans lequel l'emmener ? Et comme ça, tu me ficheras un peu la paix et pas besoin de t'inquiéter pour Paddy. Je m'en occuperai. Je l'emmènerai même en balade.

Libby était tiraillée entre l'espoir d'aller au salon et la gêne de s'imposer auprès de Noah. C'était un grand service. Pour lui, cela impliquait de prendre une journée de congé, de la conduire jusqu'à Belfast. Ils se connaissaient à peine et la perspective de passer deux heures dans un véhicule aller et retour avec lui (plus longtemps s'il y avait encore des travaux sur la route) était embarrassante. Elle se dit qu'il serait assez grossier de mettre ses écouteurs et d'écouter son dernier Audiobook.

Libby essaya de faire comprendre à Jo que cela ne faisait rien… Mais la minuscule rousse qui croyait aux secondes chances pour les êtres et les lieux n'était pas facile à dissuader quand elle complotait une bonne action.

Elle repoussa d'un geste les protestations de Libby, du genre « Ne t'inquiète pas, tout va bien », avant de se retourner et de poursuivre la conversation d'une voix légèrement étouffée.

– Ce sera ta bonne action de la semaine et je te devrai une faveur. Oui. Si c'est ce que tu veux. Oui. Je sais que tu as toujours voulu un truc comme ça, chuchota Jo dans un rire.

Oh, bon sang, Libby grimaça, incapable d'éluder la pensée que Jo proposait à Noah toutes sortes de faveurs sexuelles s'il conduisait la pauvre voisine à Belfast. Ah, si le sol pouvait s'ouvrir sous ses pieds et l'engloutir !

Quelques instants plus tard, elle s'efforça de dissimuler son embarras quand Jo mit fin à l'appel et qu'elle se tourna vers elle, un sourire aux lèvres.

– Tout est arrangé. L'aimable tavernier du coin t'emmènera dans son van. Je me suis servie de mes pouvoirs de persuasion.

Jo éclata de rire.

– Merci. Mais aucun de vous ne devrait se donner autant de mal. C'est une journée chargée pour vous. Je ne peux pas vous demander un tel service.

– Tu ne demandes pas, répliqua Jo avec une tranquille détermination qui amena Libby à penser qu'elle pouvait être assez effrayante s'il le fallait. Nous proposons. Et nous sommes heureux de le faire. Cela ne fera pas de mal à Noah de sortir de ce bar une journée. Tu nous rends service en fait. Il ne prend jamais de temps libre à moins d'y être forcé.

Quand Libby grimpa dans son lit ce soir-là et essaya d'éteindre son cerveau pour dormir, elle se demanda dans quelle humeur se trouverait, pendant un long périple, un homme contraint de prendre une journée de congé, probablement soudoyé par des faveurs sexuelles, tout cela pour la conduire à Belfast !

Elle se demanda aussi comment annoncer à Jess qu'elle était certaine que Noah et Jo formaient un couple.

Chapitre 12

Sur la route

À son crédit, Noah n'était absolument pas de mauvaise humeur quand il passa prendre Libby devant la librairie, le samedi matin. Il avait proposé de faire un détour par chez ses parents, mais elle avait décliné son offre, assez culpabilisée qu'il ait dû se laisser convaincre d'entreprendre ce périple. Elle ne voulait pas lui causer plus d'embarras que nécessaire.

Elle insista pour payer un plein d'essence, tous les cafés et boissons dont ils auraient besoin, le déjeuner, ainsi que leur petit déjeuner avant leur départ à huit heures : deux *Ulster fries* et une théière de breuvage légèrement trop infusé dans une gargote du coin. Ils mangèrent dans un relatif silence, tous deux flottant encore dans les brumes du sommeil.

Noah déclina la proposition de Libby de travailler quelques heures au pub pour le dédommager. En toute honnêteté, elle en fut soulagée, car son expérience précédente derrière un comptoir, quoique très limitée, n'avait pas été un franc succès. Elle grimaça en se souvenant du désastre qu'elle avait provoqué en tirant une pinte de Guinness.

Quand ils démarrèrent, Noah fut le premier à briser la glace.

– J'ai jeté un œil au catalogue en ligne. Il y a des meubles géniaux. D'ailleurs, j'achèterai peut-être un petit truc pour l'appart.

Libby hocha la tête.

– Tu habites où ?

Il lui lança un regard un peu perplexe.

– On habite dans l'appart au-dessus du pub. Pile en face de chez toi. J'ai une vue directe sur ton salon.

Si Libby croyait avoir réussi à dissimuler son air horrifié, elle se trompait.

– Pas besoin de t'inquiéter, Libby. Je ne suis pas un voyeur ou un pervers. J'espère que toi non plus, d'ailleurs.

Troublée, Libby se mit à plaider son innocence jusqu'à ce que Noah éclate de rire.

– Je me moque de toi. Jo dit qu'un de ces jours mon sens de l'humour va me jouer des tours !

– Jo est une fille sympa.

– C'est la meilleure, affirma Noah avec un sourire. C'est ma meilleure amie, tu sais. J'ai de la chance de l'avoir.

Elle fut frappée par une pointe de regret ou de tristesse. Ni elle ni Ant ne diraient jamais qu'ils étaient leur meilleur ami respectif.

Elle avait pris quelques jours pour réfléchir à leur situation, comme Jess l'avait encouragée à le faire, mais cela n'avait fait que renforcer l'intuition que sa relation avec Ant avait atteint son terme naturel. L'absence de messages du type « bonne chance » ou « comment vas-tu ? », ce matin-là, avait encore conforté sa conviction.

Pour réprimer ses émotions, elle hocha la tête et plongea la main dans son sac pour en sortir le sachet de bonbons au brandy (à consommer de préférence avant une date inconnue) que Harry lui avait glissé dans la main le matin même. Elle en fourra un dans sa bouche et en proposa un à Noah.

– Harry a dit qu'il nous fallait des bonbons à sucer pendant ce long trajet, précisa-t-elle à Noah avec un sourire. Il a dit que ça stopperait le mal des transports. Ensuite, il m'a raconté en détail quels bonbons avaient sauvé sa voiture quand ses fils étaient enfants et pas encore de grands voyageurs. Les boules au brandy, les sucres d'orge et les bonbons à la menthe d'Everton sont les meilleurs, d'après lui.

Noah prit un bonbon et sourit.

– Les sucres d'orge me rappellent quand j'étais malade. Ma mère avait l'habitude de nous en donner de force avec du Lucozade, une boisson énergisante, comme s'ils avaient les mêmes pouvoirs que des antibiotiques en intraveineuses.

Il fourra son bonbon dans la bouche et Libby s'esclaffa.

– Ah ! là, là ! Le Lucozade, le remède universel, pas vrai ? Et on en avait seulement quand on était malades.

Noah acquiesça.

– Et maintenant les gens le boivent par plaisir !

Il rit et Libby l'imita.

– Tout de même, Harry est un personnage, non ? s'enquit Libby.

Elle s'était déjà attachée à Harry et à ses coups de gueule inoffensifs.

– Un type formidable, confirma Noah. À Ivy Lane, il fait partie des meubles depuis toujours.

– Tu y es depuis longtemps, alors ?

– Pas avec le pub. Je ne l'ai repris que depuis quelques années. Mais, ouais, j'ai grandi pas loin. Mes grands-parents habitaient dans cette rue. Ils s'occupaient de moi après l'école, alors j'y ai passé pas mal de temps. Je suis très attaché à cet endroit. C'est pour ça que j'ai sauté sur l'occasion, quand le pub s'est présenté, j'imagine. J'ai l'impression d'être un peu plus près d'eux.

Sentant une boule dans sa gorge (qui n'avait absolument rien à voir avec les bonbons), Libby hocha la tête.

– Je vois ce que tu veux dire, lâcha-t-elle, quand elle put enfin parler sans crainte que sa voix ne résonne comme un sanglot étouffé.

Puis elle riva fermement le regard sur les champs et les haies qui défilaient par la fenêtre.

– Mon grand-père rêvait d'ouvrir une librairie, mais il n'a jamais eu assez confiance en lui ou les moyens de concrétiser cette envie. La boutique, c'est une sorte d'hommage. Il m'a transmis son amour passionnel pour la lecture.

– On dirait que c'est un homme bien.

– C'en est un. Enfin… c'était. Il est décédé il y a deux ans, précisa-t-elle, les yeux toujours fixés sur les champs.

– Je suis désolé, dit Noah à voix basse.

– Merci, répondit-elle.

Et cette fois, ils baignèrent dans un silence agréable. Au bout d'un moment, Noah tendit la main pour allumer la radio et tous deux passèrent une grande partie du voyage profondément plongés dans leurs pensées, se remémorant les personnes qu'ils avaient aimées et perdues.

***

Une fois arrivés au salon du vintage, l'humeur dans la voiture changea. Noah passa en mode Internet *mansplaining*, ce qui, un autre jour, aurait agacé la jeune femme, assez féministe. Cette fois, pourtant, elle s'en amusa. Il était si content de lui expliquer les rouages d'une vente aux enchères et de lui montrer ce que les vendeurs avaient en solde qu'elle ne put s'offenser de ce paternalisme masculin, un brin condescendant.

Il lui indiqua qu'elle ne devait jamais proposer le prix affiché d'un article, qu'elle ne devait jamais, dans n'importe quelles circonstances, paraître trop intéressée, parce que les vendeurs tireraient avantage de sa vulnérabilité.

– Tu dois dépenser le moins d'argent possible. Quelle que soit ton estimation, tu peux être certaine que ton projet te coûtera au final au moins vingt pour cent de plus avec les imprévus : ça va être mangé super vite. Il y aura toujours un truc que tu auras oublié, fais-moi confiance. Alors garde la tête froide.

Libby se répéta qu'il essayait d'être serviable et n'était pas nécessairement un pauvre type condescendant. Elle se dit aussi que les vingt pour cent pour les imprévus avaient déjà été entamés et que tout conseil serait bon à prendre pour empêcher qu'ils ne se volatilisent entièrement. Elle fut impressionnée quand il sortit un carnet et un stylo, et qu'il examina les pièces disponibles de l'air de celui qui savait exactement ce qu'il faisait et ce qu'il regardait. Il prit des notes et des mesures, et inspecta soigneusement les meubles à la recherche de signes d'usure et de griffures. Il était d'une rigueur exceptionnelle.

Il brandit deux pouces en l'air quand il repéra un bureau Ercol qui n'était pas recensé dans le catalogue de la vente aux enchères et qui serait carrément une bonne affaire. En temps normal, un meuble Ercol authentiquement vintage valait entre quatre et six cents livres. Celui-ci représentait une aubaine à trois cent cinquante livres.

– Je pense que tu devrais le prendre, dit-il. Le prix aux enchères ne tombera pas plus bas.

Elle vit que d'autres personnes furetaient autour, alors elle acquiesça.

– Oui, je pense aussi.

– Tu veux que je gère la transaction ? demanda Noah, pendant qu'ils s'approchaient d'un homme assez âgé, à l'apparence réservée.

Il portait un foulard et une veste en tweed. Les poils de son nez étaient aussi fournis que sa chevelure.

– Ai-je perdu ma langue ? demanda-t-elle avec un sourire insolent et une confiance en ses capacités à marchander qui ne se basaient nullement sur son expérience passée.

Lors de vacances au Maroc, elle avait été la seule du groupe à payer plus que ce que le vendeur du souk attendait.

– Je ne veux pas te vexer. C'est juste que je connais les hommes comme ça, chuchota-t-il. On aimerait tous que le monde ne soit pas sexiste et que les femmes soient traitées comme les égales des hommes, mais ce n'est pas le cas. Les *homems* comme lui, les hommes en catalan, dialoguent mieux avec d'autres hommes. Je ne dis pas que je cautionne, mais si tu tiens vraiment à ce que tu veux…

Il laissa sa phrase en suspens. Libby se mâchouilla la lèvre et soupesa s'il fallait sacrifier sa fierté et ses principes féministes pour un bureau Ercol en parfait état, à un prix bradé. Mais après tout, il fallait rester pratique !

– OK. Merci, dit-elle.

Elle observa Noah briller dans les négociations. On aurait dit à la fois un charmeur de serpents… et un vrai gentleman, capable d'obtenir un bureau Ercol avec un rabais de dix pour cent supplémentaire. Elle aurait pu se jeter à son cou et l'embrasser. Une pensée qui la prit par surprise.

– Reprends-toi, murmura-t-elle. C'était juste le contrecoup d'une montée d'adrénaline.

Elle ne voulait pas embrasser Noah. C'était le boulot de Jo. Et Jess la tuerait. Et malgré tout, elle avait encore un petit ami. Et surtout, il ne lui plaisait absolument pas, elle était catégorique. Pas du tout.

Qu'elle ait momentanément manqué de jugement au point d'y songer alarma tellement Libby qu'elle résolut d'effectuer seule la prochaine acquisition, toute seule. Elle proposa à Noah de se séparer un moment et de se retrouver au début de la vente.

Il acquiesça, il voulait jeter un œil aux disques et objets de collection liés à la musique. Libby lâcha un soupir de soulagement quand elle le vit traverser le hall avec nonchalance en direction des petits stands.

Libby resta du côté des meubles et fut attirée par une femme au style exceptionnel. Elle portait un pantalon corsaire noir et un corsage en cache-cœur rouge. Sa chevelure d'un noir brillant était coiffée en *victory roll*s, des boucles anglaises serrées à l'arrière par un foulard rouge. Son maquillage ressemblait à s'y méprendre au look canon des années 1950 : eye-liner ailé et rouge à lèvres rouge. Avec une paire d'escarpins léopard pour parfaire son look, cette vendeuse incarnait les années 1950 et 1960, et Libby était certaine qu'elle comprendrait son rêve de créer un espace d'inspiration vintage dans sa librairie. Elle voulait aussi lui demander comment elle réussissait à faire un trait d'eye-liner aussi parfait.

En jetant un œil sur les articles en vente, le cœur de Libby s'accéléra en apercevant un bureau rénové. Son esprit série américaine télévisée *Mad Men* et style Shabby Chic lui donna une envie irrésistible de l'avoir dans sa librairie. Immédiatement, elle imagina un auteur, souriant, tenant une récompense dans sa main lors d'une cérémonie très classe. Il racontait qu'il avait écrit les passages les plus inspirés de son chef-d'œuvre, assis à un bureau au charme désuet, dans l'environnement très créatif de la librairie sur Ivy Lane.

– Vous l'aimez ? s'enquit une voix féminine, sortant Libby de sa rêverie.

– Oui. Beaucoup. Je l'adore.

Libby grimaça un peu. Elle avait zéro froideur et elle dérogeait à la première règle de Noah : elle n'était pas censée donner l'impression d'être hyper fan.

La vendeuse sourit.

– Je l'adore aussi. Je serai désolée de le voir partir, franchement. C'est une pièce vraiment splendide, pas de la vieille camelote attaquée à la peinture à la craie. Vous achetez de la qualité quand vous achetez chez moi. Vous achetez pour vous ? demanda-t-elle en levant un sourcil parfaitement dessiné.

– Eh bien, oui et non. J'achète pour une boutique que je vais ouvrir.

– Je ne travaille pas avec les professionnels, dit la femme, irritée. Je veux dire que mes pièces sont estimées pour la vente, pas pour être vendues à une autre boutique et revendues. Je ne suis pas en position de baisser le prix.

– Oh, je ne veux pas le revendre. C'est une librairie que j'ouvre et je conçois des espaces pour que les auteurs viennent y travailler.

– Oh, ça me paraît délicieux, déclara la vendeuse, en tendant la main. Je m'appelle Stella. Voyons si nous trouvons ce qu'il vous faut. Vous avez pensé à des lampes ou à d'autres éclairages ? J'ai des pièces superbes. Elles pourraient vraiment planter le décor. Et des sièges…

Libby serra la main de Stella et se présenta. Elle fut ravie quand Stella lui fit signe de la suivre dans le fond de l'entrepôt pour qu'elle voie quelques « pièces uniques ».

– Je ne les installe pas avec les autres, déclara Stella avec un sourire. C'est pour les personnes spéciales. C'est difficile d'avoir des meubles de qualité, mais je sens que vous êtes le genre de personne à aimer la qualité. On peut acheter des reproductions, mais je trouve que, souvent, elles ne valent pas leur prix. Acheter pas cher, c'est payer deux fois, je le dis toujours. Vous voulez que votre librairie soit la plus belle possible, je le devine. Vous n'avez pas peur de mettre le prix pour avoir de la qualité.

Libby hocha la tête avec un faible enthousiasme. Oui, elle n'avait pas nécessairement peur de mettre le prix pour avoir de la qualité, mais elle n'avait pas l'argent pour acheter de la qualité. Elle commençait à se sentir dépassée.

– Eh bien, j'ai quand même un budget, précisa-t-elle avec douceur.

Stella éclata de rire et chassa cette idée avec un :

– Pour sûr, nous avons tous un budget. Mais, à mon avis, les budgets sont faits pour être dépassés dans de bons meubles. La pire chose, c'est de voir quelque chose que vous aimez, et y renoncer à cause de quelques sous, et le regretter pour le restant de vos jours. Faites-moi confiance, si vous faites ça, chaque fois que vous regarderez l'endroit que vous souhaitiez meubler, vous ressentirez ce pincement au cœur d'avoir raté la seule chose qui l'aurait rendu parfait.

Libby sentit une fine pellicule de sueur apparaître sur son front. Elle était une béni-oui-oui et elle trouvait difficile de dire non, surtout aux gens qui lui assuraient qu'elle regretterait pour le restant de sa vie de leur avoir dit non.

– Ah, ici… Regardez, je savais que je les avais. Bon, ils n'ont pas été rénovés, mais refaits à neuf. Une nouvelle couche de vernis, le cuir remis en état. Mais ce sont des pièces superbes, confortables.

Elle se tenait devant deux fauteuils pivotants, dits capitaines, exactement le genre que Libby imaginait pour la boutique.

Libby passa la main dessus, mais une petite voix profondément enfouie en elle lui disait qu'il n'en sortirait rien de bon. D'authentiques fauteuils capitaines n'entraient pas dans son budget. Peu importe à quel point elle les désirait. En fait, quand elle repéra l'étiquette, ils étaient tellement loin de son budget qu'ils lui faisaient signe depuis l'horizon, là où l'odeur fraîche de vernis ne pouvait être sentie et où le doux cuir ne pouvait être caressé.

– Et j'ai aussi ces lampes, déclara Stella en désignant une collection de lampes de bureau.

Libby eut presque les larmes aux yeux devant tant de beauté. Du cuivre martelé, des ampoules apparentes : le genre de lampes qui iraient à la perfection avec les briques apparentes et la peinture vert foncé.

– Combien coûtent-elles ? demanda Libby en regardant autour d'elle pour voir si Noah était dans les parages, prêt à surgir avec ses talents de négociateur.

Stella remua un peu la tête, pinça les lèvres, regarda les lampes, les fauteuils et examina le bureau qu'elle avait aussi sous les yeux.

– Le meilleur prix ? demanda-t-elle.

– Si possible, demanda Libby, espérant que Stella verrait en elle une businesswoman sur la même longueur d'onde et qu'elle lui proposerait un deal irrésistible au nom de la solidarité féminine.

– Vous réduiriez mes bénéfices à presque rien, mais j'aime votre projet. J'adore que vous soyez dans le vintage. Si vous prenez le bureau, les deux fauteuils et disons deux lampes ?

– Trois lampes, rectifia Libby.

– Bon, lâcha Stella avec un sourire étincelant. Mille six cents livres et tout est à vous.

Le visage de Libby s'était figé sous l'effet du choc… et il risquait de le rester à jamais. Au moins, songea-t-elle, elle gardait le sourire. Légèrement hystérique, mais un sourire tout de même.

– Une marge de négociation, non ? demanda enfin Libby, en espérant arriver à quelque chose entre six cents et huit cents livres.

– C'est mon meilleur prix, conclut Stella. Et j'ai un intéressement sur ces meubles, alors, vous voyez, si je vous les laisse pour moins, je perds tout bénéfice. Il faut vous demander si vous voulez passer à côté.

– Oh, je ne veux pas passer à côté.

Libby était sur le point d'ouvrir la bouche pour dire qu'elle n'avait pas le choix et inspirait un bon coup, quand Stella se précipita dans cette brèche de silence.

– Génial, très intelligent. Je vais chercher le facturier. Vous les emportez aujourd'hui ? Vous payez en espèces ? Génial, répéta Stella en plantant Libby, bouche bée, à deux doigts de la crise cardiaque, en colère contre elle-même d'avoir pu douter de Noah et de ses talents de négociateur.

Chapitre 13

Le Docteur Faustus

– Libby ! Te voilà !

La voix de Noah retentit.

– Je te cherchais. La vente aux enchères va commencer.

Alors, non seulement elle s'était mise dans le pétrin, mais elle aurait le plaisir d'avoir Noah pour témoin, lors de l'ultime et déchirante transaction durant laquelle elle tendrait à Stella deux fois le montant qu'elle comptait dépenser. Elle devrait faire des coupes ailleurs. Finalement, avait-elle vraiment besoin de manger ? Ou de chauffer son nouvel appartement ?

– Votre petite amie a fait des achats très avisés, déclara Stella avec un sourire, facturier et stylo déjà prêts.

Libby ouvrit la bouche pour rectifier la nature de sa relation avec Noah. Avant qu'elle n'ait pu inspirer, Noah avait posé un bras autour de ses épaules et lui embrassait le sommet de la tête.

– C'est vrai, chérie ? En réalité, je discutais avec Keith (là-bas, près de la porte) et il a quelques étagères anciennes, tu sais, exactement comme celles que nous recherchons. Il veut nous les céder pour une bouchée de pain. Il vient d'accepter de les réserver jusqu'à mon retour, après que j'aurai vu comment le budget tient le coup.

– Heu… bon, le truc c'est que… Chéri, Stella a quelques pièces géniales… Chères, tu vois, mais belles.

Elle leva les yeux vers lui, le regard implorant. Elle espérait qu'il comprenne qu'elle avait besoin d'aide.

– Je vous montre, déclara Stella. Je suis certaine que vous serez d'accord, votre petite amie a un goût incroyable.

– Oh, je sais déjà qu'elle a un goût incroyable, confirma Noah en serrant Libby contre lui. Pour preuve, elle m'a choisi.

Libby joua le jeu, même si intérieurement, elle ne savait plus où se mettre. Noah relâcha son emprise et suivit Stella pour inspecter le bureau, les fauteuils et les lampes.

– Tous authentiques, affirma Stella. Votre petite amie n'hésite pas à se surpasser pour de la qualité.

– Eh bien, renchérit Noah avec un sourire désarmant, cela dépend du degré de dépassement. Vous savez, on se laisse tous emporter parfois. Surtout avec des pièces aussi belles que celles-ci. Elles sont magnifiques.

Stella rayonnait.

– Alors de combien parlons-nous ? s'enquit Noah, le sourire figé.

– Mille six cents livres, c'est mon meilleur prix, déclara Stella.

Si Libby ne se méprenait pas, il y eut un léger tremblement dans sa voix.

Noah aspira de l'air entre ses dents et croisa les bras, tout en détaillant les meubles de haut en bas.

– Ça me paraît un peu raide, dit-il.

– Pas surévalué pour des pièces de cette qualité. Je veux dire, elles sont robustes, authentiques, sans oublier qu'elles ont été traitées et rénovées. Elles sont bonnes pour durer des années… Difficile de réaliser de meilleurs achats, répliqua Stella, la voix un peu fragile à présent.

Libby était tiraillée entre son admiration pour Noah le négociateur et la peur croissante de perdre ces pièces.

– Je ne nie pas leur qualité, mais vous savez j'ai fait des recherches de mon côté et j'ai vu des pièces semblables à des prix plus compétitifs. Je ne cherche pas à vous escroquer, seulement à payer un prix juste.

Stella parut mal à l'aise. Libby se tenait là, le visage brûlant.

– Ce prix est juste, selon moi, renchérit Stella en croisant les bras.

Tous deux s'affrontaient dans un duel sur fond de mobilier vintage, à l'issue indécise. Libby ne parvenait pas à détacher les yeux de leur duo.

– La moitié serait encore un prix juste, selon moi, répliqua Noah toujours souriant, mais les mâchoires serrées.

– Aucune chance que j'accepte un prix dans ces eaux-là, siffla Stella, le sourire aussi faux que ses cils.

Libby s'attendait à ce qu'elle dise à Noah qu'elle avait fait sa meilleure offre et que c'était à prendre ou à laisser. Auquel cas elle espérait que Noah accepterait son offre et qu'il l'aiderait à économiser ailleurs en appliquant ses talents de négociateur avec d'autres vendeurs.

Noah demeura silencieux.

Une brèche s'ouvrit en Stella.

– Écoutez, mille trois cents livres. Et vous me braquez. Mais j'aime votre petite amie.

– Tout comme moi, sourit Noah. Mais je pensais plus à mille livres.

– Mille deux cents livres, et ils sont à vous.

– Mille cent livres ? proposa Noah.

– Mille cent cinquante et marché conclu.

– Marché conclu alors ! annonça Noah.

Le cœur de Libby fit une pirouette. Il virevolta plus encore, lorsque Noah la fit pivoter vers lui et lui planta le plus fugace des baisers sur les lèvres.

– On a réussi, chérie, dit-il avec un clin d'œil, laissant Libby sans voix, et à sa grande surprise un brin haletante.

Quand ils s'éloignèrent, cinq minutes plus tard (le marché conclu et la perspective d'emporter les pièces une fois leurs achats terminés), Libby fut prise de vertige. De peur rétrospective de dépasser son budget ? De la joie d'avoir conclu cette affaire ? De son souffle coupé lorsque les lèvres de Noah avaient frôlé les siennes ? Elle redoutait que ce ne soit ce dernier point. Et après coup, ses lèvres se rappelaient toujours à elle. Elles gardaient la marque forte de ce bref contact, comme une piqûre d'abeille. Libby faisait la moue et elle devait combattre l'impulsion d'appuyer dessus pour s'assurer qu'elles n'étaient pas gonflées.

Embrassait-il si bien qu'un simple smack pouvait lui ramollir les jambes ? Ou, plus logique, faisait-elle une réaction allergique ? Cela expliquerait les jambes en coton, le léger essoufflement et la sensation que ses lèvres faisaient la moue en permanence.

Oh zut, et Jo ? Jo qui avait donné son maximum pour lui venir en aide. Et Ant qui ne savait pas encore qu'ils allaient rompre. Elle savait que ce baiser ne signifiait rien. Enfin, pas vraiment. Certainement pas pour Noah, mais la tristesse la gagna malgré tout.

Noah lui prit la main quand ils s'éloignèrent, mais dès qu'ils furent à une bonne distance de Stella, Libby la retira et l'enfonça dans la poche de son jean pour qu'il ne puisse pas la saisir de nouveau.

– C'était marrant, dit-il en riant, mais je t'avais bien dit d'être prudente. Ces gens reconnaissent une bleue quand ils en voient une. Ils gonflent les prix à la vitesse de l'éclair.

– J'ai trouvé que c'était un prix honnête, mentit Libby. J'ai fait quelques recherches et ce n'était pas si loin des prix pratiqués pour des pièces de ce genre.

Elle savait son mensonge évident, mais elle ne pouvait pas s'en empêcher de lui résister. Elle voulait prendre de la distance avec lui et les sentiments confus qui l'avaient submergée après ce stupide baiser.

Noah s'arrêta et la dévisagea, sourcils levés, avant de sourire. Un lent sourire empreint de timidité. Il était plutôt beau, réalisa-t-elle. Pas parfait. Pas soigné comme Ant. Légèrement brut de décoffrage. Les cheveux un brin trop longs, mais cela lui allait bien. Foncés, avec une très légère ondulation. Les bras bronzés et musclés. Un T-shirt blanc uni, un jean et des Vans. Cool, sans effort pour l'être. Son visage avait une apparence un peu burinée. Elle voulait en savoir plus sur lui, se dit-elle avant de chasser cette pensée. Ce n'était pas le moment d'avoir ce genre de désirs envers son voisin. Cela ne lui ferait ou ne pourrait lui faire aucun bien. *Oublions.*

– Vraiment, Libby ? demanda Noah.

Elle devina qu'il lisait clairement en elle et, soudain, cela la rendit très nerveuse. Suffisamment nerveuse pour faire taire et enfermer la folie qui l'avait submergée.

– Les étagères, dit-elle sans détourner les yeux des siens. Dis-m'en un peu plus.

– Oh, c'est la cerise sur le gâteau. Keith, que je vais te présenter, vient de fermer sa librairie à Bangor. Il a des tas d'étagères dont il veut se séparer. Deux clients seraient intéressés, mais il se trouve qu'en discutant j'ai pu le convaincre de les refourguer à une libraire que je connais… si elle les veut, bien sûr. Et tout ça pour un prix cassé, un dîner et quelques verres au pub la prochaine fois qu'il viendra à Derry, un ou deux livres symboliques pour la forme.

– Quand tu dis « prix cassé » ? demanda Libby.

– Deux cents livres. Et quand tu les verras, tu lui taperas dans la main à la lui décrocher.

Noah paraissait incroyablement fier de lui, et il pouvait l'être. Il avait fait économiser à Libby une petite fortune.

Elle garda les mains dans ses poches cette fois. Pas d'embrassade, de faux baisers ou autre manifestation exubérante. Elle se contenta de dire :

– Allons les voir, alors.

Elle eut du mal à croire en sa chance. Un ensemble de quatre étagères en chêne dont elle savait déjà qu'elles feraient un effet incroyable le long du mur du fond. Elles s'accorderaient à merveille avec le reste de son design et aucun doute qu'elle économiserait une fortune. Il semblait presque criminel de refuser le prix demandé.

– Votre ami m'a raconté votre histoire, déclara Keith. Sur votre grand-père et cette librairie qui faisait partie de son rêve. Je ne vois pas de meilleur foyer pour ces étagères. On a fermé notre librairie le cœur brisé. Cela rendra la situation un peu plus supportable.

Ce fut Keith que Libby serra dans ses bras, et quand elle s'échappa aux toilettes peu après, juste avant que la vente ne démarre, elle s'autorisa quelques instants pour sangloter dans un mouchoir. Et cette fois, ce n'était pas seulement à cause de grand-père Ernie, mais du chaos qui grandissait en elle.

***

Sur le trajet du retour, Libby fut contente que la radio résonne dans le van. Elle put se carrer dans son siège et s'extraire de ses pensées.

Elle tenta de se concentrer sur les faits réels et tangibles de la journée. Les meubles et les lampes bien attachés à l'arrière du van, qu'elle entreposerait dans le garage inutilisé, au fond du jardin de ses parents, jusqu'à ce que la librairie soit prête à les accueillir. Les étagères que Keith s'arrangerait pour faire livrer dans une dizaine de jours, lui laissant le temps de réaliser d'ici là la majorité du gros œuvre.

Elle songea au troisième bureau, un second Ercol qu'elle avait remporté aux enchères, et se laissa aller à l'un de ses passe-temps préférés : imaginer la librairie une fois que tout serait opérationnel. Elle ferma les yeux, s'efforça de la visualiser comme un refuge animé et douillet, en marge du monde réel. Le bourdonnement de la voix du commentateur radio, associé aux vibrations du van, la berça jusqu'à l'assoupissement, duquel elle fut brusquement tirée par une petite bourrade dans les côtes.

– Allez, on se réveille, il est temps d'arrêter de ronfler et de baver, pour me dire exactement où se trouve la maison de tes parents, dit Noah.

– Sur Larkhill, marmonna-t-elle en se frottant la bouche avec le bras avant de déclarer qu'elle ne bavait pas ni ne ronflait, ce qui, bien entendu, fit rire Noah.

– T'as même fait un énorme ronflement quand je t'ai donné un coup de coude. Comment tu ne t'es pas réveillée toi-même, difficile à dire.

Elle rougit, ronfler en présence de qui que ce soit, et Noah qui plus est, l'embarrassait terriblement.

– J'étais fatiguée. Et j'ai le nez bouché. La poussière de l'entrepôt sans doute. Ou j'ai pris froid, je ne sais pas.

Noah se contenta de rire. Libby renifla. Elle se sentait un peu congestionnée. Elle espérait que c'était seulement une réaction à la poussière et non le signe qu'elle couvait un rhume. Elle n'avait pas le temps de tomber malade. Il était prévu que les techniciens viennent lundi pour discuter de ses exigences : ligne téléphonique, Internet, wifi, gestion des stocks et la caisse.

Sans oublier qu'elle devait choisir un nom pour la librairie, travailler sur le matériel publicitaire et installer la signalétique pour la boutique.

Elle sentit sa tête marteler faiblement, et elle se frotta les tempes.

– Je te charrie, tu sais. Tu n'as ronflé qu'un tout petit peu. Je l'ai à peine remarqué. Je veux dire, comparée à Paddy, tu étais pratiquement silencieuse.

– Paddy ronfle ?

Noah s'esclaffa.

– Oh, ça oui. Je ne savais pas que les chiens ronflaient avant qu'il ne vienne vivre avec moi. J'ai été obligé d'acheter des bouchons d'oreilles.

Libby ne put réprimer un rire.

– Il ne dort pas dans une autre pièce ?

– Oh, non. Le pauvre a été abandonné, tu sais, avant d'être recueilli. Il n'aime pas être tout seul, ça ne lui réussit pas. C'est pour ça qu'il passe autant de temps en bas, au pub. La rumeur qui sous-entend qu'il ne descend que pour renifler un bol d'*Irish stew* n'est qu'une rumeur. Il a besoin de compagnie.

À la pensée que Paddy avait été abandonné, la tristesse envahit Libby. Au point qu'elle se demanda si elle n'allait pas pleurer. Qu'est-ce qui clochait chez elle, bon sang ? Les revirements d'humeur, les pleurs et le mal de tête. Peut-être qu'elle allait avoir ses règles. Elle fit un compte à rebours dans sa tête. Non. Ce n'était pas ça, pas encore, en tout cas. Pas avant quelques jours. Mais les symptômes prémenstruels pouvaient être de vraies saletés.

– Pauvre Paddy, lâcha-t-elle d'une voix rauque.

– Pas de pauvre Paddy qui tienne, s'esclaffa Noah. C'est le chien le plus gâté de tout Derry ! Tout le monde le chouchoute. Il est bien nourri, il fait sa balade tous les jours autour du parc de St. Columb et sur le Peace Bridge. Quand il revient, il roupille sur un lit *king size*. Il va bien. Il le mérite, bien sûr.

Libby se demanda si elle ne détectait pas une pointe d'émotion dans la voix de Noah. Cela le rendit encore plus aimable à ses yeux, mais elle se raidit immédiatement, se disant qu'elle ne pouvait pas, tout simplement ! Elle ne le laisserait pas s'insinuer en elle. Pas question ! Elle avait simplement un syndrome prémenstruel, ce qui la rendait émotive, et quand ses hormones rentreraient dans le rang, elle le verrait comme son voisin curieux, serviable à l'occasion, et parfois extrêmement condescendant.

Ils déchargèrent le mobilier et le père de Libby poussa des « Oh ! » et des « Ah ! » devant ses choix. Noah l'encensa en la décrivant comme une femme d'affaires très avisée, et elle fit le trajet du retour avec lui jusqu'au pub, où elle avait laissé sa voiture. Comme Jo le lui avait promis, il était de retour chez lui à dix-sept heures, à temps pour accueillir la foule du début de soirée et manger un petit morceau avant que la nuit ne commence.

Libby remercia Noah de bonne grâce et elle prit conscience de sa valeur durant cette journée.

– J'ai beaucoup apprécié ton aide, dit-elle en descendant du siège passager.

Elle lança un regard en direction de la boutique, qui déjà avait l'air un peu moins abandonnée.

– Je te dois un service.

– Non, tu ne me dois rien. Tu n'as pas payé le petit déjeuner, peut-être ? Et ces sandwichs hors de prix au salon ? Et encore trois livres pour un truc au levain avec l'étiquette « rustique » ?

Tu as payé le diesel et j'ai eu des vinyles vintage géniaux, alors disons que nous sommes quittes ?

Elle acquiesça.

– OK, si tu le dis.

– Je le dis, affirma Noah.

À cet instant, la porte de l'*Ivy Inn* s'ouvrit, Paddy sortit le saluer par des bonds et l'abreuva de tendres baisers de chien.

Jo lui emboîtait le pas.

– Vous êtes rentrés ! dit-elle avec un grand sourire.

– En effet, dit Noah. Et attends de voir ce que j'ai eu à prix d'or. Un original longue durée des Undertones, dédicacé par Feargal Sharkey lui-même.

Jo écarquilla les yeux.

– Ah, génial. On l'écoutera après le boulot ? Ça fait un moment qu'on n'a pas pogoté sur *Teenage Kicks*.

– C'est un rencard, dit Noah, et Libby se sentit tout de suite de trop.

– Les amis, je vais vous laisser. Merci encore, Noah, et merci à toi, Jo, de me l'avoir prêté. Passez une très belle soirée !

– Tu dois t'enfuir tout de suite ? demanda Jo. Pourquoi tu ne viens pas boire un verre ? Je te présenterai à quelques habitués, si tu veux ?

– Je conduis, alors pas de boisson pour moi, répondit Libby. Pas tant que cet appartement n'est pas prêt à m'héberger, ce qui est hors de question pour le moment. En comparaison, la librairie a des airs de palace.

– Tu pourrais déposer ta voiture chez toi et sauter dans un taxi. On a un bon groupe ce soir. Je débauche bientôt, alors je pourrai même te tenir compagnie, proposa Jo.

L'invitation était terriblement tentante, mais non, elle allait refuser. Il fallait qu'elle mette de l'ordre dans ses pensées. Il fallait qu'elle voie Ant et qu'ils prennent une décision, une bonne fois pour toutes. Il fallait qu'elle lui parle de son ressenti.

– Aussi attirant que ça puisse être, j'ai des projets pour ce soir.

– Te laver les cheveux ? demanda Noah.

– Très drôle, plaisanta-t-elle. Je vais voir mon copain.

Il y eut un silence passager, avant que Noah ne déclare :

– Ah, un copain ? Et il n'était pas disponible pour faire du shopping ?

Ses joues s'échauffèrent.

– Euh, non. Il travaillait et ne pouvait pas prendre une journée de congé.

Noah regarda furtivement dans la direction du pub. Le pub dans lequel il aurait, lui-même, dû travailler ce jour-là. À ce stade, Libby était écarlate.

Jo prit la parole :

– Pourquoi ne pas l'emmener avec toi, ce soir, alors ? Si tu sors avec lui, il va faire partie de la communauté lui aussi, non ?

Libby n'avait pas envie d'expliquer à Jo qu'elle projetait une discussion sérieuse et que l'arrière-plan du pub, avec de la musique en live à fond, n'était pas l'environnement approprié.

– Je lui proposerai, mentit-elle. On vous verra peut-être tous les deux, alors. Merci de me l'avoir proposé. Et merci encore, Noah, pour ton aide.

– Avec plaisir, dit-il.

La porte du pub s'ouvrit et un habitué l'appela. Noah sourit à Libby, se retourna et salua gaiement son client, plus vraiment très frais, d'une tape amicale sur l'épaule. Il le reconduisit à l'intérieur en disant qu'il allait lui appeler un taxi et lui faire un café fort. Jo le suivit en s'adressant à Paddy qui remuait la queue de contentement.

Libby les observa retourner à l'intérieur, certainement un petit peu trop longtemps, avant de sortir de sa rêverie et de se diriger vers sa voiture. Elle avait envoyé un texto à Ant pour lui dire qu'elle serait chez lui entre dix-huit et dix-neuf heures. Donc elle devait se dépêcher si elle voulait rentrer chez elle, se doucher et se changer. Elle baissa les yeux sur ses ongles au vernis écaillé à force de soulever des objets lourds et de nettoyer, elle devrait le retoucher aussi.

En temps normal, elle aurait apprécié de se pomponner un peu, mais elle ne ressentait plus la même attirance envers son copain. Peut-être à cause de son appréhension. À choisir, elle aurait préféré se rendre à l'appartement de Jess avec une bouteille de Prosecco.

Une autre vague de culpabilité déferla sur elle. Elle avait réellement négligé son amie. Elle le voyait clairement, maintenant. Elle avait brisé le code entre filles et avait fait passer Ant, ses besoins et volontés (sans oublier ses propres désirs) avant sa meilleure amie.

Elle soupira. Nul besoin d'envenimer la plaie. Jess était à une conférence. Elle devait discuter avec Ant. Elle devait se comporter en « adulte » et avancer.

Ou elle pouvait ranger ses doutes comme la grosse lâche qu'elle était et adopter le rituel habituel du samedi soir. Du vin, un bon repas et du sexe. Elle pourrait se comporter en adulte plus tard.

Elle prit la direction de sa maison et démarra, laissant derrière elle sur Ivy Lane Noah et sa myriade de sentiments confus. Sa tête martelait encore un peu plus.

Chapitre 14

You, Me and Other People

Libby arriva à la maison en front de mer, peu avant dix-neuf heures, exactement comme elle l'avait annoncé. Elle s'était douchée et changée, elle avait enfilé une tenue plus fluide et féminine : une robe maxi à bretelles, des tongs et un gilet blanc tout doux, pour protéger ses épaules de la fraîcheur du soir. Ses cheveux ondulés tombaient sur ses épaules, retenus par ses lunettes de soleil. Elle avait appliqué un minimum de maquillage, mettant en valeur son visage hâlé et couvert de taches de rousseur.

Elle avait profité du temps passé chez elle pour se calmer, faire retomber la pression et relativiser les événements. Le baiser ne signifiait rien. Même si cela semblait différent sur le moment. C'était la surprise qui l'avait désarçonnée, rien d'autre. Elle jouait un rôle. Noah était comme ça. Pour le moment, elle sortait avec Ant, et Noah avec Jo, et c'était ainsi.

Sur le trajet, les routes étaient très fréquentées. Les excursionnistes rentraient après leur journée, couverts de sable et peut-être un peu brûlés par le soleil. D'autres se dirigeaient vers la plage, prêts pour une balade du soir, main dans la main avec l'être aimé, ou laissant leur animal de compagnie courir devant eux, tandis qu'ils profitaient du calme apporté par le va-et-vient des vagues. C'était le moment de la journée que Libby préférait : quand l'air était chaud, que le soleil brillait, que la journée atteignait le pic de sa paresse. Le temps de la détente. L'*happy hour*. Enfouir la tête dans le sable et savourer « l'heure du vin heureux ».

Quand elle s'engagea dans l'allée de graviers, elle fut plus que perplexe de découvrir la Mini Cooper de Jess, au jaune caractéristique, garée à sa place attitrée. Par les baies vitrées grandes ouvertes, la musique et le bruit des rires s'échappaient dans le jardin.

Elle gara sa Corsa derrière la Mini, sortit de sa voiture et marcha en direction des rires, tout en essayant de comprendre pourquoi Jess se trouvait là.

Jess, qui était censée se trouver à des kilomètres, à une conférence sur la santé mentale. Jess qui, depuis le début, n'avait pas semblé apprécier la compagnie d'Ant.

Libby lui avait même envoyé un message sur WhatsApp un peu plus tôt pour lui dire qu'elle lui manquait et qu'elle avait réfléchi à leur dernière conversation. Un message resté non lu, ce qui signifiait pour Libby que son amie était encore à la conférence et dans l'impossibilité de consulter son téléphone.

En passant la tête par les baies vitrées qui donnaient sur la vaste pièce à vivre, elle aperçut Jess, riant, tête basculée en arrière, assise sur un tabouret au niveau de l'îlot de cuisine, pendant qu'Ant découpait des légumes et qu'il la captivait avec l'une de ses nombreuses anecdotes. Le tableau sous ses yeux ressemblait à une publicité pour un magazine de décoration d'intérieur : le couple parfait, assis dans une cuisine parfaite, avec de grands verres de vin devant eux, en train de préparer ensemble le dîner, tout en riant. Éblouissant. Le soleil saisissait à la perfection les éclats de lumière dans la chevelure de Jess, qui cascadait en mèches ondulées, lui donnant, dans sa robe d'été blanche, avec ses jambes et ses bras hâlés, l'apparence d'une déesse grecque.

Ant se tenait, pieds nus, dans son ample pantalon cargo, sa chemise déboutonnée en haut, de sorte qu'une touffe de poils dépassait à peine. Il avait retroussé ses manches, révélant ses bras bronzés. Si Libby ne se trompait pas, ses cheveux étaient humides, il n'était pas sorti de la douche il y a longtemps. Ils avaient l'air si à l'aise ensemble que Libby se sentit presque comme une intruse. Normalement elle aurait dû entrer, aurait interpellé Ant et aurait filé vers le réfrigérateur pour se servir un verre de vin. Mais elle resta à la porte et lâcha un faible toussotement qui, étant donné le volume de la musique, des rires et du bavardage, ne fut pas remarqué.

Elle tapa contre le verre de la porte, tenta un « Salut ! » un peu plus fort et fit en sorte que sa voix paraisse la plus normale possible.

– Bébé ! lança Ant, la voix enjouée et heureuse, peut-être un brin éméché.

– Ant… Jess…, répliqua Libby.

Pas de doute : Jess remua sur son siège, légèrement gênée, et Libby lui adressa un sourire, poursuivant par un « Salut ! C'est une surprise », en marchant vers l'endroit où se tenait Ant, bras tendus pour la serrer dans une tendre étreinte, et lui embrasser le sommet de la tête.

– Que je prépare le dîner ? demanda Ant.

Il s'esclaffa.

– Je prépare toujours le dîner. Nous savons tous qu'il ne vaut mieux pas te lâcher dans une cuisine.

Jess rit elle aussi. À vrai dire, Libby n'avait jamais été douée en matière culinaire et elle était certainement loin de partager l'amour ou le talent pour la cuisine d'Ant et de Jess. Cependant, elle se sentit malgré tout un peu froissée par leurs rires.

– Je voulais dire que c'est une surprise de trouver Jess ici, dit-elle, sans que sa voix trahisse son embarras.

– Jess est toujours la bienvenue ici, répliqua Ant. Tu le sais.

– Elle est surprise parce que j'étais censée assister à une conférence aujourd'hui, intervint Jess, et Libby remarqua qu'elle avait au moins la décence d'en rougir.

– Oui… en effet. Et d'autres trucs, mais la conférence, essentiellement, confirma Libby.

– Elle a été annulée, hier. À la dernière minute, tu vois. Le conférencier principal a une sorte de gastro. Je savais que tu avais déjà des projets, alors je ne voyais pas l'intérêt de les bouleverser à ce stade. Comme je me suis retrouvée désœuvrée, j'ai décidé de rouler jusqu'à la plage pour marcher dans le sable. Je retournais à ma voiture quand je suis tombée sur Ant. Il m'a invitée à prendre une tasse de thé et on a papoté.

– Et préparé un dîner ?

– On n'a pas vu le temps passer. Puis je me suis rendu compte que tu allais arriver. Alors j'ai invité Jess pour le dîner. Comme on n'avait pas d'autres projets, on s'est lâchés et on a ouvert une bouteille de vin, conclut Ant. Ça ne t'embête pas, n'est-ce pas ?

– Bien sûr que non, lui assura Libby, mais ce n'était pas tout à fait juste.

En vérité, elle était contente de savoir que Jess pouvait se tourner vers quelqu'un si elle se sentait seule, mais elle trouvait un peu bizarre qu'elle se soit tournée justement vers Ant. Surtout après leur conversation. Jess connaissait l'état de leur relation. Un peu inattendu. Mais c'est une bonne surprise.

– Pas vrai ? rebondit Ant. Bon, tu veux bien te servir un verre de vin avant que Jess et moi ne finissions la bouteille ? Tu dors, t'es mort !

Libby prit un verre dans le placard, se versa une généreuse quantité et but les premières gorgées un peu trop vite. Une mesure thérapeutique. Tout à fait permise.

– Comment s'est passé le marché ? demanda Jess. Tu as acheté ce que tu voulais ?

– Oui ! répondit Libby, ravie de discuter de ses achats. Et quelques extras aussi. Il y avait des trucs incroyables là-bas... de très belles pièces. J'aurais pu dépenser une fortune.

Elle décida de ne pas révéler qu'elle avait pratiquement dépensé une fortune.

– Je ne pige pas le truc du vintage, intervint Ant tout en sirotant son vin. Je veux dire, ça a un certain attrait, mais pour moi, ça sent un peu le renfermé et le moisi. Tu ne trouves pas ?

– Eh bien non, répondit la jeune femme. Et souvent, la qualité est bien supérieure aux pièces actuelles.

– Pas si tu vas dans les bons magasins, répliqua Ant. Personnellement, je pense qu'il est difficile de rivaliser avec les lignes épurées pour un lieu de travail. Quelque chose d'élégant, voire de minimaliste. Beaucoup de lumière naturelle et de tons clairs pour la réfléchir. Dans ce genre d'environnement, je me sens plus léger.

Libby ne put s'empêcher de penser que chaque parole prononcée agrandissait encore le fossé qui existait entre eux jusqu'à ce qu'il se mue en gouffre. Ou peut-être venait-elle de retirer ses œillères.

Elle lui avait répété à quel point elle adorait l'atmosphère d'une librairie traditionnelle, que l'industrie avait perdu quelque chose à mesure des avancées technologiques. Elle voulait que la librairie évoque un refuge en marge des lumières vives et du vacarme du monde trépidant. Elle voulait ramener un soupçon de cette époque-là, avec la technologie moderne en renfort, bien sûr, et voilà qu'il décrivait le vintage « comme renfermé et moisi ».

– Je pense qu'on va en rester là, dit-elle en prenant une autre grande gorgée de vin.

Ant la dévisagea attentivement, soutint son regard un moment, peut-être plus longtemps que nécessaire, avant de conclure :

– Oui, je suppose que oui.

Libby remarqua que Jess avait une fois encore gigoté, mal à l'aise, sur son siège.

– Je vais aller aux toilettes, déclara son amie.

Elle glissa de son tabouret et lissa sa robe.

Libby se demanda si, au cours de leur après-midi de rapprochement, Jess avait rapporté ses doutes à Ant. Certainement pas. Elle aurait enfreint toutes les règles et elle savait depuis toujours qu'elle pouvait tout révéler à Jess, rien ne sortirait de leur duo.

Mais quelque chose clochait avec Ant, et il y avait peu de chances qu'elle ait une conversation sérieuse avec lui ce soir.

Ils respectèrent un silence embarrassant, puis Ant reprit la parole :

– Avec qui tu y es allée ? Au salon ? Tu ne m'as pas dit ?

– Noah. Le propriétaire du pub. Il a un van et Jo a proposé qu'il me rende service.

Elle n'avait pas voulu dissimuler l'identité de son compagnon de voyage, mais elle ne pensait pas qu'Ant y attacherait de l'importance.

– Et qui est Jo ? Un homme ou une femme ? demanda Ant.

– Jo est une femme, même si ça n'a aucune importance, selon moi. Je t'ai parlé d'elle. La barmaid qui m'a aidée quand je me suis enfermée dehors.

– Nous sommes quasi sûres que Noah et Jo sont en couple, l'interrompit Jess.

Il haussa les épaules comme si tout cela était nouveau pour lui. Ils retombèrent dans le même silence gêné.

– Tu as bien bossé aujourd'hui ? lui demanda Libby.

Elle voulait en savoir un peu plus sur la manière dont il était tombé sur Jess. Cela ne ressemblait pas à Ant d'aller se promener sur la plage. Il n'appréciait pas à sa juste valeur ce qu'il avait sous les yeux, comme beaucoup de gens.

– J'ai pas mal avancé ce matin. Puis l'heure du déjeuner est arrivée, et il faisait beau. J'avais la tête qui tournait à force de regarder des chiffres toute la matinée, alors j'ai décidé de me dégourdir les jambes… et c'est là que j'ai rencontré Jess. Elle ne m'a pas paru au sommet de sa forme, alors je l'ai invitée à boire un thé et on a bavardé. Elle est de bonne compagnie, tu sais.

– Santé ! s'esclaffa Jess. C'est bon à savoir.

– Ouais, je l'ai bien compris au fil des années, déclara Libby en ignorant le ton léger de Jess, sans même tenter de dissimuler le sarcasme dans sa voix.

– Bien sûr que oui, répliqua Ant, comme s'il n'avait pas remarqué le ton de Libby.

Il plongea une cuillère en bois, la remplit d'une sauce à la tomate, et la lui mit sous le nez.

– Goûte-moi ça.

Et elle s'exécuta.

– C'est bon, pas vrai ? demanda-t-il, et elle acquiesça. Jess a une recette secrète, expliqua-t-il. Enfin, c'était un secret, mais elle me l'a confié.

Il avait l'air tellement ravi et excité, contrairement à ces derniers mois, que la jeune femme ne put réprimer une vague de regret.

C'était un homme bien. Elle regrettait de n'avoir pu le rendre heureux. Et elle regrettait qu'il n'ait pu en faire de même pour elle. Mais c'était la vérité, ils n'avaient pas réussi.

Il sourit et l'attira contre lui pour l'embrasser. Mais elle n'éprouva aucun frisson. Aucune piqûre d'abeille. Rien du tout. Parfois, un baiser n'est qu'un baiser, songea-t-elle.

Chapitre 15

Le Garçon en pyjama rayé

– Pourquoi tu ne restes pas dormir, Jess ? demanda Ant, en renversant la troisième bouteille de vin cul par-dessus tête dans le seau à glaçons.

– Je vais prendre un taxi, ne sois pas bête. Je vais vous laisser un peu d'air, dit-elle en posant son verre de vin par terre. En fait, j'ai probablement abusé de votre temps et de ton hospitalité.

– Elle déplia ses jambes et s'étira en position assise.

– Ne dis pas de bêtises, déclara Ant. C'était agréable de passer du temps avec toi. Tu peux prendre la chambre d'amis, c'est une jolie chambre, pas la pièce où je dépose tout mon bazar. Il y a même des draps propres. Allez, reste… Aucune raison de prendre un taxi et de faire cette dépense, tu pourras rentrer en voiture demain matin.

Libby remarqua que Jess la dévisageait. Comme s'il lui fallait son approbation avant de dire oui. Elle se contenta de hausser les épaules. Ant et elle n'auraient aucune discussion maintenant, de toute façon, il était trop tard.

– Je ne sais pas…, dit Jess.

Libby était sur le point d'intervenir avec un rapide « Franchement, ça ne m'embête pas », quand Ant la prit de vitesse.

– S'il te plaît, Jess. Tu me rendrais service, en fait. Il y a eu trop de discussions sur les librairies pour un seul homme.

Il éclata d'un rire rauque et Libby regarda Jess sourire. Quant à elle, elle ne souriait pas. Elle était blessée.

– OK, alors. Cela ne t'embête pas, Libby ? demanda son amie.

– Bien sûr que non, mentit Libby. Si vous vous tenez mutuellement compagnie, je pourrais m'esquiver au lit. Je suis crevée.

Elle espérait avoir dissimulé la blessure dans sa voix. Elle espérait que rien dans son comportement n'avait trahi la peine vive que les paroles d'Ant lui avaient infligée.

Un autre jour, elle aurait ri.

Un autre jour, elle lui aurait peut-être donné un coup de coude et l'aurait charrié sur ses fréquentes discussions à propos des banques d'investissement (super gros bâillement !).

Un autre jour, elle aurait peut-être pris ses paroles à la plaisanterie, mais là, elle ne voyait pas les choses comme ça. De son point de vue, la personne qui était censée l'aimer utilisait une des choses les plus importantes de sa vie pour la faire souffrir.

Et elle avait mal.

Elle s'étira et se leva.

– Cela ne t'embête pas, pas vrai ? demanda-t-elle à Ant.

Il tendait déjà la main pour attraper une autre bouteille et elle sut qu'il s'en fichait éperdument.

– Pas du tout. Repose-toi bien, Libby. Tu risques de t'épuiser à la tâche.

Elle hocha la tête, ne se faisant pas confiance pour dire un mot de plus, et elle laissa sa meilleure amie et son copain à leur soirée.

En montant l'escalier, elle entendit le bourdonnement de la conversation passer à la politique internationale. L'espace d'une brève seconde, son esprit vagabonda vers Noah et ce qu'il pouvait faire en ce moment : travailler dur, voler un baiser à Jo peut-être. Se préparer à danser dans leur salon.

Sa tête lui faisait mal, mais pas autant que son cœur.

Elle grimpa l'escalier, gagna la chambre d'Ant et enfila un de ses T-shirts avant de se brosser les dents et de s'allonger sur le lit. Là, elle contempla la nuit d'encre et laissa le bruit des vagues la bercer jusque dans le sommeil.

Elle dormit d'une traite, sans même se réveiller pour prendre un verre d'eau et vaincre la déshydratation due au vin. Quand elle s'éveilla, la maison était silencieuse et, mis à part les vagues, elle ne distinguait que le faible grognement de la respiration d'Ant, allongé près d'elle. Elle se tourna vers lui, pour le contempler dans son sommeil. Elle voulait regarder son visage. Se délecter de ses traits. Se remémorer les moments heureux. Parce qu'ils s'étaient amusés, d'une certaine manière.

Elle tendit la main pour caresser son visage mal rasé et la glissa sous le drap pour sentir les battements de son cœur. Elle découvrit alors qu'il n'était pas torse nu, comme d'habitude, il portait un pyjama. Elle eut un mouvement de recul. Tout avait changé, apparemment.

Elle regarda l'heure sur son téléphone et vit qu'il était plus de neuf heures. Elle voulait arriver à la librairie dès que possible, évaluer exactement le travail réalisé la veille. Sa principale préoccupation. Son rêve. Elle ne se laisserait plus distraire par des affaires de cœur. Ni par Ant ni par qui que ce soit.

Elle s'habilla à la hâte et sans bruit, avant de se faufiler hors de la chambre. Apparemment, Jess dormait toujours.

En bas, les vestiges de la veille (qui incluait à présent des CD éparpillés et des verres de whisky) gisaient partout sur le sol. Les sandales de Jess étaient balancées près du fauteuil où elle était assise. C'était une jolie scène. Les signes qu'on avait passé une bonne soirée et que Jess et Ant avaient enfin créé des liens. Certainement à ses frais, mais elle devrait s'en accommoder.

Elle mit la main sur une vieille enveloppe et griffonna un mot rapide pour Ant et Jess, en disant qu'elle espérait qu'ils ne se sentiraient pas trop vaseux et qu'elle partait travailler. Elle prendrait de leurs nouvelles plus tard, écrivit-elle avant de saisir son sac et ses clés, et de sortir dans la douceur de l'air matinal.

Juin se démarquait par une vague de chaleur précoce, annonçant l'été. Libby savoura les rayons de soleil sur son visage et gagna sa voiture.

Une fois à la librairie, elle se rendit compte que rien d'autre ne comptait que cet endroit. Elle s'y sentait chez elle. Chaque fois qu'elle franchissait le seuil. Même si elle avait un goût de poussière dans la bouche dès son entrée. Même si cela sentait le bois, le plâtre et encore la poussière. Même si le plancher avait été retiré en prévision de la pose du carrelage. Même si elle n'avait pas été assez courageuse pour aller voir si les travaux de l'appartement avançaient.

Dans le silence du dimanche matin, Libby était plantée dans la carcasse nue de sa boutique, elle songea à son grand-père Ernie et à sa manière de lui faire la lecture. Y avait-il des mots plus réconfortants que « Il était une fois » ? Que l'impression de courir vers une nouvelle aventure sans pouvoir deviner ce qui allait arriver ?

Ainsi, le nom de la librairie qui se dérobait jusque-là fusa dans son esprit et lui parut parfait.

– Je te rendrai fier de moi, grand-père, dit-elle à l'espace caverneux. Je ferai de cette librairie l'endroit de tes rêves. L'endroit où tu aurais pu écrire cet album pour enfants que tu as toujours voulu écrire.

Des larmes lui brûlèrent les yeux et elle s'efforça de les refouler. Elle décida que c'étaient des larmes de joie. La seule chose qui importait maintenant, c'était d'éviter les distractions et de faire avancer son projet. Il restait huit semaines à peine avant l'ouverture prévue, et encore tant à faire.

Libby s'autorisa quelques pleurs, se sécha les yeux et décida de se remonter le moral avec un café. En revenant vers la boutique de Harry, elle se trouva à espérer qu'il travaillerait. Quelque chose chez cet homme avait gagné son cœur. Peut-être parce qu'il lui rappelait son grand-père, avec son large sourire et son sens de l'humour. Elle avait hâte aussi de découvrir l'enjeu de ses coups de gueule du jour.

Harry était de la vieille école, et en apparence infatigable. On aurait dit qu'il dirigeait son magasin sans l'aide de personne. Il avait été question d'un assistant à temps partiel, mais Libby ne l'avait pas encore rencontré. Elle eut le sentiment que la vie de Harry tournait autour de son travail et que s'il partait à la retraite, il se retrouverait complètement démuni, incapable d'assister aux allées et venues quotidiennes sur Ivy Lane.

Sur le chemin de la boutique, elle souriait. Elle salua Harry d'un « bonjour », alors qu'il se lançait dans une diatribe sur le nombre de suppléments et de brochures publicitaires dans les journaux du dimanche.

– Je vais me faire une hernie à force de les soulever. Et la majorité de ces sottises finira à la poubelle. Peu de gens par ici s'intéressent aux pages de l'immobilier, elles ne montrent que des baraques hors de prix à Londres. Un million de livres pour un appartement de deux pièces ? Ils appellent ça appartement pour faire classe, mais un appartement c'est un appartement. Imagine avec cet argent ce que tu pourrais avoir ici ? Un palais, voilà !

Il n'avait pas tort. Les prix de l'immobilier en Irlande du Nord étaient déroutants, bien loin des prix stratosphériques des grandes villes. Elle n'était pas certaine d'avoir vu une annonce de plus d'un million de livres ici et, même pour les biens les plus extravagants, on vous rendait la monnaie sur un demi-million.

– Je vais m'en tenir à ma boutique et à mon appartement minuscule.

Libby éclata de rire en insistant sur le mot « appartement » et Harry l'imita.

Il rit bruyamment.

– Tu as raison, pourquoi bouder son bonheur ? C'est une rue géniale et une communauté géniale.

– Vous vivez dans la rue, vous aussi ?

Harry émit un rire.

– Pas tout à fait. Deux rues au-dessus. Ma Mary a dit que si nous vivions sur Ivy Lane, je ferais tout aussi bien d'installer un lit dans la boutique et dormir ici, elle ne m'aurait jamais revu.

Libby rit, parce que Mary n'avait probablement pas tort.

– Vous adorez votre boulot, n'est-ce pas ? Vous n'avez jamais pensé à la retraite ? Ou à ralentir le rythme ?

Harry secoua la tête.

– Pour sûr, pourquoi je ferais une chose pareille, alors que je suis en forme et capable de tenir debout derrière ce comptoir ? Et je vois mes amis et mes voisins, tous les jours, et j'entends tous les potins. Je ne supporterais pas de ne rien faire.

– Ah, mais vous devez veiller sur vous, Harry. Personne ne rajeunit !

Libby évita avec soin de lui signifier qu'il vieillissait.

– On a l'âge qu'on a dans la tête, dit Harry. De toute façon, Libby, ça te va bien de dire ça. Tu viens ici tous les jours depuis que tu as commencé à travailler. Tu vas finir par t'épuiser ! Tu ne prends jamais de moment de détente, tu vois ?

– Harry, la moitié du temps, ce n'est pas du travail, répondit Libby avec douceur. Et je veux ouvrir dans les temps. Profiter un peu du tourisme estival, si je peux.

Il hocha la tête.

– Bon, je te souhaite de réussir. Entre Noah Simpson du pub et toi, cette rue va attirer de plus en plus de monde. Ce sera bon pour nous tous.

Libby se fit un café et se planta au comptoir. Pour une fois, elle n'avait pas hâte de retourner à la librairie.

– Vous tenez le magasin depuis longtemps, Harry ?

– Toute une vie et plus encore. Depuis 1967 ! Je n'étais pas marié depuis longtemps et nos deux garçons portaient encore des couches. Ces couches jetables n'existaient pas encore, pas à notre époque. Des couches en tissu, que Mary adorait voir toutes accrochées, d'un blanc éclatant, sur la corde à linge. Elle m'aidait parfois à la boutique, mais elle avait du travail par-dessus la tête avec nos garçons. C'étaient des garnements.

Harry gloussa.

– Mais oui, toute une vie et je serais heureux de continuer jusqu'à ce qu'on me mette dans une boîte !

– Bon, avec un peu de chance, pas avant longtemps, dit Libby en jetant un œil à la pendule.

Il était temps d'y retourner. Elle voulait décider une fois pour toutes du nombre de prises électriques à installer. Elle s'aventurerait même peut-être dans l'appartement, pour constater l'étendue des dégâts.

– C'est mon plan, confirma Harry en interrompant le fil de ses pensées.

La clochette au-dessus de la porte tinta et un client entra. C'était le moment parfait pour que Libby s'excuse et s'en aille.

Elle dit au revoir et fut saluée par une proposition de Harry, qu'elle ne pouvait refuser.

– Avant que tu ne partes. Que penses-tu des chips ?

Libby ne pouvait pas dire que c'était sa passion, en toute sincérité.

– J'ai quelques sachets ici qui vont dépasser la date limite, poursuivit Harry. En y réfléchissant, ils sont peut-être même déjà périmés… mais pas de beaucoup. Pourquoi tu n'en prendrais pas quelques-uns dans ta boutique ? Pour nourrir ces gros ouvriers qui entrent et qui sortent tous les jours ? Amadoue-les avec ça et ils feront encore du meilleur boulot, dit-il en tapotant les ailes de son nez, comme s'il lui enseignait une sagesse ancestrale.

– Merci, Harry, dit-elle en souriant, alors qu'il lui tendait plusieurs emballages. Passez une belle journée.

– Toi aussi, Libby la libraire, dit-il avec son sourire étincelant.

De retour à la boutique, elle se mit au travail et planifia ses besoins en communication jusqu'aux moindres détails. Puis elle grimpa l'escalier de l'appartement, ouvrit les fenêtres à la volée, alluma sa radio numérique, capta Magic FM pour pouvoir chanter en chœur et s'attaqua à la tâche. À l'évier temporaire que Billy le plombier avait installé, elle emplit une bassine avec du savon de professionnel et de l'eau, enfila ses gants en caoutchouc et entreprit de récurer les quelques murs qui n'avaient pas besoin d'être décapés. Elle se plongea dans cette tâche répétitive, s'enthousiasma en voyant les couches de crasse se soulever et une surface relativement propre émerger, qui nécessiterait quand même une couche généreuse d'une jolie couleur neutre.

Elle travailla jusqu'à ce que ses bras lui fassent mal et que son corps soit couvert d'une pellicule de transpiration. Elle s'essuya le front du dos de la main et décida qu'elle allait se récompenser avec un paquet de chips suspect offert par Harry, quand on frappa à la porte. Une voix féminine lança :

– Hello ! Libby, tu es là ?

Elle retira ses gants en caoutchouc et, repoussant les cheveux de son visage inondé de sueur, elle descendit l'escalier et ouvrit la porte. Elle découvrit Jo, l'air radieux, le maquillage parfait, une assiette couverte dans les mains.

– On a pensé que tu avais peut-être faim, alors j'ai apporté un déjeuner. Un petit assortiment de viandes rôties.

L'odeur faisait saliver et l'estomac de Libby gronda bruyamment par anticipation. C'était bien plus appétissant que des chips périmées.

– Tu n'aurais pas dû, dit-elle en souriant. Je veux dire, je suis heureuse que tu l'aies fait, mais il ne fallait pas.

– Ah, bêtises. Je sais que tu as un équipement limité ici. Si on ne te nourrit pas, on prend le risque que tu t'effondres sur nous, pas vrai ?

– J'apprécie le geste, dit-elle, en prenant l'assiette des mains de Jo. Tu veux entrer un instant ? Tu vas t'asseoir sur un plancher nu et dans des pièces qui sentent fortement l'eau de Javel, mais tu es plus que la bienvenue.

Jo secoua la tête avant de faire un mouvement brusque dans la direction de l'*Ivy Inn*.

– Nan, je ferais mieux d'y retourner. C'est bondé aujourd'hui. Je ne vais pas donner à Noah des raisons de se plaindre. Mais profite de ton déjeuner, tu nous rendras l'assiette quand tu en auras l'occasion.

Elle lui adressa un geste d'au revoir joyeux et traversa la rue. Libby prit son repas à l'étage. Elle ouvrit une bouteille d'eau, s'assit par terre et se mit à manger. Ce n'était pas l'environnement le plus salubre, loin s'en fallait, mais en cet instant elle était heureuse et contente dans sa petite bulle.

En regardant par la fenêtre, elle aperçut Jo quitter le pub avec une autre assiette couverte et remonter la rue vers l'épicerie de Harry. En cet instant, elle fut épatée par le sentiment communautaire qui régnait dans sa nouvelle rue, et rien d'autre ne compta.

Chapitre 16

Watermelon

En temps normal, l'assiette de rosbif fondant, accompagné de pommes de terre rôties, de carottes et de *yorkshire pudding* au chou, et arrosé d'une bonne portion de jus de viande, aurait suffi à expédier Libby dans un coma alimentaire pour une bonne partie de l'après-midi. Mais elle lui apporta l'énergie nécessaire pour passer tout le reste de l'après-midi à frotter et à nettoyer.

Quand il fut dix-huit heures, elle ferma la boutique et l'appartement à clé. Après avoir jeté son sac sur son épaule, elle rapporta l'assiette au pub. La foule du lunch s'était clairsemée, et il ne restait plus qu'un groupe de joyeux buveurs qui profitaient de la fin du week-end avec des verres de vin frais et des bières glacées. Noah tenait salon derrière le bar et, à la grande consternation de Libby, il n'y avait aucune trace de Jo. Cela aurait été tellement plus simple si elle avait été là. Libby n'aurait pas eu à faire des exercices de respiration avec Noah. Elle n'avait pas besoin de cette complication en ce moment.

Elle alla jusqu'au bar et posa l'assiette, le couteau et la fourchette lavés sur le comptoir. Elle se maudit d'avoir déposé son sac dans la voiture, car elle aurait pu s'en sortir en griffonnant de rapides remerciements pour Jo, au lieu d'attendre que Noah ait fini de raconter une anecdote interminable, au grand ravissement de son auditoire.

Il jeta un œil à Libby et leva la main pour lui indiquer qu'il serait à elle dans une minute. Elle prit alors un verre et fixa avec envie les bouteilles de vin frais dans le frigo, tellement tentantes après sa journée.

Un long bain, un verre de vin, et peut-être même une heure dans le jardin à bouquiner : elle avait le dernier roman de Marian Keyes et mourait d'impatience de s'y plonger. Voilà ce qu'il lui fallait. Il fallait que Noah se dépêche pour qu'elle puisse les remercier et déguerpir.

Son soulagement fut vif quand, quelques secondes plus tard, Jo émergea du bureau derrière le bar et lui sourit.

– J'ai rapporté ça, dit-elle en montrant l'assiette et les couverts sur le comptoir.

Jo approcha.

– Merci beaucoup. C'était absolument délicieux. Je peux régler ?

– Pas besoin, dit Jo. Considère ça comme un signe de…

– Bienvenue dans la rue ? s'esclaffa Libby. Il y a eu tellement de bienvenues dans cette rue, il faut que je paye pour un truc !

– J'allais dire un geste de bon voisinage. Nous aimons veiller les uns sur les autres ici.

– Tu fais du bon boulot, dit Libby.

Elle se rappela Jo en train d'apporter une assiette à Harry.

– Je vais te révéler un secret, dit Jo en se penchant au-dessus du bar. Ce n'est pas moi. C'est Noah. Il est déterminé à ce qu'on fasse tous notre part. Il veut rendre sa bonté à la communauté. Parfois, je dois lui rappeler que c'est un commerce, pas une œuvre de bienfaisance. Mais je crois comprendre pourquoi il ressent ce besoin de rembourser, tu vois ?

Libby s'apprêtait à demander à Jo des précisions, lorsque Paddy sortit de l'arrière bureau d'un pas nonchalant et bondit sur sa maîtresse pour quémander des câlins.

Jo ébouriffa sa fourrure, avant de sourire à Libby.

– Je pense que je vais devoir emmener monsieur en promenade. Si tu veux bien m'excuser.

– Bien sûr, dit Libby. Je voulais rapporter l'assiette et te remercier de nouveau.

– Je transmettrai à Noah, indiqua Jo, alors que Paddy se mettait à gémir, impatient de sortir.

Jo éclata de rire et demanda au chien à la fourrure en pétard de se calmer.

– Tu es censé être le chien de Noah, tu sais !

Elle fit semblant de réprimander l'animal.

– Mais c'est encore moi qui vais ramasser ta crotte aujourd'hui, pas vrai ?

La queue de Paddy s'agita furieusement. Tant qu'il sortait courir, il ne paraissait pas trop se tracasser de qui allait ramasser sa crotte.

L'arrêt au pub était une erreur. Elle prit conscience de sa fatigue. Elle salua Jo et Paddy, fit un signe fugace à l'attention de Noah et partit, s'écroulant quasiment dans sa voiture.

***

Le derrière de Libby avait à peine touché le fond de la baignoire, ses muscles douloureux commençaient à se détendre dans l'eau chaude et savonneuse, et son verre de vin n'avait même pas encore effleuré ses lèvres, quand son portable sonna. Elle savait qu'elle aurait dû le laisser dans sa chambre, ou mieux encore, l'éteindre. Mais elle ne l'avait pas fait. Elle l'avait emporté dans la salle de bains et posé sur le petit tabouret à côté de la baignoire, là où reposaient le verre de vin et un livre.

Bien entendu, elle n'était pas forcée de répondre. Pourtant elle savait d'après la sonnerie (*Bootylicious* des Destiny's Child) que c'était Jess et elle imagina qu'après la veille au soir, elle avait envie de bavarder avec elle.

Libby se redressa en position assise, attrapa son téléphone et balaya l'écran du doigt.

– Jess, Tout va bien ?

Il y eut un bref silence.

– Eh bien, c'est ce que je voulais te demander, répondit Jess. Je ne t'ai pas croisée ce matin et tu es partie te coucher tôt hier soir.

– Ce n'était pas si tôt que ça, répliqua Libby, en étirant ses jambes dans l'eau pour apaiser un nœud au-dessus du genou. Il fallait que j'aille à la librairie ce matin, et vous étiez tous les deux K-O.

Une pause s'ensuivit.

– Tu es en colère contre moi ? demanda Jess.

Libby se posa sincèrement la question. Certes, elle ressentait quelque chose, mais elle ne parvenait pas à y mettre un nom. Ou peut-être ne le voulait-elle pas.

– Pourquoi je serais en colère contre toi ? demanda-t-elle.

– Je t'ai volé du temps avec Ant ? Tu as dit que je ne tenais pas la chandelle, mais peut-être que si ? On s'est demandé si c'était pour ça que tu t'étais couchée tôt.

– On ?

Libby se sentit une fois encore agacée.

– Ant et toi ?

Une autre pause.

– Oui, on n'a pas parlé de toi. Pas vraiment. Pas beaucoup. C'était une discussion d'ordre général. Et puis, tu es partie avant qu'on ne se lève et je n'ai pas eu de tes nouvelles de toute la journée.

– Je vous ai laissé un mot et j'ai été occupée toute la journée. Je suis fatiguée maintenant. Tout ce dur labeur me rattrape.

– Bon, si tu en es sûre, conclut Jess, mais Libby perçut une hésitation dans la voix de son amie.

– Je le suis, répliqua Libby, même si elle ne l'était pas complètement.

Oui, elle faisait absolument confiance à Jess. Probablement plus qu'à n'importe qui. Elle n'avait pas peur que son amie et son copain fassent des frasques dans son dos, mais elle était néanmoins de mauvaise humeur. Est-ce que, voyant à quel point Jess et Ant s'entendaient bien, en les observant parler et rire, et partager des centres d'intérêt, elle n'avait pas eu la preuve de la superficialité de sa relation avec Ant ?

Une troisième pause se prolongea avant que Jess ne reprenne la parole.

– Je n'ai pas su jusqu'à la dernière minute que la conférence n'avait pas lieu. J'espère que tu me crois. Je serais venue avec toi si je l'avais su plus tôt.

Libby s'agaça un peu. C'était une autre question. Elle se sentait abandonnée par son amie. Et le soutien d'Ant pour son projet avait considérablement décru dès que le plus dur avait pointé son nez.

Pourtant, elle n'avait pas l'énergie émotionnelle ni physique pour aborder cette question dans l'immédiat.

– Écoute, Jess, je suis fatiguée. Le week-end a été long. On peut se reparler dans la semaine ? Je t'envoie un WhatsApp dès que j'en sais plus sur mon emploi du temps.

– Tu travailles trop, intervint Jess, d'une voix inquiète. Ant et moi, on le pense tous les deux.

Ce commentaire la fit changer d'avis et la porta à croire qu'en fait, si, elle avait l'énergie émotionnelle pour mener cette conversation en fin de compte.

– Vous le pensez tous les deux ? répéta Libby.

Elle perçut la dureté de son ton.

– Je savais que tu étais fâchée, reprit Jess.

– Oh, bon sang, marmonna-t-elle. Si tu veux savoir, alors oui, je suis fâchée qu'Ant et toi, vous ayez apparemment décidé que je travaillais trop, alors que vous savez tous les deux que je mets un coup de collier pour respecter une *deadline* serrée. Vous vous attendiez à quoi ? C'était évident depuis le début que ce serait dur. Vous vous dites à quel point je travaille dur, et vous ne me proposez pas votre aide. Pas vraiment. Tu es venue une fois à la librairie. Ant a à peine avancé jusqu'à la porte d'entrée avant de ficher le camp. Je vous avais pourtant promis une nuit sur place et de nous amuser, mais aucun de vous n'a voulu m'accompagner à Belfast. J'ai bien compris que c'était parce que tu bossais. Ensuite, je découvre que tu n'es pas allée à la conférence, mais qu'à la place tu as passé la majeure partie de ton temps avec Ant, lui qui était censé travailler aussi. Même quand j'étais présente, vous deux paraissiez perdus dans votre petite bulle. Et pour en rajouter une couche, vous avez décidé de parler de moi dans mon dos.

Il y eut un silence, suivi d'un reniflement.

– Vous m'avez demandé de rester. Tous les deux. J'aurais pu appeler un taxi. Je n'avais pas prévu d'être là. J'allais vraiment me montrer aussi peste ? Moi, la personne qui t'aurait demandé de rentrer chez toi dans ton appartement solitaire, pour boire le reste de la bouteille que tu avais ouverte ?

– Mon appartement solitaire ? répéta Jess, d'un ton sévère. Je réussis très bien à me tenir compagnie. Dieu sait s'il le faut, puisque je suis descendue si bas dans ta liste de priorités. Je ne serais pas surprise que tu voies plus souvent ton dentiste que moi.

Libby se sentit rougir. Elle savait qu'elle avait négligé Jess ces derniers mois. Depuis qu'elle fréquentait Ant, pour être honnête. Depuis que Jess avait vu l'annonce de vente concernant la boutique et que le projet avait dévoré Libby.

Jess était sur sa lancée maintenant.

– Écoute, je suis d'accord pour être là quand tu es triste, poursuivit-elle. Ou stressée, ou quand tu pleurniches sur combien c'est affreux de ne pas savoir si tu es amoureuse ou pas. Ou quand tu veux que quelqu'un vienne à Belfast avec toi. En second choix, Libby, bon sang. Je n'étais même pas ton premier ! Ne te lance pas dans un « Mais ç'aurait été marrant ». Il ne s'agissait pas de toi et moi. C'était seulement toi.

Libby fut blessée. Tout ce que Jess disait la frappait durement. Elle ne pouvait réfuter ses arguments. La honte grandit en elle.

– Je sais que tu as traversé une rude épreuve, dit Jess.

Ses paroles la transperçaient.

– Mais pratiquement tout, ces deux dernières années, a tourné autour de toi. Comment tu te sens. Ce que tu veux. Ce que tu obtiens ou pas dans ta relation, ou ta liaison, ou ce truc avec Ant. Et cette foutue librairie à la noix !

Jess cessa brusquement de parler, comme si elle savait qu'elle était allée trop loin.

Libby s'assit, paralysée. Sa honte céda la place à quelque chose de plus toxique. Elle était blessée et en colère. Elle n'arrivait pas à croire ce que son amie avait dit. Elle n'aurait pas eu plus mal si elle lui avait donné un coup de poing dans le ventre.

Cette foutue librairie à la noix.

Elle ne se faisait pas assez confiance pour parler. Une minute ou deux, elle fixa son téléphone, en clignant des yeux, avant de raccrocher. Ayant reposé le téléphone sur le tabouret, elle plongea entièrement sous l'eau, où elle se demanda ce qui venait de se passer, jusqu'à ce qu'elle ne puisse pas rester une seconde de plus sans respirer.

Chapitre 17

Fight Club

Libby Quinn ne se disputait pas avec les gens. En temps normal, elle se mettait en quatre pour s'assurer que personne ne pensait du mal d'elle. C'était une béni-oui-oui de naissance, toujours complaisante, et elle était pratiquement certaine d'être ainsi jusqu'à sa mort.

C'était extraordinaire ce qu'elle pouvait faire pour s'assurer qu'elle rendait les personnes de son entourage heureuses. Elle se faisait fréquemment des nœuds au cerveau pour être présente pour tout le monde. Même si cela impliquait de dire oui à des choses qu'elle voulait refuser. Même si cela impliquait de sourire gentiment et de présenter l'autre joue, quand quelqu'un se montrait ouvertement méchant envers elle. Même si cela impliquait de ne pas corriger quelqu'un qui écorchait son prénom pour la quarante-septième fois, pour ne pas le gêner. Pendant les trois années passées à l'université, la fille qui habitait en face de sa chambre l'avait appelée Élaine sans qu'elle la reprenne une seule fois.

Libby était le genre de personne à s'excuser quand on lui rentrait dedans. Elle s'excusait même auprès d'objets inanimés. Si elle croyait avoir ennuyé quelqu'un, elle en perdait le sommeil.

Elle ne se disputait pas avec des connaissances, encore moins avec des personnes qu'elle considérait comme sa famille.

Sa dispute avec Jess la prit par surprise. Elle en devint maussade, et ce sentiment permanent la déprima et l'emplit de doute et de haine de soi.

La voix de Jess trahissait une réelle blessure. Et son amie disait vrai. Libby n'était peut-être pas aussi béni-oui-oui qu'elle le croyait.

Jess avait exprimé des remarques pertinentes, cette pensée la frappa par vagues plus ou moins fortes tout au long de la journée. Elle avait négligé son amie. Elle s'était focalisée sur la librairie et les préparatifs. Pourtant, il fallait bien qu'elle se concentre sur son projet. C'était important. Probablement la chose la plus importante qu'elle ait faite de sa vie. Jess le comprendrait. Elle aurait été là pour son amie si elle avait eu besoin d'elle. En un claquement de doigts, elle aurait tout lâché pour accourir.

Elle était allongée sur son lit, contemplait les souvenirs de ses années adolescentes, cette époque plus simple. Les affiches avaient disparu, mais elle se rappelait l'endroit où elles étaient accrochées. Westlife et Robbie Williams qui lui souriaient avec leurs moues de pop-star.

Cet endroit avait été son sanctuaire. Si elle fermait les yeux, elle invoquait une image d'elle adolescente, assise par terre, adossée au mur, ses longues jambes bronzées allongées devant elle. Jess assise en face, jambes croisées, chantant (faux) sur les morceaux qu'elles écoutaient. Elles buvaient des canettes de Coca et riaient à propos de leurs coups de cœur du moment. Même si, assez souvent, Libby craquait pour les héros ténébreux et menaçants du livre qu'elle était en train de lire. Combien de temps avait-elle passé à les imaginer la serrant dans leurs bras et l'embrassant comme ils embrassaient les héroïnes du récit ? Elle avait passé des heures à fantasmer sur le personnage d'Heathcliff des *Hauts de Hurlevent.* En grandissant, elle avait compris que c'était un personnage bien plus malveillant que ce que son moi de quatorze ans ne croyait. Jess, elle, craquait pour des types plus populaires. Des acteurs, des chanteurs, et même des footballeurs pendant sa période foot, certes courte, mais obsessionnelle.

Elles avaient partagé tellement de secrets dans cette chambre, tellement d'espoirs et de rêves aussi. Sans oublier les promesses de rester amies pour toujours et de ne jamais, jamais au grand jamais, se disputer.

Qui aurait cru que la rupture arriverait quand elles seraient toutes deux des jeunes femmes menant leur propre vie ? Et qu'elle aurait un garçon pour objet ?

Libby voulait arranger la situation, bien entendu. Alors elle s'assit, téléphone à la main, et composa au moins une douzaine de textos qu'en définitive elle n'envoya pas. D'abord, elle s'excusa. Puis elle râla un peu : sa blessure se répandait alors qu'elle tapait furieusement sur son téléphone. Puis, elle tenta une approche conciliante. Mais rien ne lui convenait. Alors elle les effaça tous et se remit à fixer le plafond en essayant de trouver une solution.

Un moment, elle songea à descendre l'escalier et à demander à ses parents si elle était déplaisante, mais elle ne pouvait pas se fier à leurs réponses : ils étaient ses parents et ils la prenaient pour la huitième merveille du monde. Puis elle écrivit et récrivit des messages à Ant. Dans certains, elle lui demandait s'il la trouvait égoïste. Mais elle les supprima aussi. « Moins on en dit, mieux on se porte », lui répétait son grand-père. Alors elle éteignit son portable et autorisa la fatigue de la journée à la submerger, ne s'éveillant que de temps à autre pour permettre à sa gêne de la reconduire dans le sommeil.

***

Libby s'éveilla tard. Son téléphone éteint ne l'avait pas ramenée à la conscience. Elle fixa le mur à l'endroit où un rayon de soleil transperçait les rideaux. C'était une autre journée chaude : elle le sentait déjà. Sa chambre était étouffante. L'air stagnait. Sa première pensée fut pour Jess. Peut-être qu'elle avait trop réfléchi. Peut-être qu'elles étaient toutes les deux fatiguées et brusques, à cause de la chaleur de la journée, ce qui avait aggravé leur humeur.

Aucun doute, cette situation allait s'arranger au cours de la journée. Elles échangeraient des messages qui ne seraient pas écrits dans le feu de l'action et, à l'heure du thé, cette tempête dans un verre d'eau appartiendrait au passé. Et on n'en reparlerait plus jamais.

Sauf qu'à l'heure du thé aucun message n'avait été échangé, pas un seul. Ni de la part de Jess ni d'Ant. Et Libby était certaine qu'elle ne ferait pas le premier pas. Peut-être que, tout comme la météo, ils avaient besoin d'un peu de temps pour se calmer.

Entretemps, elle fut très occupée. Les travaux de construction avançaient vite. Des crises mineures étaient résolues chaque jour. Des surprises affreuses aussi : il avait fallu remplacer toute la tuyauterie de la cour. Mais quelques moments de joie aussi. Quand le lino loqueteux fut arraché, tout le monde fut ébahi de découvrir, en dessous, un magnifique parquet qui n'avait besoin que d'un léger traitement. Libby en aurait pleuré de bonheur.

Cela suffit à la distraire, mais le jeudi approchant, elle se retrouva sur les nerfs.

La vague de chaleur était devenue quasi intolérable. Les artisans et elle s'efforçaient de ne pas se marcher dessus. Et pas un seul message n'avait chevauché les ondes de Jess vers elle, ni dans l'autre sens. Son WhatsApp n'affichait pas de nouveaux messages de sa meilleure amie.

Le thermomètre avait grimpé jusqu'à 25 °C le jeudi, et la blessure de Libby commençait à s'infecter.

Jess l'avait laissée dans le flou et elle l'avait frappée à l'endroit sensible. Critiquer sa librairie était le coup le plus bas. Plus que quiconque, Jess savait à quel point cela comptait pour elle. Dans les faits, son grand-père Ernie avait été un grand-père pour Jess aussi, tant elles passaient du temps ensemble quand elles étaient jeunes.

La situation s'était aussi refroidie avec Ant. Ils avaient échangé des textos sommaires. Elle ne lui avait pas envoyé de photo sur l'avancée du chantier. Si Jess disait vrai, Ant ne s'y intéressait pas, de toute façon.

Elle n'avait fait aucun projet pour le voir le week-end prochain. Oui, il lui avait demandé si elle allait travailler et elle lui avait répondu par l'affirmative. Elle n'était pas entrée dans les détails. Lui dire qu'elle avait fini par trouver un nom et qu'elle se mettait à bosser sur le contenu de sa marque lui aurait juste prouvé qu'elle était aussi focalisée sur son projet que son amie l'avait dit.

Non. Elle le ferait toute seule. Enfin, avec l'aide de ses parents et d'une équipe d'artisans, à laquelle elle commençait à s'attacher. Elle décida qu'elle n'avait besoin ni de Jess ni d'Ant pour lui tenir la main.

Mais mince, c'était dur ! Elle était sans doute en colère, peut-être blessée. Mais Jess lui manquait terriblement. Elles n'étaient jamais restées aussi longtemps sans communiquer, et elle avait l'impression qu'une part d'elle-même lui manquait, une part qui savait exactement comment fonctionnait son esprit et comment la calmer quand elle se mettait à vriller.

Et elle vrillait un peu. Bien que les ouvriers soient géniaux et ses parents adorables. Bien que Harry l'autorise à prendre gratuitement une glace à l'eau et lui propose de lui offrir un demi au pub un soir. Tout lui paraissait bancal sans son entourage proche.

Elle voulait que Jess fasse partie de sa vie. Elle avait besoin que Jess soit là pour elle, en ce moment plus qu'à tout autre. Tout comme Libby avait été là pour Jess quand elle voulait plaquer ses études de médecine. C'était après avoir vomi la première fois qu'elle avait incisé un cadavre.

Libby s'agaça en constatant que son téléphone ne s'éclairait pas pour lui signaler une nouvelle notification. Elle le retourna, écran face au comptoir, et essaya d'oublier les chants de Terry et Gerry les électriciens (ou plutôt leurs cris stridents) sur *Bohemian Rhapsody*, qui passait à la radio.

Un instant plus tard, un petit coup frappé à la vitre de la porte ouverte attira son attention. Elle leva les yeux et aperçut Noah debout sur le seuil.

– Je ne te dérange pas ? demanda-t-il.

– Non, bien sûr que non.

Pourtant, Noah était une autre complication dans sa vie, et elle s'en serait bien passée dans l'immédiat. Même si rien ne s'était produit depuis le fameux samedi. Il s'était comporté tout à fait normalement avec elle.

– Je voulais m'assurer que tu étais OK avec l'arrivée des étagères demain ? Keith est sur le coup, je viens juste vérifier. Il a essayé de t'appeler, mais sans réponse. Je savais que tu étais ici. Je me suis dit que ce serait aussi rapide de te poser la question directement.

Libby maudit le téléphone sur le comptoir.

– J'ai mis mon téléphone sur silencieux pour me concentrer sur le boulot, dit-elle en le retournant.

Elle vit les deux appels manqués de Keith et aucune autre notification.

– Mais oui, demain, ce serait bien.

Libby parcourut la librairie du regard. Les murs étaient encore nus. Les installations électriques à découvert. Les plaques de plâtre devaient être montées avant que les étagères ne soient fixées à leur emplacement définitif, mais elle songea qu'elle pourrait les entreposer dans la réserve, qui au moins était débarrassée des rongeurs.

– Génial, dit Noah en entrant.

Il inspecta soigneusement la librairie.

– Ça prend forme, Libby. C'est beau.

Elle s'esclaffa.

– Vraiment ? Tu ne trouves pas que ça ressemble à un grand bazar ? Beau n'est pas le mot que j'aurais employé.

Noah secoua la tête.

– Vraiment ? Parce que je vois les grandes lignes. Les briques apparentes, ce sera le coin café ?

Elle acquiesça.

– C'est ce que je pensais. Les étagères de Keith sur ce mur opposé ? Et ici, regarde ce plancher. Il est incroyable. Tu as économisé une bonne fortune là. C'est le morceau le plus dur. Avant même que tu ne t'en rendes compte, tout va se mettre en place. Quand est-ce qu'on t'installe Internet ?

– Ils ont dit qu'il fallait deux semaines pour que tout soit planifié et arrangé avec la compagnie de téléphone pour la mise en ligne.

– C'est bien, approuva Noah. Alors je suppose qu'une grosse partie du boulot sera terminée à ce moment-là ?

– Ben, c'est le plan. Si on arrive à régler la partie construction, à l'intérieur tout du moins. Mais il faudra du temps pour assécher la barrière d'étanchéité, et la devanture de la librairie a besoin d'une autre couche d'enduit. Et c'est sans parler de l'appartement à l'étage. En ce moment, c'est une carcasse avec un vieil évier et rien d'autre.

– Tu vas y arriver, dit-il avec douceur. Garde la foi. J'ai vu des chantiers bien plus lourds se faire en moins de temps. Tu as pris un super départ. J'ai entendu deux ou trois personnes en parler au pub hier soir. Elles m'ont demandé si je savais ce qui se passait ici. Je mettrais mon enseigne aussi vite que possible, si j'étais toi.

Il marquait un point. Même si cela prendrait des semaines avant de recevoir tous les supports de publicité imprimés, plus vite elle aurait une enseigne, plus vite les gens sauraient ce qu'elle fabriquait.

– J'ai trouvé un nom, dit-elle, réalisant qu'elle ne l'avait encore révélé à personne.

Ni à Jess ni à Ant, ni même à ses parents. C'était comme si elle avait presque peur de le dire à haute voix.

– Tu veux le connaître ?

– Bien sûr ! s'exclama Noah, et sa voix trahit un véritable intérêt.

– « Il était un livre », dit-elle en rougissant jusqu'à la racine des cheveux, pour une raison qu'elle ignorait.

– Eh bien, je le trouve parfait.

– Les histoires préférées de mon grand-père commençaient toutes par « Il était une fois », alors…

– Alors, c'est doublement parfait, confirma Noah.

Libby se sentit rougir en décelant son approbation sincère.

– N'oublie pas, s'il y a quelque chose que nous puissions faire pour t'aider, il te suffit de crier. Et c'est sérieux.

– C'est trop gentil. Vous avez déjà fait beaucoup pour moi.

– Ah, on est tous des curieux, personne ne t'a prévenue ? plaisanta Noah. Il ne s'agit pas de toi en fait. Tout le monde veut connaître les affaires des autres, c'est tout.

– Oh, c'est génial de le savoir, parce que j'adore faire ma curieuse moi aussi.

Libby rit.

– Sérieusement, il y a un peu de magie, ici, sur Ivy Lane. Ça peut paraître dingue, mais une fois, Harry m'a dit que la rue attirait les gens qui en ont le plus besoin. Nous avons tous notre histoire. Nous retirons tous quelque chose de notre présence ici, de notre entraide. Nous cicatrisons tous de quelque chose, tu sais ? Je sais que ça semble tarte, mais je le crois. Cet endroit m'a toujours paru spécial. Même enfant, quand je rendais visite à mes grands-parents. Je t'ai dit qu'ils ont tenu la boulangerie pendant des années ? Ma grand-mère avait la réputation de glisser une miche de pain ou quelques scones dans les sachets des gens qui paraissaient avoir besoin d'un petit coup de pouce. Se montrer correct envers les autres n'a jamais fait de mal à personne. Peu de chances que je glisse des pintes en douce, mais j'aiderai cette communauté de toutes les façons possibles. Tous les gens qui vivent ou travaillent ici pensent comme moi. Peut-être que c'est un peu ringard aujourd'hui, mais on devrait s'entraider un peu plus, je crois.

Il s'exprimait avec une telle sincérité que Libby en fut touchée. Harry avait raison, Ivy Lane l'aiderait à panser ses plaies après la perte de son grand-père. Gênée, elle sentit des larmes (retenues certainement toute la semaine) lui piquer les yeux et elle fut incapable de les refouler.

– Je ne voulais pas te faire pleurer ! s'exclama Noah, un peu paniqué.

Le timbre de sa voix alerta Terry et Gerry, qui interrompirent leur travail pour la dévisager. Ils échangèrent un regard, ne sachant que faire.

– Allons prendre l'air, proposa Noah, en montrant la porte. On va se promener. Je suis sûr que Paddy me pardonnera pour cette fois de l'abandonner.

Libby sourit à travers ses larmes.

– Merci.

– Ça fait partie du service, répondit-il.

Pendant leur marche, Libby réussit à se calmer.

– J'ai trop honte. Me répandre comme ça. La semaine a été difficile, et ensuite cette discussion sur tes grands-parents, et puis prononcer le nom de la librairie à voix haute, ça m'a fait repenser à mon grand-père.

– Il était très cher à ton cœur, dit Noah, et ce n'était pas une question.

– Il était tout, confirma-t-elle.

Chapitre 18

Heidi

Son grand-père avait toujours été là. Toujours. Libby ne se rappelait pas une époque de sa vie sans lui. Dans ses souvenirs les plus précoces, elle était assise sur ses genoux. Il avait la pipe à la main et des brins de tabac secs pointaient hors du fourneau, tout comme les poils de ses narines. Les deux étaient dégoûtants, elle l'admettait après coup, mais à cette époque-là, elle trouvait du réconfort dans son aspect débraillé. Peu importait la quantité de crème capillaire qu'il appliquait sur ses cheveux grisonnants, des mèches rebiquaient toujours à angle droit au-dessus de son oreille gauche. Son gilet marron à larges mailles était grossièrement raccommodé au niveau des coudes. Même s'il se rasait chaque matin, le soir, quand il s'asseyait sur son lit pour lui raconter une histoire, son visage était à nouveau râpeux, avec une mince barbe poivre et sel piquante. Son odeur de Old Spice et de tabac. C'était étrange, la fumée de cigarette donnait la nausée à Libby, mais le tabac de pipe avait un parfum enivrant, une profondeur qui la calmait. Comme quand elle était sur les genoux de son grand-père, dans son fauteuil préféré, et qu'il lui lisait une histoire. Alors elle posait la joue sur son gilet marron, au contact rêche.

Ils perdirent le compte des heures, des jours, dans de si nombreuses histoires. Des histoires racontées avec des voix joyeuses et des voix effrayantes, des voix basses et des voix amusantes de princesse. Des histoires qui la firent rire à en avoir mal au ventre et des histoires qui la firent pleurer. Pour remédier à la situation, elle avait le droit de boire un grand verre de lait et prendre un biscuit dans le bocal sur le plan de travail : le bocal en verre était strictement interdit aux petites mains à tout autre moment.

Certaines histoires faisaient naître en elle un tel enthousiasme qu'elle savait, même enfant, que les personnages entraient dans sa vie. Ils étaient devenus les amis imaginaires vers lesquels elle se tournerait au fil des années. Et au centre, il y avait cet homme ours qui leur donnait vie.

Si elle avait de la chance, vraiment de la chance, il lui racontait l'une de ses histoires à lui. Des anecdotes de sa propre enfance, adaptées, transformées, saupoudrées de magie. Un chien qui parle par-ci, un ami extraterrestre par-là, des histoires qui la captivaient. Des histoires qu'elle lui demandait d'écrire.

– J'aimerais que tu le fasses, grand-père, lui répétait-elle encore et encore.

– Je le ferai un jour ou l'autre, je te le promets, répliquait-il. Pour toi, mon chou.

Mais sa vie avait été bien remplie, et les anecdotes avaient été mises de côté, jusqu'à ce qu'il disparaisse. Il ne les coucherait jamais sur le papier. Elle en souffrait beaucoup, c'était étrange. Ces anecdotes l'accompagnaient toujours. Elle fermait les yeux et elle sentait presque la fumée du tabac, la laine de son gilet élimé, le contact bourru de son visage avec le bisou de bonne nuit, et chaque mot se mettait en place dans son esprit. Mais elle regrettait de ne pas les voir écrits, de son écriture illisible, comme s'il égratignait le papier de la pointe du stylo. Toujours à l'encre noire. Jamais au stylo bleu. Mais Libby le savait : malgré ses souhaits ou ses prières (et ce n'était pas son genre), elle ne reverrait jamais son écriture manuscrite. Ou ne humerait son odeur. Ou ne sentirait le contact de son visage mal rasé. Elle avait détesté ce moment, quand on l'avait emmené chez elle, allongé dans le salon, pour que les gens défilent devant lui, expriment leurs condoléances et lui racontent l'homme intelligent qu'il était, comme si elle n'était pas la mieux placée pour le savoir. Elle avait détesté son visage glabre, sans un poil. Maquillé, l'air naturel et pourtant si loin du naturel. Comme si quelqu'un avait retouché les rides et les creux qu'elle adorait sur son visage, le faisant paraître à la fois lui et un autre. Il était en costume, son beau costume. Celui qu'il avait porté lors de sa remise de diplôme et à un ou deux mariages. Il aurait détesté cela, aurait tiré sur son col, desserré sa cravate, enlevé sa veste aussi vite que possible. Libby ne savait pas pourquoi son père et son oncle avaient décidé qu'il devait être enterré en costume, sûrement parce que cela se faisait. C'était ce que les gens s'étaient attendus à voir. Au contraire, ils auraient surpris qu'il gît là, dans sa bonne vieille chemise confortable en flanelle, dans ce fichu gilet, les lunettes sur son nez. Non, ses lunettes étaient pliées. Sur l'insistance de Libby, on les avait placées dans ses mains, comme s'il était sur le point de les chausser sur son nez, de soulever un livre, de lâcher un toussotement et de lire. En fait, elle n'avait pas résisté à glisser un exemplaire des *Grandes Espérances* dans le cercueil, leur exemplaire à eux.

À son décès, elle était adulte. Trente-deux ans. Elle avait vécu avec son grand-père bien plus longtemps que la plupart des gens. Mais près du cercueil, habillée de noir dans cette pièce trop fraîche, où les conversations étaient étouffées (le bavardage, les rires et les chants de la veillée funèbre traditionnelle, à trois bons mètres de là, la réalité du moment), elle était redevenue une enfant.

Il était son héros. Son conteur. Son protecteur. Ils partageaient le même esprit. Les mêmes rêves.

– J'écrirai tes histoires. Je te le promets. Je le ferai pour toi, avait-elle chuchoté en lui embrassant la tête à la froideur de marbre.

Il était parti, mais elle n'était pas prête à le laisser partir complètement. Elle le rendrait fier d'elle. Elle partagerait son amour des livres et des récits avec les autres. Elle ouvrirait la librairie dont ils avaient parlé. Un jour. Un endroit pour découvrir de nouvelles aventures et inviter les gens à développer ce même amour pour les histoires. Elle le lui promettait.

– Et voilà, dit-elle à Noah, tandis qu'ils remontaient le campus de l'université, se promenaient dans les jardins et revenaient à la librairie.

Elle ferait donc tout ce qui était en son pouvoir pour veiller au succès de la librairie.

Chapitre 19

Les Liaisons dangereuses

Noah savait écouter, et Libby en fut surprise. Il l'avait laissée pleurer et n'avait pas paru embarrassé par ses larmes.

– Bon sang, j'ai mal au crâne maintenant, lui dit-elle, tout en le remerciant pour son écoute et ses mouchoirs.

– Le nombre de femmes qui m'ont dit ça, conclut-il d'un ton impassible.

Elle s'esclaffa.

Elle se détendait enfin en sa présence, ce qui était bon signe, car elle venait de partager ses secrets les plus intimes avec lui.

– Tu donnes souvent des maux de tête aux femmes ? Pour être franche, après t'avoir écouté blablater jusqu'à Belfast, j'imagine que oui.

– Ha, ha ! Trop drôle. Contente-toi de vendre des livres et laisse le stand-up aux vrais artistes !

Libby haussa les épaules et se massa les tempes.

– Tu es certainement déshydratée. Je connais un adorable pub qui fournit des rafraîchissements sous forme liquide. Et de la nourriture aussi, j'y pense.

Libby regarda autour d'elle. Les artisans étaient contents de l'avancée des travaux pour la journée. Selon son père, qui avait appelé le matin même, tout était dans les temps. Elle avait des scrupules à s'arrêter, mais elle se sentait tellement épuisée que cela lui ferait certainement du bien.

– C'est tentant, dit-elle.

– Laisse-moi te tenter encore un peu. Que boirait une femme comme toi ? Il fait un peu trop chaud pour du vin rouge. Je ne te vois pas en buveuse de bière. Mais par une chaude journée comme ça, je te conseillerais un cidre frais dans le jardin, avec beaucoup de glace ?

– Ça me paraît parfait, dit-elle.

Elle visualisa la condensation le long du verre et anticipa la première gorgée rafraîchissante.

– Je vais prévenir les gars et leur donner les clés pour fermer, puis j'arrive.

Noah mima le choc, une main sur la poitrine, sourcils relevés.

– Libby la libraire hors de sa boutique avant dix-huit heures ? Mais quelle folie est-ce là ?

– Une folie nécessaire. Donne-moi dix minutes et sors-moi ce cidre, dit-elle avec un sourire. Oh, et peut-être un petit toast, jambon fromage ?

– Toutes ces requêtes, dit-il avec un clin d'œil. Jo sera ravie de te voir. Elle aura bientôt terminé son service. Elle ne sera pas difficile à convaincre de te rejoindre, si tu veux de la compagnie ?

Libby ressentit quelque chose de gênant se tortiller au fond de son estomac. C'était dingue, songea-t-elle. Elle aimait bien Jo. Jo était le summum de la gentillesse. Elle lui avait confié son amour des livres. Plus tôt dans la semaine, toutes deux avaient discuté une bonne heure pour déterminer quelle était la meilleure œuvre de Jane Austen : *Orgueils et Préjugés* ou *Raison et Sentiments* ? Elle aurait dû être heureuse de savoir que Jo allait être libre et qu'elle aurait de la compagnie. Elle était heureuse. Mais une petite, minuscule, infime partie d'elle-même éprouvait un brin de jalousie envers Jo. À cause de la seule chose qu'elle n'aurait jamais. L'amour dévoué de Noah.

Elle se secoua. C'était stupide. Elle n'avait pas besoin de l'attention de Noah Simpson. Elle ne cherchait que son amitié et un sentiment d'appartenance. Jusque-là, Ivy Lane lui en prodiguait à en revendre.

Elle lança à Terry et Gerry qu'elle finissait sa journée, et ils répondirent en augmentant le volume de la radio. Pendant qu'elle ramassait ses affaires, elle jeta un coup d'œil à son téléphone. En l'absence de notifications, elle ne se laissa pas miner. Elle allait bien. Elle n'avait pas besoin d'eux.

***

Quelques minutes plus tard, quand elle traversa la rue pour gagner le pub, une bouteille de cidre attendait sur le bar, comme promis, un verre rempli de glaçons à côté. Noah fit un signe de tête dans leur direction et cria qu'il lui ferait apporter son en-cas sous peu. Elle mit la main dans son sac pour attraper son porte-monnaie, mais il fit non de la tête.

– Il faudra que tu me laisses payer un de ces jours ! lança-t-elle.

– Bien sûr, dit-il en approchant. Ne va pas t'imaginer le contraire. En fait, je vais peut-être faire un ticket tout de suite. Et facturer mes honoraires de conseiller pour cet aprèm ? Deux cents livres l'heure, ça te paraît bien ?

– Tu serais chanceux, mais j'ai une contre-offre : café gratuit quand j'ouvrirai ? Et un livre de ton choix… un album avec des images, si c'est plus facile à lire ? Et la prochaine tournée est pour moi ?

Il rit et elle entendit une voix derrière elle.

– Compte sur moi pour te le rappeler !

Elle se retourna et vit Jo, qui précédait un Paddy pantelant et en surchauffe derrière le comptoir. Elle remplit son écuelle d'eau, avant de sortir une bouteille de bière pour elle.

– Noah m'a dit que tu allais venir, alors je nous ai réservé un emplacement de choix dans le jardin. Je crains que Paddy ne se joigne pas à nous. Il lui faut de l'ombre et du repos. Il n'est pas fait pour ce temps.

– Je garderai un œil sur lui, déclara Noah.

– Bref, allons au jardin. Notre table a une bonne vue sur les allées et venues, mais peut-être que tu n'es pas aussi curieuse que moi ?

– J'ai mes moments, répondit Libby, en suivant Jo à l'extérieur, le long du côté du bar.

Le jardin était déjà rempli de joyeux buveurs qui profitaient de la vague de chaleur. Elle était assise depuis peu, lorsqu'un serveur surgit avec un croque-monsieur, qu'elle avala en un temps record.

– Au départ, je n'étais pas certaine du jardin (en Irlande, avec notre climat), mais les quelques jours de l'année où la météo ne fait pas des siennes, ça vaut le coup, je pense, déclara Jo. Et cette année, on est gâtés avec le temps. Je pourrais m'y habituer. On a l'impression que tout est un peu mieux et plus lumineux, pas vrai ?

Libby sourit.

– En temps normal, je serais d'accord avec toi, mais j'aimerais transpirer un peu moins à la librairie.

Elle rit.

– Ah, ne m'en parle pas. Je suis aussi odorante qu'un égout, après la journée que je viens de passer. Heureusement, les chaises sont orientées dans le sens du vent, dit Jo en prenant sa bouteille de bière et la brandissant pour trinquer avec Libby. Bon, santé, ma belle. Bienvenue officiellement dans la famille d'Ivy Lane, maintenant que tu réalises que nous ne sommes pas des tordus qui veulent t'assimiler dans notre secte, ou si c'est le cas, c'est une jolie secte.

Libby rougit. Est-ce que sa réticence, sa timidité avaient été manifestes ? Avait-elle paru cavalière jusque-là ? Elle était d'une nature réservée. Elle n'était pas du genre à se faire des amis facilement, des connaissances oui, mais pas des amis. De vrais amis.

Était-ce gênant qu'à la trentaine, elle soit contente de rencontrer de nouvelles personnes... Des gens pour qui elle avait un bon feeling ? Des gens qui ressemblaient aux amis qu'elle aurait dû avoir dans sa vie ?

Flûte ! Elle n'avait bu qu'une gorgée et elle se demanda si elle était déjà un peu soûle. Elle se sentait étourdie, ou peut-être était-ce une euphorie agréable après ces quelques jours de déprime. Se confier à Noah lui avait fait du bien.

Encouragée par sa bonne humeur, elle descendit deux cidres, sans doute un peu trop rapidement. Malgré le croque-monsieur, elle se retrouva vite pompette. Elle fit part à Jo de son état, avant de partir dans une crise de gloussements à cause du mot « pompette ».

– Je ne suis pas pompette assez souvent.

Elle rit.

– À un moment, on atteint un stade dans la vie où tout devient trop sérieux, non ? On oublie de rire et de s'amuser ? Ou alors les choses ne sont pas assez amusantes ? Ou bien c'est moi ? Est-ce que j'ai arrêté de m'amuser ou d'être amusante ? Tu me trouves marrante ?

Jo la dévisagea. Libby rougit, soudain mal à l'aise. Était-elle passée de pompette à pénible en l'espace de deux phrases ?

– Ne fais pas attention à moi, marmonna-t-elle. Trop de soleil et pas assez de nourriture, et ce cidre est plus fort que prévu.

– Libby, tu n'as pas sans cesse à douter de toi, tu sais. Je vais te dire une chose : parfois nous traversons des phases où des choses se passent et où nous perdons de vue qui nous sommes et ce que nous voulons. Ou peut-être que nous ne savons pas vraiment ce que nous voulons, alors nous commettons des erreurs. Nous l'avons tous fait. Moi, la première. Et Noah, Dieu sait qu'il a fait des bêtises en son temps ! Mais tu sais quoi ? C'est un mal pour un bien. Ce qui est sérieux une minute sera amusant la suivante. Si tu laisses faire. Et les erreurs sont plutôt positives tant que nous en apprenons quelque chose.

– Je comprends, dit Libby.

Elle s'imprégnait des paroles de Jo tout en se disant qu'elle était belle, bien qu'elle doute que cette femme ait conscience de sa séduction. Confiante, mais pas à l'excès. Sa beauté résidait dans son sourire et dans la manière dont elle mettait les gens à l'aise. Une vague de tendresse submergea Libby.

– Je comprends pour Noah et toi. Comment ça marche. Vous faites un couple génial.

Jo écarquilla les yeux et s'étrangla avec sa bière.

– Un couple ? bafouilla-t-elle. Oh, bon sang, on n'est pas un couple. Pas dans le sens amoureux, en tout cas. Oh ! Rien que d'y penser... ! grimaça-t-elle. Noah est mon frère ! Pour être précise, c'est mon frère adoptif. On a été sa famille d'accueil quand il avait quatorze ans et, bon, il n'est jamais parti.

Ce fut au tour de Libby d'écarquiller les yeux.

– Mais je croyais... Je veux dire, danser dans l'appart ? Partager la responsabilité de Paddy ? Votre façon de vous parler ?

– On est frère et sœur, c'est tout, et amis, c'est sûr. J'avais douze ans quand il est venu vivre avec nous, j'étais en colère et mal lunée en permanence. J'ai pensé que c'était la personne la plus cool de la planète. Il a trouvé que j'étais une nuisance. Il me chassait et se terrait dans sa chambre. Mais à la fin, je l'ai amadoué et il est devenu mon meilleur ami. Mon vrai frère. Je l'aime de toutes les fibres de mon cœur, mais pas question de penser à lui comme à un amoureux.

Jo frémit avant de rire.

– En fait, il y a eu une fois, je pense que j'avais vingt ans, donc Noah vingt-deux, on s'est demandé s'il y avait quelque chose entre nous. On était un peu bourrés et on s'est roulé une pelle à l'arrière d'un taxi, mais tout de suite, ça nous a paru bizarre. On n'est pas faits pour que ça marche comme ça.

Libby avait du mal à en croire ses oreilles. Elle était tellement certaine qu'ils étaient en couple ! Mais après l'explication de Jo, il était parfaitement concevable qu'ils soient frère et sœur. Quelque chose fit vibrer sa corde sensible. Le Noah de quatorze ans, qui s'était retrouvé en famille d'accueil. Noah qui parlait toujours de communauté, de famille et de ses grands-parents. Dont la positivité paraissait inébranlable. Elle était sous le choc d'apprendre que son passé avait été douloureux.

Elle s'apprêtait à questionner Jo sur la vie de Noah, quand le jeune homme, accompagné d'un Paddy redynamisé, s'assit avec elles. Tout de suite, le chien sauta sur Jo pour avoir un câlin avant de faire le tour jusqu'à Libby, de poser la tête sur ses cuisses et de la contempler de ses yeux marron foncé.

– Tu as un fan absolu ici, déclara Noah. On va devoir arrêter de t'inviter. On ne peut pas accepter que Paddy change de loyauté !

Libby s'esclaffa et ébouriffa la fourrure autour du collier de Paddy. Une fois satisfait, le chien retourna à pas lents vers son maître et s'allongea à ses pieds.

– Je ne pense pas que tu doives t'inquiéter, dit-elle.

– Oh, Noah, tu ne vas pas y croire, dit Jo.

Libby ne sut plus où se mettre. Elle connaissait la suite.

– Libby croyait que, toi et moi, on était en couple !

– Oh, pitié, non, ne parle pas de malheur.

Noah grimaça et Jo le frappa avec le menu des boissons qu'elle utilisait jusque-là comme éventail.

– Tu ne connaîtras jamais cette chance, plaisanta Jo.

Libby les contempla alors qu'une fois encore ils retombaient dans leurs habituelles plaisanteries : blagues et fausses insultes volaient de l'un à l'autre. Cela paraissait évident à présent, elle ne savait pas pourquoi elle ne l'avait pas vu tout de suite. Elle ne les avait pas regardés correctement, c'est tout. Elle se souvint qu'au début, Noah Simpson n'avait aucun intérêt à ses yeux et qu'elle n'avait étudié la nature de leur relation que pour Jess. Jess, à qui elle n'avait pas parlé depuis quatre jours. Sa bonne humeur disparut et elle fixa le fond de son verre.

Jo les quitta pour aller aux toilettes et, au bout d'une minute d'un silence embarrassé, Noah prit la parole :

– Alors, tu croyais que Jo et moi, nous étions ensemble ? demanda-t-il avec une pointe d'amusement dans la voix.

Libby haussa les épaules.

– Vous paraissez… je ne sais pas… si proches.

– Nous le sommes. Comme je l'ai dit, c'est ma meilleure amie. Mais rien de plus.

Il grimaça et rit.

– Elle a dû te parler de la pire pelle du monde entier ? C'était comme embrasser ma grand-mère. Une erreur totale. En fait, tu es la seule en couple parmi nous. Et tu n'as pas encore réussi à traîner ton mec ici.

La bonne humeur de Libby diminua encore davantage.

– Non. C'est-à-dire… c'est compliqué.

– Ce ne sont pas mes affaires, dit Noah. Mais si tu veux discuter, Jo et moi, on est doués pour écouter. Même Paddy est doué pour la mettre en veilleuse. Et il ne juge jamais. Ni Jo ni moi, d'ailleurs.

– Ant travaille beaucoup. Il est très occupé en ce moment, dit-elle en sachant que c'était une infime partie des problèmes qu'ils rencontraient.

Noah acquiesça.

– Tu ne me dois aucune explication, Libby la libraire, dit-il, la voix douce et le regard empli de chaleur. Mais quelquefois on doit regarder sa place dans la vie d'une personne. Je ne fais pas de compromis en matière de relation et rien au monde ne passe avant mes amis ou ma famille, encore moins une partenaire potentielle.

Libby hocha la tête, incapable de dire un mot. Tant de choses arrivaient avant elle dans la vie. Ant avait tellement de priorités avant elle et, honnêtement, il se trouvait lui aussi assez bas sur sa liste de priorités. Mais après deux bouteilles de cidre, elle ne voulait pas penser à des choses sérieuses. Elle était ravie de voir Jo les rejoindre avec une autre tournée de boissons.

– Un dernier pour la route ? proposa Jo avec un sourire. De toute façon, tu ne vas pas conduire, donc tu peux profiter au maximum de cette météo géniale, de notre éblouissante compagnie… et d'en avaler un de plus !

Libby acquiesça et Jo distribua les boissons, dont une bière pour Noah. Elle rentrerait chez elle après. Aucun doute là-dessus. C'était trop risqué de rester assise ici, alors que ses émotions tournoyaient. Et plus que cela, il était trop risqué de rester ici, quand tout ce qu'elle avait entendu ou appris sur Noah le lui faisait voir sous un jour complètement nouveau.

Le mal de tête qui l'avait tourmentée toute la semaine pointait de nouveau son nez. Et le cidre n'était plus aussi sucré. La petite bulle qui l'isolait d'Ant avait éclaté et elle n'arrivait pas à le chasser de ses pensées, ni Jess d'ailleurs.

Chaque fois que Libby regardait Noah, son sourire chaleureux, les poils foncés sur ses bras bronzés, la force manifeste de ses mains, elle se sentait attirée par lui. Cet homme beau, au passé tragique, qui adorait sa communauté et avait recueilli un chien, et qui la contemplait d'un air interrogateur…

– Tu vas bien, Libby ?

Elle sursauta.

– Oui, bien sûr, oui.

– Tu regardais dans le vide. Et tu es un peu pâle.

Vraiment ? Elle ne savait pas. C'est vrai, elle était distraite. Maintenant, sa tête devenait vraiment douloureuse et sa gorge lui faisait mal. Probablement un rhume des foins, songea-t-elle. Cela lui apprendrait à rester assise dans le jardin. Elle avala le fond de son verre.

– En fait, je crois qu'il faut que je rentre. Je me sens un peu patraque.

– Noah va t'appeler un taxi, dit Jo, l'air doux et bienveillant. Tu vas te coucher tôt, une bonne nuit de sommeil te fera le plus grand bien.

Libby acquiesça. Se coucher tôt résonnait merveilleusement à ses oreilles. Tout comme le mot « sommeil ». Elle pourrait fuir tous ses soucis dans les rêves.

Chapitre 20

Une vie volée

Quand le taxi la déposa devant chez elle, Libby se sentait légèrement nauséeuse. Le chauffeur, qui transpirait et empestait la fumée de cigarette, avait insisté pour que la vitre reste fermée tout le trajet, malgré la chaleur torride. Pas besoin de mettre la climatisation, d'après lui, car il ne faisait pas si chaud.

L'état de Libby avait empiré. La transpiration coulait dans son dos et entre ses seins, lui donnant l'impression de se muer en un horrible amas malodorant et collant.

Le long de l'allée du jardin, ses jambes tremblèrent un peu. Elle enfonça la clé dans la porte d'entrée. Un peu étourdie, elle gagna la cuisine pour remplir un grand verre d'eau avec des glaçons. Un moment, elle laissa l'eau du robinet courir le long de ses poignets, espérant que cela l'aiderait à se rafraîchir. Elle souleva le verre, ruisselant de condensation, le porta à son front, puis à sa nuque, avant d'en avaler la moitié, pratiquement sans reprendre son souffle. Toujours chancelante, elle s'assit à la table, allongea les bras devant elle et posa la tête dessus.

En quelques secondes, elle dériva vers le sommeil, et fut réveillée peu de temps après par sa mère, qui la secouait doucement.

– Libby, ma chérie. Tu vas bien ?

Elle souleva la tête, qui lui sembla pesante. Elle cligna les yeux en regardant sa mère.

– Tu es malade ? Tes yeux sont tout rouges et tu as une mine affreuse, déclara sa mère, avant de poser une main fraîche sur le front de sa fille, comme elle le faisait dans son enfance.

Elle paraissait inquiète.

– Tu es un peu chaude.

Libby n'avait pas l'énergie d'expliquer à sa mère qu'elle avait passé la dernière demi-heure dans un environnement digne d'un sauna, dans le taxi le plus puant du monde entier.

– Chérie, pourquoi tu n'irais pas te coucher ? Je t'apporte de l'eau fraîche et du paracétamol. Je savais que ça arriverait. Tu travailles trop, je n'arrête pas de le dire à ton père, j'en suis inquiète. Avec tous ces préparatifs, tu ne fais pas attention à toi.

– Je ne suis pas malade, maman, marmonna Libby, une vague de nausée la faisant quand même hésiter. Mais je vais aller me coucher.

– Je te monterai une bassine… au cas où, ajouta sa mère. Et peut-être le ventilateur du salon si tu as trop chaud.

Lentement, comme si elle était collée à sa chaise, Libby s'extirpa de son siège et sollicita sa dernière once d'énergie pour grimper l'escalier. Sur le palier, la nausée insidieuse qui l'avait tourmentée depuis le moment où elle était montée dans le taxi se mua en raz-de-marée. Elle arriva à la salle de bains juste à temps.

En gagnant sa chambre, le miroir du hall ne lui offrit pas un joli tableau. Ses cheveux, humides de sueur, étaient plaqués sur le côté de son visage. Un teint blafard, légèrement grisâtre, lui donnait un air affreux et ses yeux étaient cernés de rouge. Elle se traîna jusqu'à sa chambre, puis sur son lit, où elle s'écroula avant la venue de sa mère.

Quand elle s'éveilla, à l'aube, elle avait mal à la tête et au ventre. Sa gorge était en feu. Il régnait une chaleur étouffante dans la chambre et lorsqu'elle se leva pour ouvrir la fenêtre, elle avança d'une démarche incertaine.

Libby s'agrippa au rebord de la fenêtre, avide d'air frais. Elle retourna au lit et, sans même soulever les couvertures, elle retomba dessus. Elle remarqua le ventilateur, mais elle manqua de force pour se relever et l'allumer.

Elle regarda le verre d'eau sur la table de nuit, les glaçons avaient fondu depuis longtemps. Elle se demanda s'il y avait un moyen de la porter à sa bouche et de boire sans recourir à une énergie physique considérable. Dommage de ne pas être un Jedi, capable d'invoquer le pouvoir de la Force pour la faire léviter dans sa direction. Incapable d'y arriver, elle retomba endormie, espérant que quelques heures feraient toute la différence et lui permettraient de se lancer dans les tâches de sa journée.

Elle reprit conscience grâce à la voix de sa mère.

– Libby, tu vas bien ? Je dois aller travailler, mais je n'aime pas te laisser comme ça.

Avec difficulté, elle se força à ouvrir les yeux : le soleil brillait, elle avait mal à la tête. En fait, son corps entier lui faisait mal. Une douleur vive, familière, lui donna un coup à la gorge et elle lutta pour déglutir. Pour ajouter à sa détresse, Libby n'avait plus chaud. Elle était glacée. Elle frissonna. Une pellicule de sueur froide couvrait son corps. Elle tenta de tirer la couette sur elle, mais avec un succès mitigé.

– Ferme la fenêtre, s'il te plaît, maman. Il gèle, marmonna-t-elle.

– Libby, c'est la journée la plus chaude de l'année ! s'exclama sa mère, la voix emplie d'inquiétude.

Libby sentit le doux contact de la main de sa mère sur son front.

– Oh, mon cœur, tu es brûlante !

– C'est ma gorge, émit-elle d'une voix rauque. Encore.

Libby avait commencé à souffrir d'angines à répétition à l'âge adulte. Et cela recommençait chaque fois qu'elle était fatiguée ou stressée.

– Je vais t'apporter de l'ibuprofène. Cela t'aidera un peu.

Libby s'efforça de s'asseoir. Elle y parvint, mais son cou donnait l'impression de ployer sous le poids de sa tête.

– Il faut que tu dormes. Tu es épuisée. Tu n'as même pas entendu ton réveil. Ton père est entré dans ta chambre et l'a arrêté sans que tu remues un orteil. C'était il y a trois heures.

Libby grogna. Elle devrait aller à la librairie. Keith livrait les étagères. Et l'on devait poser les nouveaux chauffages, pour remplacer le système défectueux de l'appartement et de la librairie. À cause du parquet, elle avait dû renoncer au chauffage au sol. Il lui fallait donc discuter de la meilleure façon d'installer des appareils discrets, qui n'empiéteraient pas trop sur l'espace.

– Il faut que j'aille à la librairie, dit-elle d'une voix rauque.

Les mots lui tranchaient la gorge comme des lames de rasoir.

– Non, tu n'iras pas. Tu n'es pas assez en forme.

– Mais...

– Tu vas m'écouter, jeune fille. Aucun doute. Tu n'iras nulle part. Ton père supervisera aujourd'hui. Il connaît tes plans, et ce qu'il ne sait pas, il l'improvisera. Il a de l'expérience dans ce domaine et il n'y a rien qu'il ne pourra gérer.

– Mais il doit aller travailler...

– C'est certain, il est au travail ! Il travaille à la librairie, la rassura sa mère.

– Mais les étagères, argumenta Libby, alors que ses paupières devenaient de plus en plus lourdes.

Cette simple conversation l'épuisait.

– Elles sont géniales. Elles sont dans la réserve. Terry l'électricien a donné un coup de main et le gars d'en face… le gars qui tient le pub, tu sais… Il a vu le van arriver et il a fait un saut.

– Noah ? demanda Libby.

– C'est ça. Je ne m'en souvenais pas, mais je savais que c'était un prénom biblique. Tu ne m'as pas dit qu'un Simpson tenait ce pub.

La voix de sa mère trahissait de l'inquiétude.

– Pauvres gens, ils en ont eu des difficultés dans la vie.

Elle se signa, comme si elle offrait une prière pour les Simpson et leurs peines. Nul doute que cela avait un lien avec le placement de Noah en famille d'accueil.

Libby poserait la question plus tard, quand elle n'aurait plus envie de pleurer de douleur.

– De l'ibuprofène, maman, croassa-t-elle pour rafraîchir la mémoire de sa mère.

– Oh mince ! Oui. Une minute. Ne bouge pas, lâcha sa mère avant de sortir, toute agitée de la pièce.

Libby grimaça. Il y avait peu de chance qu'elle aille quelque part, même si elle le voulait.

Malade et un peu remuée, Libby sentit des larmes brûler ses yeux. Elle s'autorisa à les fermer pour lutter contre le soleil. Elle eut juste assez d'énergie pour avaler les deux petits comprimés que sa mère lui tendit, mais cela mobilisa toutes ses forces. À tel point qu'elle ne put crier « Non ! » quand elle entendit sa mère parler à Jess au téléphone.

– Je me fais du souci pour elle, Jess. Vraiment. Je sais que tu es très occupée, mais si tu as un créneau, au déjeuner ou plus tard, pourrais-tu passer et jeter un œil sur elle ? Elle est brûlante de fièvre. C'est sans doute encore une angine et un bon antibiotique la remettra sur pied, mais on lit tellement d'histoires terribles, pas vrai ? Je préférerais que tu l'examines. Juste pour être sûre. Juste pour écarter quelque chose de plus sérieux. Oh, merci, ma chérie. Tu es géniale. Génial. Écoute, je dois filer un moment. J'ai un rendez-vous. Mais la clé sera à sa place habituelle, monte dans sa chambre. Et il y a de la soupe sur le feu si tu n'as pas eu le temps de déjeuner. OK, ma chérie. Merci. Je suis heureuse qu'elle ait une amie comme toi.

Libby grimaça, un mouvement qui fit souffrir toutes les parties de son corps, y compris ses paupières. Mais elle n'eut pas la force d'argumenter. Elle resta allongée. Sa mère lui caressa doucement les cheveux jusqu'à ce qu'elle ne puisse plus lutter contre le sommeil.

***

Une voix douce pénétra le sommeil fiévreux de Libby et elle lutta pour ouvrir les paupières.

– Libby ? Lib ? C'est Jess. Tu es réveillée ? Ta maman m'a demandé de venir t'examiner.

Libby sentit le matelas s'enfoncer quand son amie s'assit. Elle força ses yeux à s'ouvrir et roula du côté sur le dos.

– Ce n'était pas la peine, coassa-t-elle. Je suis certaine que ce sont encore mes amygdales.

Jess plaça le thermomètre électronique dans l'oreille de Libby, attendit jusqu'au bip et lui confirma qu'elle avait de la fièvre. Ce n'était un scoop pour aucune des deux. C'était étrange de voir son amie en mode professionnel. Elle observa Jess tandis qu'elle se penchait vers elle et lui palpait le cou pour déceler des ganglions. Ensuite, elle lui demanda de s'asseoir pour écouter son cœur et ses poumons avec son stéthoscope.

– Je peux jeter un coup d'œil à ta gorge ? demanda Jess, en prenant un abaisse-langue dans son sac et en allumant sa lampe.

Libby hocha la tête et ouvrit grand la bouche. Jess grimaça devant ses amygdales repoussantes.

– Oh ! là, là ! Tes amygdales sont blanches. Ta mère et toi, vous avez raison. Et il te faut des antibiotiques.

Libby acquiesça. Elle ne savait quoi ajouter. Il y avait tellement de sujets dont elle voulait discuter avec Jess, mais elle ne savait pas si elle aurait la force physique ou émotionnelle de le faire.

D'après l'efficacité froide de son amie, elle n'était pas d'humeur à bavarder.

– Je ferai un prélèvement pour le labo, dit Jess, juste pour être sûre. Mais je n'attendrai pas pour démarrer les antibiotiques. C'est vilain là-dedans. À part ça, tu connais la manœuvre. Plutôt du paracétamol pour la douleur et la fièvre. Beaucoup de liquide, et plus que tout, beaucoup de repos.

Libby se sentit malheureuse. Était-ce à cause de la maladie ou de la situation entre elles ? Il n'y avait aucune chaleur dans l'expression de son amie. Elle eut envie de pleurer. Tout allait de travers. Son arrêt aurait certes des répercussions sur la librairie, mais elle souffrait encore davantage de la colère de Jess. C'était insupportable.

– Jess, ne réagis pas comme ça.

– Comme quoi ? Je suis là, pas vrai ? Je prends de tes nouvelles.

– Tu sais ce que je veux dire. Tu es différente. Froide.

– Je fais mon travail. Tu t'attendais à quoi ? Ta mère m'a demandé de venir t'examiner et me voilà. Pendant ma pause déjeuner. Alors si on pouvait continuer, j'aurais peut-être une chance d'avaler un morceau.

– Nous savons toutes les deux qu'il y a autre chose, dit Libby en prenant une gorgée d'eau.

Elle eut un mal de chien en avalant.

– Je n'ai aucune nouvelle de toi depuis le week-end. On n'a jamais passé autant de temps sans se parler. Je suis désolée si je t'ai négligée. Ce n'était pas mon intention.

Jess la regarda un instant, puis elle tendit la main vers son sac et en sortit un bloc d'ordonnances.

– Je vais aller te chercher ça. Tu dois les commencer aussitôt que possible.

– Jess, s'il te plaît, dit Libby, d'une voix qui se brisa. Il faut qu'on parle.

– Ce n'est pas le moment, dit Jess. Tu es malade et je dois retourner travailler. On a dit des choses horribles toutes les deux, et tu as raison, il faut qu'on en discute. Mais pas maintenant.

Libby essuya une larme.

– Je déteste cette situation, dit-elle.

Jess se contenta de hocher la tête.

– Je ferais mieux d'aller à la pharmacie.

Sur ce, elle se leva et sortit. Libby retomba sur son oreiller et elle pleura jusqu'à ce qu'elle se rendorme.

Chapitre 21

Le Journal de Bridget Jones

Libby ne s'était pas réveillée quand Jess était revenue avec une boîte de gros cachets et un spray antiseptique pour la gorge. Elle les avait découverts plus tard, en même temps qu'un mot indiquant de les prendre une heure avant le repas. Au moins, songea-t-elle, Jess avait écrit qu'elle resterait en contact avec elle. C'était toujours ça, même si c'était mince.

Sa gorge lui donnait l'impression d'avoir avalé du verre brisé, et sa tête était lourde et douloureuse. Une pellicule de sueur s'était accumulée entre ses seins, derrière ses genoux, et au niveau de sa nuque, et avait refroidi.

Elle souleva la tête avec précaution, avala un comprimé avec un peu d'eau, grimaça, puis retomba sur ses oreillers. Ce simple geste l'avait épuisée. De ses yeux fatigués, elle regarda la pendule sur la coiffeuse : seize heures trente-sept. Elle avait dormi trois heures, mais ne ressentait aucune amélioration. Trois heures, alors qu'elle aurait dû faire tellement de choses. C'était le pire moment pour tomber malade. Son stress s'accrut.

Pour la première fois de la journée, elle tendit la main vers son téléphone. L'éclat de l'écran lui fit mal aux yeux, mais il fallait qu'elle se tienne au courant.

Elle avait des messages.

Le premier venait de son père : tout était sous contrôle.

Il y en avait deux de sa mère, qui l'incitaient à rester au lit et à se détendre.

Un autre venait d'Ant : il l'appellerait plus tard. Il savait qu'elle était malade. Jess le lui avait dit. Son ton était formel. Pas de petits bisous à la fin ni de sous-entendus.

Il y avait quelques messages de fournisseurs. Des e-mails urgents sur lesquels elle n'arrivait pas à se concentrer.

Libby s'apitoya sur son sort et quand sa mère entra avec de la crème glacée pour sa gorge, cela ne lui redonna pas le moral.

– Dès que tu te sentiras un peu plus forte, je t'installerai sous la douche et je changerai tes draps, dit sa mère, heureuse d'adopter à nouveau le rôle de soignante en chef.

Libby ne devait pas sentir la rose. De temps à autre, elle captait une odeur déplaisante. Il n'était pas difficile d'imaginer la touffeur de la pièce. De son corps trempé de sueur émanaient des relents âcres. Sa mère s'affairait dans la pièce, ouvrant assez les rideaux pour permettre à l'air frais d'entrer par la fenêtre ouverte. Mais pas trop, de peur que la lumière éblouissante ne brûle les rétines de sa fille. Libby l'observa allumer une bougie parfumée. Vraiment, elle devait dégager une sacrée odeur… et pas dans le bon sens du terme !

– Allons, ma chérie. Bois un peu d'eau. Jess a dit que tu devais t'hydrater, dit sa mère, en approchant un verre d'eau glacée, avec une paille coudée, sous le nez de Libby.

C'est agréable d'avoir quelqu'un qui s'occupe de vous, songea Libby. *C'est agréable de se sentir aimée et en sécurité.* Ce fut suffisant pour entraîner un déluge de larmes.

– Libby, ma chérie. Qu'est-ce qu'il y a ? Tu vas très vite aller mieux, tu sais. Ce sont des antibiotiques très forts. Accorde-toi vingt-quatre heures et tu seras sur la voie de la guérison. Je sais que tu te sens mal, mais il n'y a pas de raison de pleurer.

Sa mère s'assit sur le lit près d'elle et l'attira dans ses bras. Elle embrassa les cheveux gras de Libby, ce qui prouvait bien que l'amour maternel est aveugle !

– Oh, maman, sanglota Libby. C'est le bazar dans ma vie.

– Ah, ma belle. Qu'est-ce qui s'est passé ? Je suis certaine que ce n'est pas si grave.

– Je suis malade. Je vais être malade encore quelques jours au moins, et il y a tant à faire à la librairie. Et l'appartement, je n'ai même pas encore commencé, et je ne vois pas quand je vais trouver le temps. Papa et toi, vous avez été très gentils avec moi en me permettant de rester ici. Mais on a tous besoin de notre espace, et je ne veux pas profiter de vous.

Sa mère émit des bruits apaisants et la serra un peu plus fort.

– Ce sera toujours chez toi ici, Libby. L'appart sera en état, certainement plus vite que tu ne le penses. Il n'y a rien d'insurmontable. Tout ira bien à la librairie. Elle est entre de bonnes mains en ton absence. L'important c'est que tu te reposes et que tu ailles mieux. Une fois la librairie ouverte, tu n'en auras pas l'occasion. Ce n'est pas le bazar, chérie. C'est juste un autre obstacle.

– Mais Jess, sanglota Libby. On s'est disputées et, je suis certaine qu'elle me déteste. On ne se dispute jamais, mais elle trouve que j'ai été nulle comme amie. Elle a peut-être raison ! Je ne sais plus. On s'est dit des trucs horribles, maman.

– Je suis sûre qu'elle ne te déteste pas. Comment le pourrait-elle ? Vous êtes comme des sœurs toutes les deux, et tu sais, parfois les sœurs se bagarrent et se disent des horreurs. Tu aurais dû me voir avec tatie Joan. On se battait jusqu'à ce que ta grand-mère nous sépare. Jess est venue te voir aujourd'hui, pas vrai ? Elle t'a apporté tes médicaments. Rien sur terre ne pourrait vous séparer.

– Ant, murmura Libby.

– Quoi ?

– Ant. Il pourrait se mettre entre nous.

Sa mère prit du recul et dévisagea Libby.

– Oh non. Elle n'a pas eu d'histoire avec lui ? Oh, bon sang. Je n'aurais pas cru ça d'elle.

Libby secoua la tête, un mouvement qui provoqua une telle douleur qu'elle faillit crier.

– Non. Pas ça. Je ne crois pas. Non. Mais ils sont devenus amis, et ils ont... eh bien, c'est comme s'ils s'étaient ligués contre moi. Je sais que ça a l'air puéril. Jess dit que je l'ai négligée en tant qu'amie en faisant passer Ant au premier plan. Maintenant, c'est la librairie que, d'après elle, je fais passer avant elle et Ant.

– Et que dit Ant ?

Libby rougit. Elle n'était pas sûre que sa mère soit complètement consciente de la nature désinvolte de sa relation avec Ant.

– Pas grand-chose, en fait. Mais il est devenu plus distant depuis que j'ai commencé à m'occuper de la librairie. La semaine dernière, il a rencontré Jess sur la plage et, apparemment, ils ont passé pas mal de temps à parler de moi. Elle était là quand je suis allée le voir samedi dernier et ils s'entendaient à merveille. Ils ont papoté de plus de choses en quelques heures qu'Ant et moi depuis toujours. Je n'aurais pas été dans la pièce que ça aurait été pareil.

La tête de Libby martelait et pulsait. Sa gorge était sèche et enflée. Sa mère l'attira contre elle.

– Ils se sont croisés sur la plage ?

– C'était une coïncidence, d'après eux. Je les crois. Enfin, je pense. Mais, maman, ça m'a fait voir à quel point ma situation était embrouillée. Pour être sincère, Ant et moi n'avons pas grand-chose en commun. On s'entend bien, mais ce n'est pas de l'amour. Quant à Jess, elle est seule et je l'ai laissée tomber.

Je le sais. En la voyant si pleine de vie avec Ant, j'ai compris que je ne l'avais pas vue comme ça depuis longtemps. Heureuse et en confiance. Elle n'était pas elle-même et j'étais trop prise par ma vie pour le remarquer.

– Libby Quinn, je comprends pourquoi Jess se sent mise de côté, mais c'est une adulte. Tu n'es pas chargée de réparer les problèmes de sa vie et tu as toujours été une bonne amie pour elle. Mais ni toi ni personne n'êtes parfaits. Les gens ne font pas toujours ce qu'il faut, mais cela n'en fait pas des mauvaises personnes pour autant. Jess comprend sûrement à quel point tu t'es investie dans la librairie, et pas uniquement financièrement. Et Ant ? Bon, je n'en connais pas un rayon sur les relations. J'ai eu beaucoup de chance de rencontrer ton père quand j'étais jeune. C'était le seul pour moi, et nous avons été heureux au cours de toutes ces années. Je ne dis pas que ça a été toujours facile. Une relation demande beaucoup de travail, et encore plus de patience. Cela dit, j'ai pu travailler à cette relation et me montrer patiente envers lui, parce que, au fond de mon cœur, j'ai toujours su qu'il était l'amour de ma vie. Tu mérites toi aussi ce grand amour, ma chérie. Et plus. Tellement plus. Alors si Ant n'est pas l'amour de ta vie, s'il ne partage pas ton enthousiasme pour tes espoirs et tes rêves, alors c'est bien de t'en éloigner. Pour tous les deux, c'est la bonne chose à faire.

Libby ne put se retenir de pleurer. Encore. Elle savait que sa mère avait raison, mais l'entendre le lui dire, et lui assurer que c'était bien, cela ancrait tout cela dans la réalité.

Chapitre 22

Le Vilain Petit Canard

Libby avait ronflé. Elle le sut dès qu'elle ouvrit les yeux, l'écho de son grognement bruyant l'ayant tirée du sommeil.

Allongée dans la pièce sombre, elle déglutit et constata, ravie, que sa gorge allait légèrement mieux. C'était le lendemain de son premier jour d'antibiotiques et ils avaient manifestement commencé à faire effet.

Elle ne se sentait pas en pleine forme pour autant. Elle était toujours épuisée, mais au moins la douleur s'était atténuée.

Sa mère l'avait aidée à sortir du lit et elle avait nettoyé sa chambre, tandis que Libby se tenait sous l'eau pulsée de la douche et faisait une tentative peu fructueuse pour laver ses cheveux et son corps. L'effort de lever les bras au-dessus de la tête avait été suffisant pour la terrasser.

Elle venait d'enfiler un pyjama propre, s'était glissée dans le lit frais que sa mère avait préparé et s'était allongée.

– Tu ne peux pas te coucher avec les cheveux mouillés, avait immédiatement réagi sa mère, en faisant sursauter Libby déjà dans un état comateux. Là, laisse-moi faire.

Libby s'était assise, faible, mais reconnaissante. Sa mère lui avait brossé les cheveux avec douceur, avant de les passer au sèche-cheveux, comme elle l'avait fait de si nombreuses fois quand elle était petite.

– Jess a appelé, avait dit sa mère. Pour savoir comment tu allais.

– Qu'est-ce que tu lui as dit ? avait demanda Libby, inquiète que sa mère n'ait évoqué leur dispute.

– Je lui ai dit que tu n'étais pas bien, et alitée. Et qu'elle était la bienvenue si elle voulait te voir.

– Elle a dit qu'elle le ferait ? avait demandé Libby, pleine d'espoir.

– Elle a dit qu'elle te contacterait, avait répondu sa mère d'une voix douce. Et si elle ne le fait pas, je la rappellerai et je lui dirai ses quatre vérités.

Une fois ses cheveux secs, Libby était retombée dans un profond sommeil. Elle n'avait même plus l'énergie de s'inquiéter pour la librairie. Son père lui avait assuré que tout allait bien, et dans son état affaibli elle ne voulait pas plus de détails.

Elle n'avait aucune idée de l'heure en s'éveillant. Les rideaux occultants étaient plus qu'efficaces. On frappa à la porte de sa chambre. Ce coup avait quelque chose de familier, de si familier qu'elle se demanda si elle ne l'avait pas entendu quelques secondes plus tôt. Est-ce que c'était cela, en même temps que ses ronflements, qui l'avait réveillée ?

La voix de son père lui parvint par-delà la porte.

– Libby, ma chérie. Je peux entrer ?

Elle croassa un « oui » et se frotta les yeux pour se débarrasser complètement du sommeil.

La porte s'entrebâilla et son père entra. Il fila droit à la fenêtre et souleva un peu les stores. Ce fut suffisant pour que Libby ait un mouvement de recul, comme un vampire terrifié de périr par le soleil.

– Je ne vais pas trop les ouvrir, lui assura son père. Mais j'ai une surprise pour toi.

Puis, il marmonna les mots les plus terrifiants qu'elle ait jamais entendus de sa vie :

– J'ai amené Noah.

Libby tenta de dire non et de se cacher sous la couette. Mais avant qu'elle n'ait pu ouvrir la bouche ou se cacher sous la couette, son père avait fait demi-tour jusqu'à la porte et avait fait entrer un Noah, un brin gêné.

– J'ai demandé à ton père comment tu allais et, avant que je n'aie pu ouvrir la bouche, il m'a invité à prendre le thé. Ce n'était pas vraiment une réponse valable.

– Tu as bossé dur aujourd'hui. Le moins que nous puissions faire, c'est de te procurer un repas décent, déclara le père de Libby, ne prenant pas en compte le fait que Noah tenait un « gastro-pub » et disposait d'un accès permanent à des repas décents. Je descends, je vais nous ouvrir une bière, comme ça tu pourras raconter à Libby à quel point la librairie prend tournure, dit-il avant de se tourner vers Libby. Oh, Libby, tu serais heureuse de voir le résultat. Tu as de bonnes chances de réussir. Les vitriers ont appelé, ils seront prêts à rééquiper les fenêtres vendredi prochain. Une fois que ce sera terminé, le reste sera de la rigolade. Et les dératiseurs ont bouché tous les accès, ils pensent que les souris sont venues du grenier. Mais maintenant la zone est débarrassée des rongeurs. Et ce garçon-là n'a pas hésité une seconde à se salir les mains, à soulever et à déplacer des machins. Un vrai bourreau de travail, Noah. Voilà ce que tu es. Un bourreau de travail et un gars bien !

Sur ces mots, Jim Quinn désigna l'escalier du menton et dit à Noah qu'il l'attendrait. Bière à la main.

Libby était assise en pyjama dans son lit, le teint pâle, regrettant de ne pas avoir de cape d'invisibilité.

La seule, très faible, consolation était que Noah paraissait aussi mortifié qu'elle.

– Ton père est un homme adorable, dit-il, embarrassé, dansant d'un pied sur l'autre. Il a dit que tu étais malade, mais je n'avais pas réalisé que tu allais aussi mal. Je serais resté à distance. J'aurais même peut-être peint une croix noire sur la porte de la librairie, au cas où tu aurais laissé des traces de peste.

– Ha ha, trop drôle, coassa Libby.

Parler lui fit mal à la gorge, mais Noah avait réussi à lui soutirer un sourire.

– Tu as l'air en forme, dit-il, en faisant une horrible grimace, et elle rit plus franchement.

– Oh, ne me fais pas rire, ça fait mal, maugréa-t-elle.

– En fait, dans cet état, tu me fais mal aux yeux, si tu veux savoir, dit-il avec un clin d'œil, mais sa voix était si douce qu'elle ne douta pas de la plaisanterie. Mais je vais être franc avec toi, je ne t'avais pas vue comme une fille qui aime le chintz, du genre Laura Ashley. Où sont les posters de stars sexy que tu embrassais en rêve quand tu étais ado ? J'espérais avoir un aperçu de l'intello coincée que tu étais.

– Désolée, tu as raté ta chance. Les pires écarts de conduite de mon adolescence ont disparu il y a longtemps : mes parents étaient hyper contents de récupérer une chambre d'amis. Je n'ai pas toujours habité ici, tu vois, je suis revenue quand j'ai commencé à économiser pour reprendre la librairie.

– Tu es une femme remarquable, dit-il avec un sourire. Mais j'espérais te charrier sans pitié sur ton âge ingrat, Libby la libraire. Jo a parié que tu serais une fille plutôt du genre Westlife, mais je pensais plutôt Oasis.

– Tu dois de l'argent à Jo, désolée. Tu aurais dû savoir que « cool » n'a jamais été un mot employé pour me qualifier. Jamais.

– J'aurais dû le savoir, répliqua Noah avec un sourire. Comment vas-tu ? Est-ce que c'est mortel ? Vais-je devoir organiser une collecte pour une gerbe ? Tu es encore nouvelle, alors nous ne commanderons que la lettre L en œillets et pas « Libby la Libraire » entièrement écrit avec des roses.

– Des pissenlits me conviendraient.

Libby s'esclaffa.

– Des dents-de-lion ?

– Des pissenlits, si tu préfères. Ils ont des propriétés diurétiques. Ou c'est ce qu'on m'a dit.

– On apprend tous les jours, rigola Noah. Mais sérieux, tu vas bien ?

Libby haussa les épaules.

– J'ai connu des jours meilleurs. Mais il y a de grandes chances que je survive. Ce n'est pas mon premier combat contre les amygdales. Quelques jours encore et je serai en voie de guérison. Fatiguée, mais en voie de guérison.

– Alors, il te faudra lever le pied ! dit Noah avec sérieux.

– Hmmm, répliqua Libby sur un ton aussi évasif que possible. En tout cas, c'est très gentil de donner un coup de main à la boutique. Et de faire plaisir à mon père. Il est ravi d'amener un ami à la maison pour le thé.

Elle rit.

– C'est un chic type, Libby. J'aime passer du temps avec lui.

– À quel point tu l'as aidé ? demanda Libby. Tu as ton affaire à faire tourner.

– Mon affaire roule toute seule (ce qui était un mensonge). Jo m'a dépanné, et un membre du personnel a doublé ses heures.

– Laisse-moi te dédommager pour ça. Je ne veux pas que tu dépenses de l'argent pour moi.

Elle serait trop gênée s'il pensait qu'elle profitait de sa gentillesse. Une rémunération apaiserait un petit peu sa culpabilité.

– Libby, tu veux bien arrêter ? Je te l'ai dit. Il n'y a rien d'extraordinaire. C'est comme ça sur Ivy Lane. Nous nous aidons les uns les autres en cas de besoin. C'est ce qui nous maintient tous ensemble.

– C'est extraordinaire de s'entraider comme ça. C'est très gentil de ta part.

– En fait, j'ai aimé ça. De la bonne compagnie et du gros boulot. En plus, on ne peut pas te laisser prendre du retard sur ton grand rêve, ajouta Noah.

En l'écoutant, elle prit conscience qu'il avait tout compris. Il saisissait pleinement l'importance que cela avait pour elle. Elle se sentit submergée d'émotion et immédiatement se réprimanda de se montrer aussi pathétique. C'est vrai, dernièrement elle ne faisait que pleurer !

– Oh non, ne pleure pas.

Sa voix était douce.

– Je suis un homme, je ne sais pas gérer ce genre de chose.

Il avait l'air inquiet. De nouveau, elle se rendit compte à quel point il était beau. Cet homme, qui en apparence comprenait mieux que ses amis son besoin de faire marcher la librairie.

Son ventre tressauta. Elle était pratiquement sûre que ce n'était pas un effet indésirable des antibiotiques. Oh non. Il fallait qu'il arrête de se montrer aussi gentil. Elle n'avait pas de temps pour les complications. Elle ne voulait rien ressentir pour lui… Et pourtant…

Mais elle était malade. Voilà la raison. Elle n'éprouvait pas autre chose que de l'affection.

Aucun d'eux ne pipa mot.

Heureusement, au rez-de-chaussée, une voix annonça que le dîner était servi et brisa le regard prolongé entre eux.

– Tu ferais mieux d'y aller. Ils n'aiment pas attendre pour dîner.

– Tu vas venir manger ?

Libby secoua la tête, et prétexta qu'elle n'avait pas faim, seulement besoin de dormir. Elle prendrait trop de risques en passant plus de temps en sa compagnie.

– OK. Dors bien, Libby. Nous avons besoin que tu reviennes vite.

Et sur ces mots, il quitta la pièce.

***

Libby s'éveilla dans l'obscurité, la maison était plongée dans le silence. Soit Noah était parti, soit il avait été empoisonné par une tentative culinaire de sa mère et son cadavre gisait en bas, attendant que la rigueur cadavérique ne s'installe. Que ce soit l'un ou l'autre, Libby ne se sentait pas assez en forme pour aller enquêter.

Elle frissonna, alors que la pièce était surchauffée. Elle jeta un coup d'œil à son téléphone, il était minuit passé. Deux messages clignotaient. Le premier venait d'Ant et l'autre de Jess. Ant envoyait son « affection ». On aurait dit un e-mail professionnel plus qu'un message d'amoureux. Jess passerait le lendemain. Libby remarqua que les deux messages avaient été envoyés à quelques minutes d'intervalle. L'espace d'une seconde, elle s'en soucia, se demanda s'ils étaient ensemble quand ils les avaient envoyés, avant de chasser cette pensée ridicule. Même si, sans aucun doute, Jess paraissait mieux s'entendre avec Ant qu'avec elle-même.

Elle tituba jusqu'à la salle de bains, contempla dans le miroir la créature horrifique qu'elle était devenue et se demanda comment Noah n'avait pas quitté sa chambre en courant. Elle retourna au lit, tira la couette sur elle et tenta de replonger dans le sommeil pour échapper à toutes les pensées conflictuelles qui dansaient dans sa tête.

Le matin venu, elle décida qu'elle allait mieux, et chassa toute velléité de repos de son esprit. Libby s'extirpa de son lit et se planta sous le flot brûlant de la douche, se persuadant qu'elle se sentait plus humaine. Néanmoins, il lui fallut une vingtaine de minutes pour se sécher, temps qu'elle passa assise sur la lunette des toilettes à se demander si elle se balançait, si la pièce tournoyait ou si c'était une combinaison des deux.

Traînant ses membres douloureux, elle examina sa penderie à la recherche de quelque chose de léger à enfiler. Elle s'assit sur le lit, mais s'allongea de nouveau, les cheveux mouillés et mous. Nue et frissonnante, malgré la chaleur de la pièce, elle était trop fatiguée pour s'habiller.

Il lui fallut pas moins d'une demi-heure pour passer une robe d'été en coton léger par-dessus ses sous-vêtements les plus confortables. Elle attacha ses cheveux humides en queue-de-cheval sans les brosser et glissa les pieds dans une paire de Converse élimées, qu'elle réservait normalement pour faire le ménage à la maison.

Elle termina en nage, mais déterminée à ne pas renoncer. Peu importait que sa mère lui ait ordonné de se reposer. Peu importait que son père et Noah gèrent comme des chefs à la librairie. Il fallait qu'elle se sente utile. Le temps qu'elle gagne la cuisine, elle dut s'asseoir de nouveau. Elle avait la tête dans du coton et ses membres avaient la rigidité du béton. Pourtant, elle devait travailler. Alors elle se mit sur ses pieds et tendit le bras vers son sac et ses clés, mais ils pesaient une tonne.

Une voix enfla avant de s'estomper à côté d'elle.

– Libby, mais qu'est-ce que tu fabriques ?

Elle se retourna et le visage de sa mère dansa devant ses yeux.

– Le travail, marmonna-t-elle. La librairie.

Sa mère la toisa de la tête aux pieds et Libby entendit son doux rire.

– Oh, ma chérie, tu n'iras nulle part.

Elle l'attira hors de la cuisine, vers l'escalier.

– Mais et la librairie…

– Est-ce que ce beau jeune homme, ton ami, n'a pas dit qu'il aiderait ? Et ton père est déjà parti. J'y ferai un tour plus tard pour les aider aussi.

Libby essaya d'argumenter, mais elle eut du mal à trouver les mots. Alors, à regret, elle laissa sa mère la reconduire à l'étage, jusque dans son lit.

Quand le sommeil relâcha son emprise au milieu de l'après-midi, elle souleva son téléphone et découvrit d'autres messages.

Ant voulait savoir s'il pouvait passer. Mais seulement si elle n'était pas contagieuse, parce qu'il avait une semaine chargée.

J'espère que tu comprends, dit-il.

Au moins avait-il terminé son message par un bisou. Jess lui avait envoyé un texto pour s'assurer qu'elle avait pris son traitement. Elle viendrait après l'heure du thé et lui apporterait ce qu'elle voulait. Libby considéra cela comme un signe positif, il y avait peut-être de l'espoir pour leur amitié. Si elles pouvaient dépasser les horreurs qu'elles s'étaient dites.

Le message suivant venait de Noah, une photo de lui et du père de Libby prise dans la librairie, devant le comptoir aux étoffes : pouces levés, affichant des sourires bien tartes. Elle constata que les briques apparentes derrière eux avaient été rejointées. Cela la fit sourire. Noah écrivait :

J'espère que tu iras mieux en voyant ça. On l'a fait nous-mêmes. Et j'ai changé d'avis. Tu me dois au moins 500 services au pub !

Elle lui renvoya un texto pour le remercier. Elle était nulle pour servir des pintes, mais elle était certaine que cela ne coulerait pas son affaire.

Puis elle examina le message d'Ant. Elle se demanda en quoi il lui proposait de son aide, et pourquoi ce qui lui importait le plus était de savoir si elle était contagieuse.

Auparavant, elle ne l'avait jamais considéré comme un égoïste, mais de toute évidence, elle avait été aveugle, et il avait décidé de prendre de la distance avec leur relation. Elle pouvait difficilement l'en blâmer. Elle se demandait ce qui les avait rapprochés, au tout début. À part ce courant entre eux, peu de choses les unissait. Les événements de la semaine précédente avaient mis cela en lumière.

De nouveau lui vint à l'esprit l'image de Jess et lui en train de bavarder (de bavarder vraiment) et de rire. Avec facilité. Pas de silences embarrassés, de fossés camouflés par le recours à une alchimie physique. Étrangement, Jess et Ant étaient mieux assortis que Libby et lui. S'il ne s'était pas conduit comme un enfant gâté depuis le début des travaux, s'ils s'étaient attachés à trouver tous deux des solutions aux problèmes, cela aurait pu contribuer à les tenir ensemble.

Mais Jess, qui avait toujours eu un cœur plus tendre que Libby, méritait la perfection. Pas de jeux. Pas de textos aux airs de messages pros. Malgré sa réussite scolaire et sa popularité auprès de ses patients, Jess avait du mal à se faire des amis intimes et à laisser les gens l'approcher. Il lui fallait un homme capable de l'aimer si totalement qu'elle n'aurait d'autre choix que de l'aimer en retour.

À cette seconde, son amie manqua à Libby. Elle ne serait jamais apaisée tant qu'elles n'auraient pas discuté.

Elle déverrouilla son téléphone et répondit à Ant qu'elle le recontacterait à la fin de sa quarantaine. Volontairement, elle n'ajouta pas de bisou à la fin de son message. C'était à une petite échelle, mais elle eut l'impression d'une victoire.

Puis elle envoya un texto à Jess pour lui dire qu'elle avait hâte de la voir, que la seule chose dont elle avait besoin, c'était elle. Elle fut ravie quand Jess lui répondit, quelques minutes plus tard, qu'elle était en chemin.

***

Jess arriva dans la demi-heure. Libby l'entendit saluer sa mère et dire qu'elle montait. Linda lui répondit qu'elles devaient arranger leurs différends avant qu'elle ne s'en mêle. Et qu'elles étaient un peu trop vieilles maintenant pour se disputer.

Jess parvint en haut de l'escalier quelques secondes plus tard. D'une main, elle agita un mouchoir blanc en entrant dans la chambre, un sac plastique rempli de *goodies* dans l'autre.

– J'ai reçu des instructions strictes pour que nous réglions tout ça, déclara Jess. Et, Libby, je veux trouver une solution. Je suis désolée de ce que j'ai dit. Je ne le pensais pas. Pas vraiment.

Libby dévisagea son amie, l'air sincère.

– Si, tu les pensais.

Il n'y avait pas trace d'amertume ou d'accusation dans sa voix.

– Je ne pense pas que la librairie soit « un truc à la noix », rectifia Jess, docile, en s'asseyant sur le bord de son lit. Et je ne te trouve pas égoïste.

Libby marqua une pause.

– Je l'ai été pourtant. J'ai été tellement absorbée par ma vie que j'ai fait passer tout le reste au second plan.

– Mais c'est permis, parfois, déclara Jess. C'est seulement que... tu me manques. Tu sais ? Et tu as raison, je me sens seule. Mon appartement est solitaire. Ma vie est comme un long *Jour sans fin* : je me lève, je vais au boulot, je reviens à la maison et je prépare un repas pour une personne, avant de regarder Netflix jusqu'à l'heure du coucher. Laisse-moi te dire que glander seule devant Netflix, ça n'a rien de glorieux.

Jess sourit faiblement, et son sourire ne gagna pas son regard.

– Je suis désolée, j'ai été nulle. J'ai le cerveau complètement retourné depuis la mort de papi. J'ai l'impression d'être figée dans un monde bizarre où tout a l'air immuable. Mais pourtant, tout a changé. Tout me paraît différent. Plus terne. J'étais anesthésiée, je suppose. Vide aussi, et je viens à peine de me réveiller. J'ai peur, je suis perdue, mais excitée aussi. Ça te paraît sensé ?

Jess acquiesça.

– La douleur nous fait faire de drôles de choses. Je n'ai peut-être pas vu que tu te battais autant. Je suis toubib quand même. Je ne pensais qu'à ma propre peine.

– Je t'ai repoussée.

Elles s'interrompirent et se dévisagèrent, blessure et amour se mêlant dans leurs regards.

– Je n'aime pas quand on se dispute, renifla Jess.

– Moi non plus.

– Et cette dispute a été spectaculaire, remarqua Jess. On est déjà restées aussi longtemps sans se parler ?

Libby secoua la tête.

– Jamais.

Jess lui prit la main et la serra. Au bout d'une minute, elle reprit la parole :

– Libby, on doit parler d'autre chose.

Libby savait exactement ce que son amie allait dire avant même qu'elle n'ouvre la bouche.

– Je sais. À ma réaction quand je vous ai vus, Ant et toi.

Jess acquiesça.

– Ça m'a fait mal. Comme si tu pouvais croire que je complotais dans ton dos. Tu m'as regardée si bizarrement ! C'était une coïncidence, dit-elle, cette rencontre sur la plage. Au début, je ne l'ai même pas reconnu. J'avais mes écouteurs et la tête baissée. J'ai senti sa main sur mon épaule et il a failli prendre ma main sur la figure.

Libby imaginait bien Jess attaquer Ant, elle qui, à la vingtaine, avait insisté pour qu'elles prennent toutes les deux des cours d'autodéfense.

– Je sais que tu étais déçue qu'aucun de nous ne t'ait accompagnée à Belfast. Et je sais que me voir en arrivant chez lui a dû être une sacrée surprise, mais tu n'as rien à craindre. Nous avons seulement parlé et pour être franche, je n'ai pas vu le temps passer. C'était super d'avoir de la compagnie, tu vois. De discuter avec quelqu'un sans que ça se termine par la liste de ses symptômes ou la demande d'un avis médical. Mais il ne t'a pas menti ou caché quoi que ce soit. On n'a fait que bavarder.

Le regard de son amie glissa sur ses genoux, et Libby la regarda ôter une peluche invisible de son pantalon en lin. Elle ne put s'empêcher de penser que Jess ne lui disait pas tout, mais elle avait confiance en elle. Elle lui faisait confiance. Elle lui confierait sa vie.

– Ce n'est pas pour ça, objecta Libby. De vous voir tous les deux. Oui, c'était bizarre et oui, j'étais blessée à propos de Belfast. Mais… en vous voyant tous les deux, j'ai réalisé qu'il n'y avait aucun futur pour Ant et moi.

Jess accusa le choc.

– Mais on n'a rien fait !

Libby afficha un sourire triste.

– Je n'ai rien dit de tel. Mais, Jess, vous deux ? Vous étiez sur la même longueur d'onde. Cette façon d'être ensemble, ça n'a jamais été comme ça entre Ant et moi. Et j'en ai envie, je suppose. Quelqu'un avec qui bavarder et rire et qui partage les mêmes intérêts que moi.

– C'est un mec bien, Libby, dit Jess, en rougissant. Je comprends pourquoi tu es restée si longtemps avec lui.

Libby crut déceler une étincelle dans le regard de son amie quand elle parlait d'Ant.

– C'est un mec bien, convint-elle. Mais ce n'est pas le bon pour moi. Je n'envisage pas de futur pour nous deux et je ne pense pas qu'il en soit surpris ou déçu. Nous avons passé un bon moment, mais sans jamais imaginer que ce serait pour toujours.

Jess l'attira contre elle et lui dit que tout s'arrangerait. Libby s'autorisa à croire qu'avec sa meilleure amie à son côté, cela se pourrait.

***

Quand Jess partit, Libby était lessivée. Tous les problèmes n'étaient pas résolus, mais elles avaient fait des progrès significatifs. Leur amitié survivrait à cette dispute.

Elle était fatiguée et rêvait d'un bon sommeil, mais elle ne pouvait plus repousser la conversation tellement redoutée.

Balayant l'écran de son téléphone, elle composa le numéro d'Ant, toussa pour s'éclaircir la voix et patienta. La nausée au fond de son estomac parut grandir.

Au bout de trois sonneries, le fort accent du comté de Donegal résonna à l'autre bout de la ligne :

– Libby, dit-il (pas « bébé » ni « chérie », comme il l'aurait fait en d'autres temps), je croyais que tu étais à l'article de la mort. Tu es revenue parmi les vivants ?

– Pas tout à fait, je pense que je suis dans une sorte de purgatoire, tu vois. À mi-chemin entre ici et là-bas, dit-elle en toussant.

Un silence s'ensuivit. Gêné.

– Je suppose que tu n'es pas partante pour qu'on se voie ? Il faut qu'on parle, dit-il.

– En effet.

Et elle perçut un tremblement inattendu dans sa voix.

– Mais je ne suis pas assez en forme pour sortir.

– Tu l'es assez pour recevoir de la visite ?

Libby réfléchit à sa fatigue. Elle avait très envie que cette conversation soit terminée. Mais elle pouvait attendre d'avoir pris du repos.

– Je ne pense pas. Jess vient de partir, il faut que je dorme. Tu peux passer demain ? Tu pourrais venir ici ?

Il y eut une pause.

– Demain soir, après le boulot ? On parlera alors.

– OK. J'ai hâte, dit Libby avant de raccrocher.

Elle se demanda pourquoi elle avait employé ces mots. Qui a hâte de rompre avec quelqu'un ?

Chapitre 23

Le Secret

Le lundi matin, quand Libby s'éveilla, elle déglutit sans trop de peine. Au lever, la pièce tournait moins qu'auparavant et son visage n'avait plus cette « pâleur mortelle ». Elle prit une douche sans la décomposer par étapes et elle se découvrit l'énergie d'enfiler un T-shirt et un pantalon en lin. Elle fut même capable de se brosser les cheveux et de les pulvériser d'un spray d'eau salée. Malgré tout, quand elle eut terminé, elle était épuisée et dut s'allonger sur son lit une bonne demi-heure avant de bouger de nouveau.

Elle descendit l'escalier à pas feutrés. Ses parents étaient attablés à la cuisine et terminaient leur petit déjeuner. En la voyant, sa mère bondit sur ses pieds.

– Libby Quinn ! Tu devrais être au lit ! Tu es malade.

– Je me sens un peu mieux, maman, dit-elle, et j'ai besoin de sortir de la chambre sous peine de faire une crise de claustrophobie.

Elle se prépara un thé et s'assit en s'efforçant d'oublier la visite imminente de son copain.

– Il y a quelqu'un à la librairie aujourd'hui ? demanda-t-elle à son père, dont le regard passa de Libby à sa mère avant de prendre la parole.

– On a donné une journée de congé à tout le monde. Ils ont tous travaillé jour et nuit et cette belle météo ne va pas durer. Ta maman a même pris une journée de congé pour en profiter et tu sais à quel point c'est rare. D'ailleurs, avec le coup de main de ton copain Noah, on a avancé bien plus que je ne l'espérais hier.

Au prénom de Noah, le cœur de Libby se mit à marteler sourdement. Mais non, qu'elle était bête ! Ses palpitations ne concernaient pas Noah Simpson. Elles étaient liées à sa librairie vide, sans qu'aucun travail se fasse en ce moment.

– C'est un type gentil, ajouta son père. Tu as de la chance d'avoir de bons voisins. Celui-ci a la tête sur les épaules. C'est un homme qui sait ce qui est important.

– Eh bien, avec son passé, pas étonnant, indiqua sa mère.

Libby ne put réfréner sa curiosité.

– Son passé ? Qu'est-ce qu'il a son passé ? Tu as déjà dit que sa famille avait eu son lot de problèmes.

Ses parents se regardèrent.

– Tu ne te souviens pas des Simpson ? demanda sa mère. Bon sang, une horrible tragédie. Certaines familles traversent tellement d'épreuves. Je me souviens m'être dit que je ne me plaindrais plus jamais.

Libby fronça les sourcils.

– Non, je ne me souviens pas d'eux, mais je sais que Noah est allé en famille d'accueil quand il avait dans les quatorze ans.

– Laisse-moi réfléchir, c'était il y a vingt ans plus ou moins. Tu n'étais qu'une enfant. D'abord sa pauvre mère est morte, paix à son âme. Un cancer, je crois. Puis son père et ses grands-parents ont, tous les trois, été tués dans un accident de voiture. Verglas. Sur Letterkenny Road. Ce fut bouleversant. Je m'en souviens très bien. La couverture médiatique à l'époque. Le *Derry Journal* a publié une photo de lui, pauvre petite âme en peine, aux obsèques. Il avait quatorze ans, mais il faisait beaucoup plus jeune. Une petite chose toute maigre. Il aurait tiré des larmes à une pierre. Ses autres grands-parents étaient décédés des années auparavant, et la sœur de sa mère vivait aux États-Unis. Il n'y avait personne pour s'occuper de lui, alors ce fut la famille d'accueil. Je ne crois pas que quiconque l'aurait blâmé s'il avait mal tourné, mais non, il s'est tenu à carreau, et maintenant, regarde-le…

Libby songea à Noah. Grand, musclé, si fort et si dévoué aux autres. Il paraissait aux commandes de sa vie, de ses émotions. Cela lui brisa le cœur de penser à lui, adolescent dévasté par le chagrin, qui avait dû tout recommencer après une tragédie aussi épouvantable.

Mais cela expliquait beaucoup de choses. En particulier pourquoi la communauté et sa famille avaient une telle importance pour lui. Cela expliquait aussi pourquoi il semblait réchauffer tous les êtres abandonnés, de Paddy le chien, à la jeune femme entêtée qui ouvrait une librairie de l'autre côté de la rue.

Il est comme ça avec tout le monde, se dit-elle. Elle était stupide d'y voir quelque chose de personnel. Comme si elle avait besoin d'intégrer un homme dans sa vie ! Surtout maintenant. Surtout alors qu'elle devait se concentrer sur sa boutique. Surtout alors que techniquement, elle sortait toujours avec Ant. Pourtant, elle ne se faisait aucune illusion : tous deux savaient que c'était terminé.

Le timing était terriblement mauvais, ne serait-ce que pour de brefs sentiments romantiques envers Noah. Parce que, oui, elle éprouvait des sentiments pour lui. Elle l'admettait enfin. Elle admettait qu'il avait percé sa carapace, mais pas de la même façon qu'Ant. C'était plus qu'une attraction basée sur une alchimie. Cela concernait la personne qu'il était. Son sens de l'humour. Sa nature protectrice. Leurs valeurs communes. Pourquoi ne pas se l'être avoué plus tôt ?

À quoi bon ? Rien n'allait en sortir. Elle ne ferait rien susceptible de menacer le joyeux équilibre d'Ivy Lane et le succès d'*Il était un livre*. Tenter sa chance auprès du voisin d'en face était trop risqué.

Et, se souvint-elle de nouveau, elle avait toujours un copain. Un copain qui venait la voir aujourd'hui.

Elle porta sa tasse à ses lèvres, ses parents la fixaient du regard. Son père prit la parole :

– Libby, tu es sûre que tu te sens bien ? Tu étais complètement dans ton monde. On t'a demandé si ça t'embêtait qu'on te mette hors de ta chambre pour la journée, juste pour voir ta réaction.

– Oui. Je vais bien. J'ai pas mal de trucs en tête. Pauvre Noah, tenta-t-elle. Beaucoup de tragédies.

– C'est vrai. Mais c'est un homme bien. Il a tiré le meilleur de sa situation. Et je vais te dire une chose, ce pub vend la meilleure Guinness de tout Derry, déclara son père.

– Tu as bu ? demanda la mère de Libby, sourcils levés. Tu m'as raconté que tu travaillais dur. Sans prendre un instant de repos.

– Un homme doit déjeuner, répliqua son père. Et Noah m'a proposé une pinte et une grosse assiette d'*Irish stew*, cela aurait été grossier de refuser, pas vrai ?

– Hé, je suis sûre que tu as accepté sous la menace, conclut sa mère en riant.

Son père se contenta de hausser les épaules et Libby ne put s'empêcher une fois encore de constater à quoi devait ressembler une relation. Les tendres taquineries. L'acceptation des défauts de chacun. La joie, même dans la banalité : l'évocation du repas, ou du programme télé, ou des achats à la jardinerie.

Un amour immense pour ses parents la submergea. Après avoir écouté le triste passé de Noah, elle se dit qu'elle avait une chance incroyable, et elle l'appréciait d'autant mieux.

Quand elle eut terminé son petit déjeuner, elle n'eut pas envie de retourner dormir. En fait, elle doutait de sa capacité à se détendre avant l'arrivée d'Ant. Elle s'imagina même avoir le courage de travailler un peu. Rien de physique, mais elle pouvait se pencher un peu sur le marketing. Elle voulait étoffer le réseau de la librairie, peut-être y partager des photos de la rénovation. Elle devait mettre ses comptes à jour aussi, non que l'examen de son budget la remplisse de joie. Elle espérait qu'il lui restait de l'argent pour continuer à équiper la librairie.

Elle se maudit en réalisant qu'elle y avait laissé son ordinateur, parce qu'elle en avait besoin pour travailler, mais aussi parce qu'un chantier n'était pas l'endroit le plus sûr.

– Je pense faire un saut à la boutique. Je veux récupérer des affaires.

– Tu n'approcheras pas de cette librairie ! dit son père d'un air de défi, et sa mère hocha la tête.

– Bon sang, Libby, mais tu retrouves à peine l'énergie de sortir du lit. Il te faudra quelques jours de plus au minimum.

Libby tendit la main et caressa la main de son père.

– Pas besoin de t'inquiéter papa, l'apaisa-t-elle. Je veux seulement prendre mon ordinateur et j'ai laissé des catalogues de machines à café. Il faut que j'en commande une et que je réserve une formation pour apprendre à m'en servir. Et il faut que je passe une annonce pour un salarié. Mais j'ai besoin de mon ordinateur.

– On peut y aller et te le rapporter, proposa sa mère.

Libby voulait y aller elle-même. Malgré toute la confiance qu'elle avait en son père et Noah, elle voulait vérifier que tout marchait comme ils le lui avaient assuré. En toute franchise, malgré la décision qu'elle venait de prendre quelques minutes plus tôt (par rapport au mauvais timing de ses sentiments amoureux), elle espérait tomber sur Noah là-bas.

– Je fais une crise de claustrophobie, dit-elle. Il faut que je sorte. Sans oublier que vous n'êtes pas obligés de passer votre jour de congé à faire des courses pour moi. Ce n'est pas la meilleure façon de profiter d'une journée au soleil. Je serai de retour en un rien de temps. Ant va venir me voir plus tard.

Ses parents échangèrent un regard.

– Si tu insistes, alors nous t'y conduirons. Pas vrai, Jim ? Et fin de la discussion. On peut reporter la jardinerie à plus tard.

– Parfait, approuva son père, et tous deux hochèrent la tête.

Le marché fut conclu. Elle les connaissait assez pour ne pas se lancer dans une controverse.

– Je suis très excitée de voir le local, dit sa mère. Et d'ailleurs, j'apporterai un coup d'œil féminin.

– Hum, maman, j'ai moi-même un œil féminin. Deux en fait, précisa Libby hésitant entre se moquer de sa mère ou se sentir mortellement vexée.

– D'accord, alors, un œil de maman si tu pinailles. Laisse-moi éteindre cette machine avant de partir.

– Tu veux que je le fasse ? Tu pourras faire partir celle-là. C'est un jour idéal pour le séchage, déclara son père.

Tous deux se glissèrent dans leurs rôles familiers.

Libby les observa se mettre à la tâche et continuer leurs moqueries comme si elle n'était plus dans la pièce. D'une certaine manière, c'était réconfortant.

***

Libby se sentit redevenir adolescente quand elle s'assit à l'arrière de la Vauxhall Astra. Elle avait essayé de leur faire mettre la radio, mais son père avait refusé, car cela le distrairait de sa conduite.

De temps en temps, sa mère s'était retournée pour passer un sachet de sucres d'orge sous le nez de Libby, comme s'ils partaient en virée et pas pour un trajet d'un quart d'heure. Libby fut surprise du nombre de fois où une personne pouvait se voir proposer, et du coup devoir décliner, un bonbon en un laps de temps aussi bref.

– Tu as tes clés ? avait demandé son père, alors qu'il l'avait aidée à gagner le siège arrière.

Elle lui avait répondu que oui, mais cela ne l'avait pas empêché de le lui redemander. Elle avait fini par les lui montrer. Elle essaya de se sentir réconfortée par son inquiétude, plutôt qu'agacée. Juste parce que, une fois, à l'âge de seize ans, il avait roulé jusqu'à l'aéroport de Belfast, où elle lui avait annoncé qu'elle avait oublié son passeport. Heureusement, c'était encore à l'époque où les gens arrivaient aux aéroports quatre heures à l'avance et ils avaient eu le temps de faire un aller-retour. Mais elle n'avait pas échappé à un sermon sur le prix de l'essence et l'importance de l'organisation. Après avoir entendu l'histoire de Noah, elle s'était promis de ne pas laisser les manies de ses parents l'énerver.

De l'extérieur, la boutique au coin d'Ivy Lane ressemblait encore à ce qu'elle était la première fois qu'elle l'avait vue. La transformation viendrait avec les nouvelles portes et fenêtres, et la couche d'enduit sur la façade craquelée et écaillée. Une enseigne flambant neuve apporterait la touche finale. Mais pour l'instant ? Aujourd'hui, on aurait dit qu'elle avait survécu aux bombardements de la dernière guerre mondiale !

– Nous y voilà, Linda, lança Jim à son épouse. Viens ici que je te montre le sol. Je n'arrive pas à croire qu'il l'ait recouvert de lino. C'est superbe.

De toute évidence, son père était dans son élément, et cela la fit sourire. Il avait l'air animé comme jamais depuis le décès de grand-père Ernie, et fier du travail accompli.

Libby les suivit à l'intérieur, écoutant le lyrisme de son père à propos du parquet. Elle en eut le souffle coupé. OK, il y avait encore quelques câbles qui traînaient ici et là. Et l'éclairage n'était pas encore raccordé au réseau. Ni les radiateurs. Mais elle constata que le briquetage apparent avait été traité, que le sol avait été révélé et qu'on avait commencé à enduire les murs de plâtre.

– Libby, viens voir ça, l'interpella son père, en lui prenant la main.

Il la conduisit derrière le comptoir, vers les deux portes qui sortaient de la boutique. L'une menait à la réserve, l'autre aux toilettes destinées aux clients. Jusqu'à présent, c'étaient des placards qui n'offraient rien de plus qu'un espace sombre, dans lesquels les rongeurs pouvaient courir en toute liberté.

Il ouvrit la porte. Lorsqu'il tira sur une ficelle et que la pièce fut inondée de lumière, Libby en perdit le souffle. C'était encore un espace dénudé. Mais il contenait une véritable cuvette de toilette immaculée, avec une chasse en état de marche et un lavabo aux robinets brillants. Des boîtes contenaient du carrelage qui attendait d'être posé. Elle imaginait le lieu une fois fini.

Libby Quinn n'aurait jamais cru avoir les larmes aux yeux devant une cuvette de toilette, mais voilà, elle pleurait.

– Oh, Libby ! s'exclama sa mère.

– Ce n'est rien, poursuivit son père. Viens voir ça !

Il ouvrit la porte de la réserve. Elle découvrit le décor de la petite pièce qui deviendrait sa cuisine. La plomberie était en cours, mais elle se figurait le résultat, là aussi.

Puis elle aperçut les étagères de Keith, alignées contre le mur, prêtes à accueillir les livres. Elle passa une main sur le bois et éprouva un élan d'enthousiasme.

Il y avait encore tant à faire, mais constater tellement de progrès en si peu de temps !

Libby vit des larmes se former dans les yeux de sa mère, à l'image des siennes.

– Ça prend forme, pas vrai ? demanda-t-elle.

Sa mère acquiesça, avant de lui adresser un sourire rayonnant de fierté.

– C'est certain. Tu as fait du beau boulot, dit Linda.

Sur ce, son père eut un toussotement poli.

– Et tu as fait du beau boulot toi aussi, mon chéri, dit-elle avec fierté.

– Qu'est-ce que j'aurais fait sans vous ? demanda Libby en les serrant dans ses bras.

Une voix masculine les interrompit en plein câlin familial.

– Ah, c'est vous ! fit la voix de Noah.

Le cœur de Libby manqua un battement. Elle avait envie de le voir, bien sûr, mais de quoi elle avait l'air, les joues baignées de larmes ?

– Jim, Linda, Libby…, dit-il en entrant. Jo a dit qu'elle avait vu la porte ouverte et elle ne savait pas ce qui se passait. Je jetais un œil au cas où.

– Juste un moment familial, Noah, déclara sa mère.

– Je vois ça, et Libby, tu as meilleure mine. Bien qu'un peu pâle et l'air ému.

– Elle est pâle, pas vrai, Noah ? insista sa mère. Je le lui ai dit, mais elle a absolument voulu pour venir récupérer des affaires. Je pense qu'en fait elle voulait jeter un œil. Ça lui fendait le cœur de ne pas être ici ces derniers jours.

– Ah, tu ne nous faisais pas confiance ? demanda-t-il, d'un air faussement offensé, et il sourit aux parents de Libby. Ton père et moi, on a fait du bon boulot.

– Oui, confirma sa mère. J'ai entendu aussi que vous aviez bossé dur sur la Guinness et le *stew*.

– Les travailleurs ont besoin de prendre des forces, sourit Noah. Même si notre chef ne rivalise pas avec votre cuisine, Linda !

Libby éclata de rire. Elle vit sa mère rougir. Noah savait parfaitement comment la mener par le bout du nez.

– Je trouve que le résultat du travail est moyen, plaisanta Libby. Mais ça passe !

– Eh bien, j'ai fait de mon mieux, déclara Noah. Je m'efforce toujours d'atteindre la moyenne.

Cela lui faisait du bien, vraiment du bien, de retrouver le terrain des moqueries. Libby se rappela que c'était une zone agréable et sûre, et qu'elle n'avait pas besoin de complications.

Noah lui sourit et le soleil encadra son visage à la perfection. Elle vit le plissement de la peau autour de ses yeux, sa mâchoire robuste. Il était bien plus que beau. Il était parfait, elle aurait adoré poser la main sur sa joue et s'approcher et…

Non. Défense de sortir de la zone de moqueries. Peu importait les papillons qui voletaient dans son ventre.

Chapitre 24

La Chatte sur un toit brûlant

Libby récupéra son ordinateur et de la paperasse dans le comptoir à étoffes. Elle entendit un petit coup contre l'encadrement de la porte et un « Salut » retentissant provenant du dehors.

Quatre paires d'yeux se tournèrent vers la porte, où se tenait Harry, armé d'une bombe insecticide.

– Ah, c'est toi, Libby la libraire, dit-il en abaissant la bombe. J'ai vu le store relevé et je savais que ce n'était pas ta voiture là dehors. Noah m'a dit que tu étais malade et que c'était pour ça que tu n'étais pas là, alors je voulais m'assurer que rien d'anormal ne se passait ici. Comment vas-tu, bon sang ? Tu te remets ?

Son ton inquiet sonnait authentique et Libby sentit son cœur se gonfler.

– Je suis une martyre de mes amygdales, Harry. Je pense qu'il va falloir que je serre les dents et que je les fasse retirer un de ces jours. Mais oui, je crois que je me remets.

– Elle ne sera pas de retour avant quelques jours encore, intervint sa mère. Qui a besoin d'une surveillance de quartier avec vous deux ? ajouta-t-elle, en souriant à Harry et Noah. Les cambrioleurs n'ont aucune chance.

Harry rougit.

– Bon, je ne suis pas sûr que ma bombe insecticide aurait été très efficace, mais je me suis dit qu'une bonne pulvérisation leur donnerait une leçon.

– Tu es vraiment sympa, Harry, dit Noah. Mais promets-moi que, si tu projettes à l'avenir de traquer des aspirants criminels, tu frapperas d'abord à ma porte ? On veille les uns sur les autres ici, tu te souviens ?

– En effet, dit Harry en souriant.

Il jeta un regard à la librairie et ses yeux s'arrêtèrent sur les parents de Libby.

Libby prit conscience qu'elle ne les avait pas présentés, alors elle passa à l'action.

– Maman, papa, voici Harry. Il tient le magasin du coin de la rue. Harry, voici mes parents, Linda et Jim.

Harry s'essuya la main sur son pantalon avant de la tendre vers eux.

– Linda et Jim, je dois dire que cette jeune personne n'est avec nous que depuis deux ou trois semaines, mais vous pouvez être fiers d'elle. Magnifique de voir une jeune femme travailler aussi dur. On n'en voit pas assez de nos jours.

Noah toussa et Harry s'esclaffa.

– À l'exception de la compagnie ici présente, bien sûr.

– Merci, Harry, plaisanta Noah.

– Vous l'avez bien élevée, dit Harry en s'adressant à ses parents. C'est un membre plus que bienvenu dans la famille Ivy Lane.

Linda rougit et Jim irradia de fierté. Libby éprouva une bouffée de chaleur et de trouble, qui n'avait rien à voir avec sa température.

– Merci pour vos bonnes paroles, dit son père. Nous le pensons aussi. Nous sommes très fiers d'elle et nous sommes heureux qu'elle s'installe dans un endroit comme celui-ci. Le fait de rencontrer les personnes qui l'entourent, cela nous rassure, vous voyez.

– Ah, nous garderons un œil sur elle. Elle sera en sécurité ici.

– Je suis dans la pièce, vous savez, dit Libby. Mais oui, c'est adorable de vous avoir tous. Écoutez, puisque nous sommes plantés là à papoter sur Ivy Lane... je meurs d'envie de boire un thé. Que diriez-vous si nous descendions à votre épicerie acheter du lait et des biscuits. Je suis certaine que nous trouverons assez de tasses ici. Ce sera un peu rudimentaire, mais c'est le geste qui compte.

– C'est une idée adorable, dit Linda, et Harry sourit.

– J'ai ce qu'il faut ! Des tartes aux pommes qui justement périment aujourd'hui, elles conviendront à la perfection. Je vais les chercher, dit-il en tournant les talons. Pas besoin de m'accompagner. Mettez la bouilloire à chauffer.

– Nous pourrions faire encore mieux, dit Noah. Nulle offense envers tes tartes aux pommes, Harry, mais pourquoi ne pas tous venir en face pour prendre une tasse de thé et des scones tout frais avant l'affluence du déjeuner ? Toi aussi, Harry. Ferme la boutique encore un petit moment.

– Je ne peux pas, dit Harry en secouant la tête.

– Tu peux, Harry. Tu travailles sept jours par semaine, fais une pause, l'encouragea Noah. Nous profiterions de ta compagnie.

– Nous ne venons que si tu nous laisses payer, dit Libby. Pas de discussion. Tu m'as fait plus qu'assez de fleurs.

– Bien sûr que tu payes, plaisanta-t-il. Qui crois-tu que je sois, moi, une œuvre de bienfaisance ?

Il lui fit un clin d'œil et son cœur fit un saut périlleux. C'était une mauvaise idée. Passer du temps avec lui, c'était décidément une mauvaise idée.

***

Épuisée, Libby fut ravie de rentrer chez elle, une heure et demie plus tard. Harry et son père s'étaient bien entendus et s'étaient mutuellement cassé les oreilles. Sa mère avait flirté impitoyablement avec Noah, pendant qu'elle avait remarqué, légèrement choquée, mais impressionnée, la façon dont il bavardait avec elle, en lui donnant l'impression qu'elle était l'unique personne de la pièce.

Le trajet jusqu'à la maison avait été difficile. Une conférence de quinze minutes sur les mérites de Noah Simpson. Elle était d'accord avec tous leurs compliments, mais elle n'avait pas besoin de les entendre. Elle était déjà convaincue. De retour chez elle, elle grimpa dans son lit pour faire une sieste. Il lui fallait tous ses esprits pour son rendez-vous avec Ant. Il méritait qu'elle soit honnête et franche. Il méritait son attention une toute dernière fois.

***

Elle s'éveilla en sursaut, on frappait à la porte de sa chambre. Elle vérifia l'heure sur sa table de nuit. Elle avait dormi plus longtemps que prévu. *Oh, bon sang*, songea-t-elle. Elle était loin de l'apparence calme et sereine qu'elle voulait projeter.

Elle lança « Entrez ! » et se redressa, faisant de son mieux pour aplatir ses cheveux et essuyer toute bave suspecte de son visage.

Le clic de la poignée, le couinement des gonds. Elle prit une profonde inspiration et leva les yeux sur Ant, le visage solennel. Il sortit un bouquet de fleurs visiblement très chères, cachées de derrière son dos.

– J'ai pensé qu'elles te plairaient, dit-il, et c'était le cas.

Elles étaient magnifiques. Sa générosité encore et toujours.

– Elles sont magnifiques, dit-elle avec un sourire sincère, mais triste.

Elle le dévisagea. Il était d'une beauté délicieuse. Un vrai mâle : épaules larges, grand, chevelure sombre, teint mat, regard ténébreux. Beau comme une star de cinéma et il prenait soin de lui. Il était toujours impeccablement coiffé, et son assiduité au sport donnait des complexes à Libby. Professionnellement, il réussissait bien, avait de l'argent, se montrait généreux par des cadeaux ou dans la chambre à coucher. Il adorait cuisiner et, qui plus est, il était doué dans ce domaine. Il ne lui manquait que l'arrogance, qu'il lui aurait été facile de manifester, mais il était modeste.

Il avait un pouvoir d'attraction magnétique. Quand ils étaient ensemble, surtout au début, Libby avait l'impression d'être la plus belle et la plus séduisante des déesses. Il était grisant. Enivrant. Pendant les heures passées ensemble, elle oubliait tous ses chagrins et ses soucis. Elle s'oubliait avec cet homme. Grâce à sa capacité, par simple contact, à mettre ses entrailles en fusion.

Un tel désir ne pouvait durer. Quelque chose d'aussi intense ne pouvait continuer à l'infini, pas sans être consolidé d'une autre manière.

Libby avait beau reconnaître sa beauté et ses nombreuses qualités, elle ne pouvait changer son ressenti. Ils n'étaient pas faits l'un pour l'autre. Elle avait la quasi-certitude qu'il ressentait la même chose. Elle décela un malaise dans sa façon de lui tendre les fleurs et dans le baiser chaste qu'il déposa sur son front.

Elle n'avait plus besoin de lui comme par le passé, et il n'avait pas besoin d'elle non plus. Il appréciait le temps passé ensemble, mais peut-être avait-il su, tout au long de leur relation, que cela n'irait pas plus loin.

– Tu n'étais pas obligé de m'apporter quelque chose, dit-elle en croisant son regard.

Il la fixait d'un air sombre.

– Nous devons avoir notre grande discussion, non ?

Il prononça ces paroles d'un ton si détaché qu'elle en éprouva un peu de tristesse. Toute la passion qui avait existé entre eux s'était muée en apathie.

– En effet, confirma Libby.

– Ou peut-être pas ?

Libby leva les sourcils. Que voulait-il dire ? Faisait-il machine arrière ? Elle était certaine qu'ils étaient au diapason. Ils l'étaient, n'est-ce pas ?

– Je pense que si, dit-elle d'une voix ferme.

– Libby, dit-il, en lui prenant la main. Tu en es certaine ? Je crois que nous savons tous les deux que c'est fini, non ? Est-ce qu'on ne peut pas l'admettre et rester amis, et ne pas épiloguer sur la situation ? Nous n'avons jamais été du genre à analyser notre relation. Nous en avons profité, c'est tout. Mais toutes les bonnes choses…

Le soulagement la submergea, mais il fut rapidement détrôné par la culpabilité : elle s'était éloignée de lui. Elle avait toujours été sûre que ce serait l'inverse.

– C'est ma faute ? demanda-t-elle.

– Je ne pense pas que l'un de nous soit à blâmer. Mais, non, je ne te considère pas comme responsable. Pourquoi le penserais-je ?

– Parce que… tout a commencé à mal tourner quand j'ai eu les clés de la librairie. Et Jess a dit que vous en aviez parlé. Que vous pensiez tous les deux que j'étais égoïste et négligente.

Le visage de Libby s'embrasa. Elle observa celui d'Ant se colorer légèrement. Il soupira et se frotta le menton, faisant crisser sa barbe de trois jours.

– Je pense que rien n'a mal tourné. On a tous les deux pris conscience qu'on n'était pas vraiment faits l'un pour l'autre. Un moment, j'ai été… perdu. J'avais l'habitude que tu sois près de moi et d'un coup tu étais moins présente. Et je me suis comporté comme un imbécile, parce que j'essayais de comprendre. Parce que je t'aime bien, Libby. Je t'ai toujours bien aimée. Nous…

– … n'avons pas grand-chose en commun.

– Exactement. On s'est bien amusés et je ne le regretterai jamais, mais je vieillis. Je commence à réfléchir à ce que je veux dans la vie. Je suppose que la poursuite de ton rêve est en partie responsable. En fait, je crois que je veux arrêter d'agir comme si j'avais toujours vingt ans. Je veux rencontrer quelqu'un. Je veux rencontrer « la bonne » personne.

– Et ce n'est pas moi, conclut Libby avec sincérité.

– Pardon, dit Ant, l'air désolé.

Libby sourit et lui caressa la main.

– Tu n'as rien à te reprocher. Je suis d'accord avec toi. Nous ne sommes pas « la bonne » personne l'un pour l'autre, et, oui, tu t'es comporté comme un imbécile. Mais aucun de nous n'est parfait.

– Je suis proche de la perfection, pourtant, non ? dit-il avec un sourire idiot.

– Oh, absolument. Tu frises la perfection. Tu es contigu à la perfection, pourrait-on dire.

Elle lui serra la main.

– Tu rendras une femme très heureuse.

– Eh bien, je l'espère. Il est temps que je grandisse et que je m'installe. Je veux quelqu'un auprès de qui rentrer à la maison tous les soirs, tu vois ? Une personne avec qui parler, rire et voyager. Mais si tu répètes cette conversation à qui que ce soit, je nierai tout. J'ai une réputation à tenir !

– Ta réputation n'a rien à craindre de moi, dit Libby.

Il acquiesça.

– Merci. Je peux te poser une question : quand as-tu su que c'était fini ? Étais-tu particulièrement malheureuse depuis un moment ?

– D'abord, Ant, je n'ai pas été malheureuse. Mais depuis quand je le sais ? La nuit où je suis rentrée de Belfast et que j'ai découvert Jess chez toi.

– Il ne s'est rien passé entre Jess et moi, tu le sais ? s'enquit-il, choqué.

– Oui, bien sûr. Mais je vous ai vus bavarder. Comment vous vous comportiez. Vous étiez si détendus. En fait, vos ressemblances m'ont sauté aux yeux. Vous avez réussi, vous êtes généreux, vous détestez les nouilles déshydratées et les repas tout prêts. C'est peut-être en partie ce qui m'a attiré chez toi ? Tu me rappelais un peu Jess. Même si, en toute franchise, je n'ai jamais, jamais, voulu faire avec Jess les trucs que j'ai faits avec toi. Ne nourris pas une seconde ce petit fantasme, dit-elle en souriant. Mais, oui, ce soir-là. J'ai réalisé que je voulais plus, que je méritais plus… Et toi aussi.

– Jess est cool, dit-il à voix basse, et si Libby ne se trompait pas, elle vit une faible rougeur remonter le long de son cou. Je n'avais jamais vraiment parlé avec elle auparavant.

– En général, on était occupés à autre chose, dit Libby, le visage cramoisi.

– C'est vrai. Mais c'est quelqu'un de bien. Et une bonne amie aussi. Tu as de la chance de l'avoir. Tu sais, c'est cette nuit-là que je l'ai réalisé aussi. Ou que je me le suis enfin avoué.

Sa voix était douce et il évita le regard de Libby.

Libby ne savait pas trop quoi dire, mais elle saisit avec une clarté absolue ce qu'il pensait.

– Tu l'aimes bien ? demanda-t-elle.

– Tu me détesterais si c'était le cas ? répondit Ant.

Chapitre 25

Heartburn

Libby hocha la tête, ce qui lui fit un peu mal.

– Non. Mais cela ne rend pas la situation moins bizarre.

– Je sais, dit Ant. Je ne sais pas si elle a envie de me voir, mais je ne peux pas nier que je l'aime bien. Je ne la connais pas beaucoup, bien sûr, mais… parfois, on a une sensation.

Libby savait de quoi il parlait, et elle rougit en pensant à Noah et à ses sentiments pour lui.

– Écoute, si on a l'intention de parler de ça, allons dans le jardin. Je prendrais bien un peu d'air frais, franchement, dit Libby.

Il acquiesça. Elle l'y rejoindrait dans cinq minutes. Elle se passa un coup de brosse, se débarbouilla le visage et se brossa les dents. Ainsi, elle prit le temps de rassembler ses pensées.

C'était bizarre, tout de même. Bien sûr, elle avait remarqué à quel point ils s'entendaient bien. Elle imaginait sa gêne s'ils sortaient ensemble. Un léger dégoût qu'elle pourrait chasser ? Mais si tous les deux ressentaient un sentiment semblable à celui qui grandissait en elle pour Noah, devait-elle laisser cet inconfort se mettre entre eux ? Si les choses pouvaient marcher entre eux ?

Elle se regarda dans le miroir et se demanda pourquoi la moindre parcelle de sa vie devait être aussi compliquée.

***

Ant était assis dans un fauteuil de jardin, sous le grand chêne, au bout du jardin. Le lieu préféré de Libby pour contempler son père et son grand-père à l'œuvre, s'occuper des parterres de fleurs et élaguer les rosiers.

– C'est délicieux ici, dit Ant en regardant autour de lui.

– C'est vrai. Mes parents ont toujours adoré leur jardin. C'est l'un de leurs projets communs.

Il acquiesça. Ant et elle n'avaient jamais eu de projets communs.

Ils restèrent assis dans un silence gêné, écoutant le vrombissement lointain d'une tondeuse et observant une douce brise balayer la pelouse.

Il fallait que l'un d'eux parle en premier, se dit Libby, alors elle prit une profonde inspiration.

– Alors, tu as des sentiments pour Jess ? demanda-t-elle.

– Je crois. Ou du moins, je pense que je pourrais en avoir. Quand je l'ai vue sur la plage l'autre jour, j'ai agi par politesse, je lui ai dit bonjour. C'était un peu gênant, au début. Mais on a marché un moment, et ensuite, on s'est mis à parler. On parle facilement avec elle.

Libby hocha la tête.

– Je sais. Elle est super. Pour moi, elle est plus une sœur qu'une amie.

Il secoua la tête, baissa les yeux.

– Timing pourri, non ? Si seulement je l'avais rencontrée en premier. Sans vouloir te vexer, dit-il pour se rattraper, soudain gêné par ce qu'il venait de dire et à qui il venait de le dire.

– Sans rancune, répondit-elle. Enfin, un peu vexée quand même, mais je comprends. Parfois, je pense que la moitié du temps, Cupidon doit perdre la tête à force de boire et il vise comme un pied. Je regrette que vous ne vous soyez pas rencontrés en premier. Mais on n'y peut rien.

Elle haussa les épaules.

– Je suppose. Il faut que j'avance. Une de perdue, dix de retrouvées, etc., dit-il avec un enthousiasme feint. Dis-moi, elle a fait allusion à moi ?

– Tu sais que demander à la fille que tu viens de larguer si sa meilleure amie a craqué pour toi manque un brin de tact, non ?

Il lui adressa un faible sourire et hocha la tête.

– C'est vrai, je me conduis comme un goujat. Je me demandais, est-ce que je me fais des films ou est-ce qu'elle ressent quelque chose aussi ?

Libby perçut le désespoir dans sa voix. Elle pensa à la façon dont Jess avait parlé de lui. Quand elle avait dit que c'était un homme « bien » et qu'elle n'avait pas vu le temps passer en sa compagnie.

– Elle a aimé ta compagnie. Mais elle n'en a pas dit plus.

Il acquiesça, déçu de ne pas entendre que Jess partageait les mêmes sentiments.

– Écoute, je connais Jess, tu veux mon avis ? Je pense que vous devriez bien vous entendre. Jess n'a peut-être pas exprimé ses sentiments, mais je suis, ou étais, ta copine. Je pense que cela a pu l'empêcher de tout me dire. Elle ne m'a pas raconté grand-chose, mais j'ai vu son expression en parlant de toi.

Libby inspira profondément.

– Elle exprimait tout ce que j'ai besoin de savoir.

***

Le jeudi, Libby se sentit assez bien pour aller à la librairie. Elle avait abattu un peu de boulot administratif chez elle, mais il fallait qu'elle retourne au cœur de son projet. Elle avait envie de sentir la peinture et le plâtre, estimer si le nouveau système de chauffage était efficace et enfin s'assurer que l'extérieur de la librairie se rapprochait du résultat espéré. Les nouvelles fenêtres allaient arriver. Elle avait réussi à faire reproduire les arches et les panneaux en bois d'origine.

Il était presque temps de finaliser ses projets avec Craig et de réfléchir à toutes les petites touches qui personnaliseraient les lieux. Les tables bistro pour le coin café. Un canapé moelleux ou deux pour que les gens se détendent en buvant leur café. Les luminaires en cuivre dont elle rêvait. Les plantes artificielles pour ajouter de la verdure. Les tableaux et la décoration. Tous ces détails amusants rattrapaient haut la main les heures passées à équilibrer les comptes, à échanger avec les fournisseurs par e-mail ou au téléphone, à planifier sa liste d'achats initiale. Tous ces détails amusants la détournaient aussi de la tristesse « pas tout à fait totale » qu'elle éprouvait après sa rupture avec Ant.

Elle ne regrettait rien. Pas une seule seconde. Sans aucun doute, c'était l'unique chose à faire. Mais il avait occupé une grande place dans sa vie huit mois durant. Elle trouvait étrange qu'il en soit sorti.

Elle n'arrêtait pas de penser à ce qu'il avait demandé au sujet de Jess. L'espace d'une minute, elle avait failli l'appeler pour tout lui raconter. Mais ensuite, elle s'était dit qu'elle n'avait pas à s'en mêler. Si leur histoire devait naître, ils trouveraient un moyen de la concrétiser.

Elle avait raconté sa rupture à Jess le mardi. Son amie avait répondu qu'elle était désolée de l'apprendre. Elles étaient convenues d'en discuter devant un verre de vin, quand Libby irait mieux. Jess, toujours en mode médecin, lui avait rappelé qu'elle ne devait consommer aucun alcool tant qu'elle était sous antibiotiques.

Craig arriva juste avant seize heures pour discuter des plans et finaliser l'agencement de la boutique.

– Libby Quinn, racontez-moi, comment avance l'appartement ?

Libby grimaça. Il avançait lentement. On l'avait mis à nu, refait le système de chauffage et l'installation électrique. Mis à part cela, c'était encore une coquille vide, sans cuisine ni salle de bains, ni tout le reste d'ailleurs.

– Franchement, ce n'est pas ma priorité. Je veille à tout régler en bas et ensuite je me servirai de l'argent restant pour terminer l'étage, dit-elle, sachant déjà qu'il ne remporterait pas le trophée du design d'intérieur.

Ce serait basique, mais elle apporterait sa touche personnelle au fil du temps. Heureusement, elle avait gardé la plupart de ses anciens meubles, une dépense en moins.

– J'ai peut-être une proposition que vous ne pourrez pas refuser, déclara Craig avec un sourire.

Libby aimait ce genre de propositions.

– Je sais comment me procurer un bel équipement de salle de bains et des placards de cuisine, etc. Un lot en provenance d'un chantier à l'arrêt, du bon matériel, vous savez. De bonne facture. Il va partir pour presque rien. Alors, si vous me faites confiance, je peux choisir pour vous et je mets les gars là-dessus dès demain ? Vous devrez acheter vos appareils ménagers pour la cuisine et votre douche, mais vous économiserez un peu de temps et d'argent.

Là, tout de suite, elle se moquait que Craig lui propose un réchaud dans la cuisine ou un seau d'eau pour la salle de bains : un souci de moins pour elle. Elle accepta sa solution à bras ouverts.

– Ce serait génial, lui dit-elle.

Il lui sourit.

– Heureux de filer un coup de main. Je sais ce que cet endroit signifie pour vous. Noah m'a tout raconté. Sur votre grand-père.

Libby sentit une boule monter dans sa gorge et elle remercia Craig, avant de le prendre dans ses bras. Peut-être qu'en définitive, toutes les pièces allaient se mettre en place, comme tout le monde ne cessait de le lui dire.

***

Elle ne revit Jess que le vendredi soir. À ce stade, Libby était complètement revenue dans le monde des vivants. Certes, elle était toujours pâle à force de rester à l'intérieur, mais elle se sentait une nouvelle femme. Une nouvelle femme qui avait besoin d'un bon verre de vin, maintenant qu'elle avait terminé ses antibiotiques.

Il était dix-huit heures passées quand elle franchit les lourdes portes du pub, repoussa ses lunettes de soleil au sommet de la tête et regarda autour d'elle. Assez rapidement, elle repéra Jess assise dans un des box près de la fenêtre, elle lui souriait. Devant elle reposaient deux verres à vin et une bouteille de blanc, maintenue au frais dans un seau à glaçons. Libby sourit, la salua de la main et marcha vers elle, faisant de son mieux pour ne pas montrer qu'elle cherchait Noah du regard.

Si elle voulait se concentrer sur l'essentiel, elle devait garder ses distances… mais elle n'arrivait pas à se tenir à l'écart.

Jess se leva à l'approche de Libby, elle avait le teint frais et hâlé, et portait une robe en lin qui lui arrivait aux genoux et un gilet blanc tout doux. Une touche de gloss peaufinait son apparence.

Libby, elle, avait passé la journée à admirer ses nouvelles fenêtres, tout en étudiant de près les catalogues des diffuseurs avec lesquels elle allait travailler. À côté de Jess, elle avait tout d'une souillon avec son pantalon coupé, son débardeur, et sa paire de Converse préférée, mais sans aucun doute beaucoup portée.

En fait, elle se moquait que son apparence ne soit pas aussi impeccable que celle de son amie. Cela n'avait pas d'importance. Cela n'avait sans aucun doute aucune importance pour Noah, qui l'avait vue dans le pire de ses états : rendue à demi-consciente par une angine, ébouriffée comme si des oiseaux avaient niché dans ses cheveux.

Jess l'étreignit et Libby la serra fort dans ses bras.

– Je suis contente de te voir, dit Jess.

– Moi aussi, dit Libby.

Elle se glissa dans le box, en face de son amie.

– La semaine a été longue et riche en événements, annonça Jess.

Elle souleva la bouteille de vin du seau à glaçons, la secoua pour que la condensation s'écoule et remplit deux grands verres.

Libby leva son verre et dit :

– À la fin des antibiotiques !

Jess sourit.

– Et peut-être à ta prochaine visite à un spécialiste pour te faire enfin retirer ces fichus machins une bonne fois pour toutes.

– Oui, docteur, répondit Libby avec un sourire.

Elles sirotèrent toutes les deux leur verre.

Elles gardèrent le silence, une minute ou deux, sachant qu'elles allaient devoir parler de la rupture.

– Tu vas bien ? Tu sais, à propos de tout ça ? demanda Jess, les yeux baissés.

– Oui. C'est un peu bizarre, mais oui, je vais bien.

– Ça a été horrible ? Cette rupture ?

– Non. Pas du tout. Nous étions d'accord tous les deux. Ça allait. On a discuté, tu vois. On s'est comportés en adultes. Parfois, certaines choses ne doivent pas se faire.

Jess se mordit la lèvre inférieure et regarda dans son verre de vin.

– Mon nom a été mentionné ?

Libby inspira. Elle était incapable de mentir à sa meilleure amie.

– Tu aimerais bien ? s'enquit-elle.

Jess leva les yeux vers elle.

– Franchement, je ne sais pas. En fait, non, ne me dis pas. Je n'aurais pas dû demander. Ne fais pas attention à moi. Ça ne servirait à rien de le savoir.

Libby acquiesça. Mais elle savait que cela servirait peut-être à quelque chose. Elle trouverait cela étrange, et si cela tournait mal, elle se sentirait peut-être responsable, d'une certaine manière.

Mais Jess était une adulte, et Ant lui avait paru sincère. C'étaient de belles personnes, qui avaient de bonnes chances de se rendre heureuses.

– Il t'a mentionnée, lâcha-t-elle. C'était un peu gênant, tu sais. Mais, oui, il a ressenti une connexion. Ce n'était pas un scoop pour moi, Jess. Je vous ai vus tous les deux. Ce que tu fais de cette information te regarde, mais je veux que tu sois heureuse. Tu le mérites. S'il y a une chance d'y parvenir, peut-être devrais-tu la tenter. Et je gérerai parce que je suis adulte. Épargne-moi seulement les détails intimes.

Dès qu'elle eut prononcé ces paroles, elle sut qu'elle avait fait le bon choix. Le reste ne lui appartenait plus. Elle ne maîtrisait que ce qui était en son pouvoir.

– Et toi, Libby ? Tu es heureuse ? Tu le mérites aussi, poursuivit Jess en interrompant les pensées de son amie.

– Je crois que je vais l'être. Je le suis, mais je pense que je pourrais l'être encore plus, et c'est bien. Je suis là où j'ai envie d'être. Là où je n'aurais jamais cru que je pourrais être. À deux doigts de rendre mon grand-père fier en ouvrant cette librairie. Alors, ne t'inquiète pas pour moi. J'ai ça.

À cet instant même, elle vit Noah sortir du bureau derrière le bar. Malgré ses efforts pour rester cool, elle ne put s'empêcher de sourire. Jess se retourna pour voir à qui son amie souriait.

– Ce barman, c'est lui qui t'a emmenée à Belfast ? demanda Jess, et Libby se rendit compte qu'elle ne s'était pas confiée à son amie à propos de ses sentiments croissants pour Noah.

– Oui, oui, en effet. C'est Noah.

– Et il sort avec la barmaid ?

– Non. Non, ils sont frère et sœur. Enfin, frère de famille d'accueil et sœur. Très proches, tu vois, mais ils ne sortent pas du tout ensemble.

Jess la dévisagea.

– Libby Quinn, y a-t-il quelque chose d'autre que tu veuilles me raconter ?

Libby vit que Noah venait vers elles. Non, il n'y avait rien d'autre dont elle aurait pu parler à Jess, et certainement pas maintenant.

– Libby, tu as vu Jo dehors ? Elle est partie avec Paddy et je m'attendais à ce qu'elle revienne.

Libby secoua la tête, pendant que Jess articulait en silence :

– Qui est Paddy ?

– Paddy, c'est le chien, lui répondit-elle. Je suis presque sûre que tu l'as rencontré.

Jess acquiesça.

– OK, d'accord, je m'en souviens.

– Je suis certaine qu'ils ne sont pas loin, dit Libby.

Noah regarda la porte et reporta son regard sur la file de clients impatients, puis revint sur Libby.

– Je l'espère. Les hordes s'agitent.

– Libby, tu as de l'expérience derrière un comptoir, pas vrai ? Pourquoi tu ne l'aiderais pas quelques minutes ? demanda Jess avec un sourire rusé.

Libby savait exactement ce que son amie avait en tête, et elle n'était pas sûre que c'était une bonne idée. Par ailleurs, même si c'était Jess qui proposait, elle venait de rétablir leur amitié et elle ne voulait pas laisser Jess assise toute seule.

– De l'expérience, c'est un peu exagéré, dit-elle.

Elle avait seulement servi au bar du club de golf une demi-heure un jour, et elle avait failli pleurer quand quelqu'un avait commandé une Guinness.

– N'importe quelle aide serait bienvenue, honnêtement, dit Noah.

Elle ne pensait pas l'avoir déjà vu aussi perdu.

– Donne un coup de main à ce garçon, veux-tu ? l'incita Jess. Je suis contente de rester toute seule un moment. J'ai quelques appels à rattraper pour le boulot.

Libby savait que son amie mentait. Elle ne voyait pas Jess passer des appels professionnels depuis un bar, mais elle n'avait pas envie de rebondir sur le sujet.

– OK, dit-elle radoucie. Mais pas de cocktails ni de pintes de Guinness. Ce n'est pas mon truc !!

– Je te rendrai ton amie dès que Jo arrivera ou que le rush se calmera. Selon ce qui arrive en premier. Ou en fait si je la trouve vraiment pénible, ce qui est également une possibilité, dit Noah à Jess.

Libby lui donna un coup de poing dans le bras. Ensuite, elle essaya de ne pas penser à la chaleur de sa peau sur la sienne.

Malgré les infimes parcelles qui s'étaient touchées, cela avait suffi à la griser.

Cette sensation légèrement entêtante ne se dissipa pas, car la demi-heure suivante, ils se tinrent côte à côte et travaillèrent en équipe. Ils occupèrent la gauche du bar et trouvèrent leur rythme, remplissant des verres de vin et ouvrant des bouteilles de bière. Quand Jo revint enfin, un peu ébouriffée, elle expliqua que Paddy avait insisté pour faire deux fois le grand tour du parc. Libby fut presque déçue d'être relevée de ses fonctions et de retourner auprès de Jess qui l'observait, un large sourire aux lèvres.

– Libby Quinn. Tu ferais mieux de tout me dire sur lui et tout de suite.

– Il n'y a rien à dire. C'est mon voisin et il est très serviable. Il est comme ça avec tout le monde dans la rue. Tu devrais entendre mon père parler de lui. Il le ferait béatifier parce qu'il sait poser une cheville correctement et, bien sûr, parce qu'il est propriétaire d'un pub.

Jess leva la main.

– Une minute. Rembobine pour moi. La partie sur le voisin et sa gentillesse avec toute la rue, j'ai pigé. Mais la partie sur ton père ? Et les chevilles ?

– Il a aidé mon père pendant que j'étais malade. Tous les deux font un bon duo.

– Il l'a aidé ? Beaucoup ?

Libby haussa les épaules.

– Pas mal, je suppose. Papa l'a invité à dîner l'autre soir pour le remercier.

À ces paroles, Jess manqua de s'étrangler avec son vin.

– Il est venu chez toi ? Pour dîner ? Avec ton père ? Libby ! C'est un truc que j'aurais dû savoir.

Libby rougit.

– Mais ça ne veut rien dire. J'étais malade. Même pas là pour le dîner. J'étais en haut, dans mon lit, et je ressemblais à un truc rapporté par un chat. Tout le monde a donné un coup de main, pas seulement Noah.

– Mais Noah, c'est le seul qui te fait tourner la tête, pas vrai ? demanda Jess.

Et avant qu'elle n'ait eu le temps de réfléchir, Libby répondit :

– Eh bien, oui !

Aussitôt, elle prit conscience de ce qu'elle venait de dire.

– Mais cela ne veut rien dire, reprit-elle. Actuellement, Jess, je me concentre sur la librairie ; et je ne recherche autre centre d'intérêt ou d'engagement. Je vais vendre des livres et apprendre à faire marcher une machine à café qui est accompagnée d'un manuel d'instructions de quatre-vingt-dix pages et d'une séance d'apprentissage. Il va me falloir deux jours pour savoir faire un café !

– Hum, dit Jess en levant un sourcil. Je trouvois que la gente damoiselle protestoit avec trop de véhémence à propos du gentil damoiseau !

– Eh bien, je trouve, moi, que l'autre gente damoiselle devrait s'occuper de ses affaires, dit Libby avec un sourire.

Intérieurement, elle voulait que Jess demeure en dehors de cela. Elle voulait que tout le monde reste en dehors, parce que le timing n'était pas favorable et que les enjeux trop élevés.

– Mesdames, de quoi parlez-vous ? Partagez les potins, résonna une voix masculine qui fit sursauter Libby, tandis que Noah se frayait un chemin dans le box. Ça ne vous embête pas si je m'assieds ? J'ai besoin de souffler quelques minutes. C'était vraiment le coup de feu ! Merci encore, Libby. Tu m'as sauvé la mise. Il va falloir t'entraîner sérieusement à tirer une pinte de bière, aussi bien qu'une pinte de Guinness, mais c'est un bon début.

– Santé ! dit Libby. Est-ce qu'on peut s'attendre à ce que tu t'entraînes à vendre des livres dans un futur proche ?

– Qu'est-ce qu'il y a à apprendre ? On colle quelques bouquins dans la vitrine et on les vend. Boulot terminé !

– Si seulement tu disais vrai, dit Libby.

Elle regarda Jess, qui avait adopté une expression indiquant qu'elle ne s'occuperait pas de ses affaires dans un futur proche. Libby l'aurait fusillée du regard. Mais en cet instant, elle était trop absorbée par la chaleur dégagée par Noah auprès d'elle. Ils étaient assis côte à côte et sa cuisse frémissait à petits coups contre la sienne. Il sentait bon. Avait-il toujours senti bon ou ne le remarquait-elle que maintenant ?

– Je pense que tu devrais ajouter cela à tes compétences, Libby, dit Jess en coupant court à ses pensées. Tu as toujours dit que tu adorerais savoir tirer une Guinness. Noah devrait t'apprendre.

Jess avait soulevé un sourcil et réprimait à peine un sourire.

– Bon, c'est décidé alors, Libby la libraire, dit Noah. Des leçons de Guinness lors de ton prochain jour de congé.

Libby ne savait si elle devait rire ou pleurer.

Chapitre 26

P.S. I Love You

– J'y pense, il faut que je passe un coup de fil. Si vous voulez bien m'excuser, je vais sortir un instant, marmonna Jess dix minutes plus tard.

Elle prit son sac et son verre de vin, et se fraya un chemin hors du box, en laissant Noah et Libby côte à côte. Elle lança un regard en arrière à Libby pour lui signifier, sans équivoque, qu'elle avait menti.

– Alors comment vas-tu ? Tu te sens mieux ou tu te forces parce que tu ne sais pas t'arrêter ? demanda Noah.

– J'ai pris presque une semaine de repos, Noah. Je pense que je sais m'arrêter.

– Tu as passé presque une semaine chez toi, mais je sais de source sûre que tu as travaillé au moins la moitié du temps.

– Il faut le faire. Il faut que ce soit fait. Mais si tu veux une réponse à ta question. Je vais bien. Je me sens mieux. Pas à cent pour cent, mais je vais y arriver.

– Ton père m'a dit pour ta rupture, déclara Noah sans croiser son regard. Et comment tu te sens par rapport à ça ?

– Eh bien, je vais m'en sortir. En fait, j'y suis presque. Cela n'allait plus entre nous. C'est un type gentil, il fera le bonheur d'une chanceuse. Ce n'est tout simplement pas l'homme qu'il me faut.

Cette conversation la gênait. Elle espérait qu'il ne lui demanderait pas trop de détails. Qu'il ne lui demanderait pas de préciser son idée de l'homme qu'il lui fallait.

– Ton père a dit qu'il était du genre un peu voyant. Grosse voiture, maison de luxe, bon boulot.

– Oui, bon. C'est une manière approximative de décrire Ant. Mais il est généreux et très beau aussi.

Noah la dévisagea comme s'il essayait de la comprendre et de savoir pourquoi elle avait rompu.

– Dis donc Libby. Si tu continues, je vais te demander son numéro.

Noah s'esclaffa avant de rougir.

– Non que je sois gay. Et non pas que ce soit un problème...

Il parut si déstabilisé que Libby ne put réprimer un rire. Il lui réchauffait le cœur. Un peu plus et elle serait en sérieux danger de combustion.

– Il est quasi parfait sur le papier, mais ça ne collait pas. Pas correctement. Cela ne nous menait nulle part, et nous méritons mieux tous les deux. Je suis une romantique dans l'âme, tu vois. Difficile de ne pas l'être quand mon premier amour fut M. Darcy.

– C'est le type que Colin Firth jouait dans les films de Bridget Jones ? s'enquit Noah, et l'espace d'un instant, elle le crut.

L'espace d'un instant, elle éprouva une déception à l'idée que cet homme ne connût pas l'un des personnages les plus emblématiques de la littérature (Jane Austen, n'est-ce pas ?), puis elle distingua un sourire espiègle sur son visage. Elle fut soulagée. Son armure parfaite demeurait sans fissure.

– Tu es une vraie catastrophe, Noah Simpson, plaisanta-t-elle.

– Mais une adorable catastrophe, répliqua-t-il.

C'était bien là, elle le craignait, que se nichait le problème. Il avait absolument raison.

Elle secoua la tête.

– Quoi qu'il en soit, je suis loin d'être la petite amie parfaite en ce moment. La seule histoire d'amour qui m'intéresse, c'est celle que j'ai avec ma librairie. Je n'ai pas de temps pour les distractions.

Elle était fière de son petit discours, même si elle n'en croyait pas un mot.

– Je te comprends totalement, étant moi-même passé par là. J'en suis en quelque sorte encore là. Avoir un projet passionnant, c'est génial. Cela va te combler d'une façon que tu n'aurais jamais crue possible. Pour moi, aussi bête que ça paraisse, parce que c'est un pub et que les pubs ne changent pas le monde, cet endroit m'a donné un sentiment d'accomplissement. J'ai l'impression d'y être chez moi et pas seulement parce que je vis dans l'appartement du dessus. Mais un commerce ne peut pas te serrer dans les bras le soir, ni te demander comment tu vas, ni te masser les épaules. Alors, tu vois, garde l'esprit ouvert.

– Comment fonctionne cette approche pour toi ? Tu gardes l'esprit ouvert ?

Libby haussa un sourcil et il la fixa, droit dans les yeux. Il ne tenta pas d'éviter son regard, ni d'éluder la question avec une réponse pleine d'esprit.

– Elle marche pas mal, dit-il. Tu ne le croiras peut-être pas, mais je trouve ça difficile de m'ouvrir aux autres. De les laisser approcher. Cela m'allait jusqu'à maintenant, mais récemment…

– Récemment ?

– Récemment, je me demande si ça ne vaudrait pas le coup de tenter ma chance. Avec la bonne personne, bien sûr.

Tout ce qu'elle voyait en cet instant, c'étaient ses yeux verts, ouverts, francs, pénétrants. Elle ressentait sa façon de la regarder, comme personne auparavant ne l'avait fait. Cela l'effrayait autant que cela l'électrisait.

Si seulement le timing était différent, songea Libby.

Chapitre 27

Long Time Passing

Libby fit son possible pour éviter Noah. Ce n'était pas qu'elle ne voulait pas le voir. Elle le voulait désespérément, mais une partie d'elle-même avait peur de ce qu'elle éprouvait pour lui. Elle craignait aussi que cela ne fasse dérailler ses projets professionnels.

Elle parvenait toujours à trouver une raison de sortir, chaque fois qu'il venait à la librairie. Elle dit à son père qu'elle ne voulait plus qu'il l'aide, au motif qu'elle ne voulait pas profiter de la gentillesse de ses voisins.

Son plan fonctionna. Pourtant, elle n'avait pas prévu à quel point il lui manquerait. Parce que ce fut le cas : il lui manquait énormément.

Au moins, elle était capable de se détourner de ce désir par son travail à la librairie. Les choses étaient passées à la vitesse supérieure. Certes, c'était excitant de voir que la boutique prenait forme, mais c'était également épuisant.

La plupart des nuits, elle s'endormait, l'ordinateur allumé, de la paperasse devant elle, une liste de tâches qui tournait en boucle dans sa tête.

Peu importe la masse de travail fournie, il y avait toujours quelque chose à ajouter à sa liste. Elle pensait être prête. Elle avait fait des recherches, mais il y avait toujours des choses auxquelles elle n'avait pas réfléchi. Où se procurer les viennoiseries pour le coin café, par exemple. Allait-elle contacter une boulangerie locale, opter pour des biscuits ou des pâtisseries, ou se cantonner à des basiques comme les scones avec du beurre et de la confiture, des muffins et des cakes ? Combien devrait-elle en commander ? Elle avait du mal à anticiper la fréquentation du café. Est-ce qu'un lave-vaisselle standard serait suffisant ? Quels autres articles de la librairie feraient mouche ? Elle souhaitait attirer des créatifs : est-ce qu'un assortiment de stylos, des cadeaux d'inspiration littéraire et des marque-pages seraient suffisants ? Ou devrait-elle aller jusqu'aux cartes, papier cadeau, carnets et couvertures de liseuses ?

Ces décisions se révélaient difficiles à prendre, même si Jess avait repris son rôle de soutien et qu'elles parlaient souvent plusieurs heures d'affilée sur WhatsApp.

À l'occasion, elle détournait demandait à Jess si elle avait des contacts avec Ant, ou s'il l'avait appelée.

– Je ne suis toujours pas sûre de trouver ça bizarre, lui disait Jess.

Pourtant, le temps passant, et sa vie devenant de plus en plus occupée, Libby ne jugeait plus cette éventualité si étrange. Pas à long terme.

Jo faisait des allées et venues, apportait parfois des assiettes de sandwichs ou un déjeuner.

– On veut être sûrs que tu manges et que tes ouvriers se nourrissent, eux aussi, répétait-elle.

Libby insistait toujours pour payer. Elle n'osait pas demander des nouvelles de Noah, même si elle en avait envie. Quand Jo lui demandait si tout allait bien, elle lui répondait qu'elle était très occupée.

– Viens boire un verre un de ces quatre, dit Jo. Tu nous manques.

Libby avait acquiescé, et elle avait passé les vingt-quatre heures suivantes à analyser le pronom « nous ». Est-ce que Jo incluait Noah ? Certainement. Mais est-ce qu'elle lui manquait vraiment ? Et le voulait-elle ?

Elle tomba sur Noah une fois dans la boutique de Harry. Il lui sourit et dit :

– Salut, étrangère ! Je ne pensais pas que tu étais autorisée à sortir de ta boutique ces jours-ci.

– Une fille a besoin de lait pour son thé et, hum, de Maltesers de temps en temps, avait-elle répondu en désignant le comptoir où elle avait posé ses achats.

– Ne travaille pas trop. Il ne faudrait pas que tu retombes malade. Et nous avons encore ces leçons de Guinness à te donner un de ces jours.

Il avait souri et le cœur de Libby avait chaviré.

– Dès que j'ai une heure ou deux de libres, je te préviendrai. Peut-être l'année prochaine ?

Si elle ne s'était pas trompée, elle avait vu un éclair traverser son visage, de la déception peut-être ? Quand Noah fut parti, et que Libby eut lancé un café, Harry s'était penché sur le comptoir et avait pris la parole :

– Qu'est-ce qui se passe entre vous deux ?

Libby s'était retournée pour regarder Harry, tout en luttant contre la rougeur qui lui était montée aux joues.

– Il ne se passe rien, Harry. On est juste très occupés.

Harry avait ri, un gros rire qui avait résonné dans toute la boutique.

– Libby la libraire, c'est la plus grosse sottise que j'ai entendue de toute ma vie. Il n'y a aucune chance que tu me regardes de la manière dont tu le regardes, et il en va de même pour lui.

Ça fait un bon moment que je suis dans le coin et j'ai observé bien des choses. Par exemple, il y a une façon de regarder quelqu'un quand on essaie de l'éviter… Ou il y a le regard que l'on porte sur quelqu'un quand on l'aime vraiment, mais alors vraiment bien, mais que l'on est effrayé.

– Tu as tort, Harry, avait dit Libby.

Si elle le disait avec assez de conviction, elle était convaincue d'y croire elle-même.

– Bon, je suis très occupée, alors si je pouvais payer mes courses, je te ficherais la paix.

– Vas-y, avait répondu Harry. Mais souviens-toi que ce n'est pas aux vieux singes qu'on apprend à faire la grimace.

Elle lui adressa un petit sourire. Elle voulait lui dire de la lâcher, mais elle préféra retourner travailler. Plus tard, elle accusa réception de sa nouvelle machine à café. Les jours du jus de chaussette, couleur marron sale, vendu dans l'épicerie de Harry, furent comptés.

Puis, elle avait passé une heure à culpabiliser de s'être irritée contre Harry, qui était un homme gentil et le noyau de la communauté d'Ivy Lane. Elle irait le voir plus tard pour lui apporter des scones qu'on lui avait livrés pour dégustation.

***

Au bout de quatre semaines de dur labeur, Libby souffrait d'une extrême surcharge de travail, doublée de claustrophobie.

Jess ressentait à peu près la même chose. Qui plus est, elle s'épuisait à se demander si elle devait ou pas contacter Ant. Celui-ci lui avait envoyé deux messages WhatsApp la semaine précédente, pour lui demander de ses nouvelles et lui proposer un café, mais elle n'était pas sûre de ce qu'il convenait de lui répondre. Jess voulait dire oui, mais elle avait peur de faire fausse route.

Sa meilleure amie avait, elle aussi, besoin de se détendre.

Le téléphone de Libby émit un « ping » aigu.

Ça te dit de sortir ? Une vraie sortie ? En ville ce soir ?

Elle le lut sur fond d'étagères que l'on transportait dans la librairie pour les monter. Il ne restait que trois semaines avant l'ouverture, la boutique prenait vraiment forme. Craig matérialisait son design et, dans quelques jours, le fonds de livres arriverait. Elle se sentait d'humeur à lâcher la vapeur.

Elle évalua l'effort à fournir pour se rendre présentable un vendredi soir. Elle portait pour l'instant un short couvert de poussière et un T-shirt autrefois blanc. Ses cheveux étaient maintenus en arrière par un bandana. Il y avait aussi une odeur infâme et mystérieuse dans la pièce, qu'elle suspectait fortement émaner de sa personne. Il avait fait chaud toute la journée, elle avait dû déplacer des meubles lourds, et l'heure consacrée à passer l'aspirateur et la serpillière dans l'appartement (qui commençait à ressembler à un espace habitable) l'avait mise en nage. Elle avait mal partout. Elle mourait d'impatience de prendre une douche chaude ou de se glisser sous la mousse d'un bon bain pour sentir ses muscles se détendre.

C'était bien tentant de se faire belle et d'aller se détendre avec sa meilleure amie. Elle avait oublié la dernière fois qu'elle s'était maquillée ou avait porté des talons. Depuis trop longtemps, elle arborait le look de Rosie la riveteuse, et elle languissait de se sentir fraîche et féminine. Et bon sang, elle mourait d'envie de s'amuser. Avec Jess, elle pouvait montrer au monde quel genre de fille moderne, indépendante et culottée elle était. Elles pourraient se la jouer Carrie Bradshaw et Samantha Jones.

Libby appela son amie.

– OK, sur Silver Street à vingt heures ? On pourra réfléchir à partir de là ? dit-elle avant que Jess n'ait eu le temps de dire bonjour.

– Ça, c'est un bon plan. Revêts tes plus beaux atours !

– OK. En aucune circonstance, nous ne devons nous trouver dans les environs d'Ivy Lane, ni près des plages d'Inishowen. Tu m'entends ? Quel que soit notre degré d'ébriété !

– Marché conclu. Et j'ajoute qu'aucun texto ne devra être envoyé de nos téléphones, surtout après avoir consommé de l'alcool.

– C'est un plan fiable, s'esclaffa Libby, compte sur moi. Tu es une bonne amie, Jess. J'espère que tu le sais.

– Bien sûr que je le sais. Et, oui, je suis la meilleure, dit Jess d'un ton taquin, avant qu'elles ne se saluent.

Ensuite, Libby s'apprêta à programmer sa transformation.

***

Une fois prête, elle n'était pas tout à fait une sirène, mais elle paraissait assez convenable quand même. Elle avait enfilé une robe de style *fifties* à bretelles, évasée à partir de la taille, bleu pâle avec des motifs de cerise et un nœud rouge sur la poitrine. Elle avait ajouté un foulard rouge, des ballerines rouges et bien sûr une touche de rouge à lèvres rouge sang. Confiante, elle avait réussi à coordonner un look désinvolte un peu rétro. Elle sortit un boléro crème de la commode et le drapa sur ses épaules, elle vaporisa un peu de Jo Malone, bois de cèdre et genévrier, avant de descendre et de lancer à ses parents qu'elle sortait avec Jess.

– Tu vas sur Ivy ? demanda sa mère.

Libby perçut la pointe d'espoir dans sa voix. Sa mère n'avait cessé de lui vanter les mérites de Noah depuis qu'ils s'étaient rencontrés, bien que Libby lui eût répété que rien ne se passerait entre eux.

– Non. On va en ville boire un verre. Rien de fou. Juste envie de relâcher un peu la pression, maintenant que la librairie est dans les délais, répondit Libby en passant la tête par la porte.

– Et l'appartement, ma chérie ? Comment ça se passe ? demanda sa mère.

– Eh bien… on y arrive. Les sols de la cuisine et de la salle de bains ont été posés ce matin. Ils vont bien avec les équipements que Craig a dénichés. L'appart a une bonne tête maintenant, mais franchement, je dois me concentrer sur la boutique pour la terminer en temps voulu. Je suis ce stupide cours de barista la semaine prochaine, et ça va m'éloigner quelques jours. Au moins, je sais où dormir jusqu'à ce que tout soit réglé.

L'expression de ses parents la surprit un peu. Ils rougirent et croisèrent leur regard avant de baisser les yeux. Leurs mouvements étaient tellement synchrones, on aurait dit qu'ils les avaient chorégraphiés.

– Bien sûr, ma chérie, intervint sa mère en premier.

– Tu seras toujours chez toi ici, confirma son père. Mais je suis certain que tu adorerais avoir ton espace à toi. Pas de pression, hein. Je le dis en passant, si tu as besoin d'aide pour sortir tes meubles de la remise ou pour déménager, tu n'as qu'à demander.

Libby sourit. C'était si gentil de la part de son père d'être si attentionné, mais elle ne voulait pas lui donner plus de boulot.

– Papa, franchement ! Je vais y arriver. Vous en avez déjà bien assez fait tous les deux, je ne pourrai pas t'en demander plus.

Sa mère s'éclaircit la gorge.

– Eh bien, en fait, Libby, ce n'est pas toi qui demandes. C'est nous qui te le proposons. Avec tout l'amour du monde.

Tu sais, nous nous sommes habitués à avoir cette maison pour nous, et je pense que nous tirerions tous un avantage à avoir notre propre espace et notre intimité à nouveau.

Le visage de sa mère vira à l'écrevisse, tout comme celui de Libby, à l'instant où elle réalisa ce que sa mère disait.

Une image spontanée de ses parents en train de se balader nus dans la maison s'infiltra dans son esprit, une image qu'elle chassa aussi vite que la suivante (*Oh, mon Dieu !*) qui les mettait en scène en train de faire l'amour sur la table de la cuisine. Elle en était arrivée à tenir la chandelle dans la vie de ses parents. Elle grimaça intérieurement et peut-être même extérieurement à cette pensée. Elle était si désinvolte dans la préparation de l'appartement et tellement préoccupée par la librairie qu'elle n'avait jamais réfléchi au fait qu'ils avaient peut-être envie qu'elle déménage.

– OK. Bon. Je vais m'y mettre. Dès que la douche sera installée et les moquettes posées, j'emménagerai. Tout le reste pourra se faire, même si j'habite à la librairie.

– Oh, il n'y a pas d'urgence, dit sa mère, le visage toujours cramoisi.

Mais Libby savait qu'il y avait clairement urgence.

***

– Cela ne veut pas forcément dire qu'ils veulent la maison pour des moments coquins, dit Jess, tandis qu'elle essayait de retenir un fou rire.

Elle sirotait son deuxième daïquiri à la fraise.

Libby avait dit au barman d'avoir la main lourde sur le rhum, alors elles le buvaient lentement, mais les effets thérapeutiques se faisaient déjà sentir.

Libby frissonna en revoyant l'image de ses parents dans un « moment coquin », et elle ne put s'empêcher de rire devant l'air amusé de Jess.

Son amie poursuivit :

– Peut-être qu'ils veulent profiter d'une bonne partie d'échecs ou de croquet sur le gazon sans que tu les observes ?

– Tu crois que mes parents sont des naturistes non avoués ? Toute cette période, que j'ai passée à la maison pour économiser, tu penses que ça les démangeait de retirer leurs fringues et de déambuler dans le plus simple appareil ?

– L'été est presque fini, Libby ! Tu leur as volé la meilleure saison de leur naturisme ! Je n'imagine pas ça très agréable en hiver.

– Pas quand ma mère contrôle le chauffage central, acquiesça-t-elle.

Quand elles passèrent à leur troisième boisson, sans trait de rhum supplémentaire cette fois, Libby raconta à Jess, d'un ton plus sérieux, qu'elle devait mettre l'appartement en état.

– Je surveille mon budget maintenant. Je vais le rénover moi-même. Je peindrai dimanche. Si tu es habile avec un pinceau, je nous récompenserai par un bon dîner ensuite ?

Jess gigota, l'air gêné.

– Je suis désolée, Libby. Je ne peux pas. Je dois aller à une journée de cohésion d'équipe dans le Donegal, elle aura lieu comme prévu, c'est sûr, et je ne peux pas me désister, euh… c'est sûr !

– Pas de souci, dit Libby en ravalant sa déception. Je suis une femme forte et indépendante, je peux repeindre mes murs toute seule.

– Tu sais, je suis sûre que tu pourrais trouver un voisin ou deux pour t'aider ? suggéra Jess, un sourcil arqué.

Libby leva une main pour faire signe à son amie de se taire.

– Nous ne sommes pas autorisées à mentionner les voisins ou les hommes du comté de Donegal. C'est la règle. C'est une injonction !

Jess lui adressa un salut et aboya un « *Yes, Sir !* » d'un ton militaire.

Trois heures plus tard, elles dansaient sur un morceau des Destiny's Child qui évoquait les femmes indépendantes (Jess avait demandé au DJ de la passer). Libby estimait qu'elle avait une chance exceptionnelle et qu'elle n'avait absolument pas besoin d'un homme dans sa vie. Tout irait bien pour elle. Elle gérerait son affaire. Elle vivrait seule dans son appartement, qui certes n'aurait pas la palme de la peinture, mais qui serait son foyer. Elle irait tout à fait bien.

Elle tourbillonnait sur la piste, mains en l'air, et elle était heureuse comme rarement. Aux anges d'avoir enfilé des chaussures plates, elle exécuta ses meilleurs pas de danse. Au moment où un videur baraqué vint leur demander, un brin amusé, si elles n'avaient pas de maison, elle était complètement soûle et avait aussi mal partout, à cause de la séance d'aérobic la plus énergique depuis des années.

Jess n'avait pas été aussi raisonnable quant au choix de ses chaussures. Les filles n'étaient pas plus tôt dehors, sur le trottoir, qu'elle avait retiré ses talons de sept centimètres et demi et qu'elle émettait un gémissement quasi orgasmique, sous le coup du soulagement que le sol froid et plat procurait à ses plantes de pied.

– Taxi, marmonna-t-elle, les yeux clos, un doigt pointant dans la direction d'un taxi plein à craquer, de l'autre côté de la rue.

– Tu n'habites qu'à dix minutes, dit Libby. On irait plus vite à pied.

– Alors, Je te préviens, Libby. Si tu me fais marcher jusque chez moi sur mes pauvres pieds réduits en bouillie, je mets fin à tes jours.

Jess ne se mettait pas souvent en colère, mais avec un certain nombre de verres dans le gosier, elle libérait son Dr Jekyll intérieur. Alors, mettant sa logique bancale de côté, Libby laissa son amie enrouler ses bras autour de son épaule et boiter sans grâce vers la station de taxis. Là, Jess s'assit sur le trottoir et se contenta de se traîner sur les fesses au fur et à mesure que la queue avançait.

L'odeur de chips sel et vinaigre fraîchement préparées flottait lourdement dans l'air, tout comme le délicat parfum d'au moins cinquante personnes à l'haleine chargée d'alcool, qui avaient transpiré des litres dans un pub ou une boîte. Quelqu'un commença à entonner *Angels* de Robbie Williams. Elles atteignaient l'apogée du « *And throooouuugghhh it aalllll* », lorsque Libby sentit qu'on lui tapotait l'épaule.

Elle se retourna et, à travers des yeux vitreux, elle vit que Jo lui souriait, un paquet de chips dans la main, que, légèrement pompette, elle agitait dans sa direction.

– Libby ! s'exclama-t-elle avec l'enthousiasme de l'ivresse. Tu veux une chips ? Tu es sortie ce soir ?

– J'ai eu une soirée de congé, alors je me suis dit que j'allais en profiter au maximum.

Tu retournes sur Ivy Lane ? Je peux partager le taxi avec toi ? Je dors avec Noah ce soir... Enfin, pas dans le même lit, grimaça-t-elle, avant de rire.

Libby essaya de chasser de son esprit l'image de Noah dans son lit et se concentra sur ce qu'elle faisait.

– Désolée, je ramène mademoiselle à son appartement. Je vais certainement rester là-bas pour être sûre qu'elle va bien.

Mais on peut partager quand même et tu finiras le trajet toute seule. On va à peu près dans la même direction.

– Ce serait génial, dit Jo en agitant le sachet de chips sous le nez de Libby.

Cette fois, elle ne put résister et en prit une, mordit dedans et regretta de ne pas avoir un paquet entier pour elle.

– Mes potes vont dans une direction complètement différente, ajouta Jo.

Elle fit signe à un groupe de personnes en face, qui sourirent et lui firent signe en retour, avant de replonger la main dans leur paquet de chips.

– Pas de problème, dit Libby en souriant.

– Tu es sympa, ajouta Jo avec un sourire, avant que son visage ne s'assombrisse un peu. Mais tu vas bien ? Je ne t'ai pas beaucoup vue au pub ces dernières semaines. Je sais que tu es occupée, mais il y a autre chose ? Tu ne t'es pas disputée avec Noah, au moins ? Je lui ai demandé si quelque chose clochait, mais il m'a dit de m'occuper de mes affaires.

Elle haussa les épaules et mangea une autre chips, avant de proposer le paquet à Libby.

– Noah ne me dit jamais de m'occuper de mes affaires. Enfin, rarement. Mais il passe la serpillière aussi et je l'ai vu fixer la librairie avec nostalgie. Il s'est mis à emmener Paddy faire de longues balades, ce qu'il fait quand il a quelque chose qui le travaille.

Libby prit une chips particulièrement riche en vinaigre. Elle profita du temps passé à la mâcher pour réfléchir à sa réponse. Son cerveau était brumeux à cause de l'alcool et elle ne voulait pas qu'une histoire remonte aux oreilles de Noah. Il fallait peser ses mots et éviter de dire à Jo que son frère la rendait folle, mais qu'elle ne pouvait se permettre aucune distraction parce que, parce que… À une heure trente du matin, avec un système sanguin qui baignait dans l'alcool et les paroles de Robbie Williams qui nageaient dans la tête, elle trouvait difficile de se rappeler pourquoi.

Par chance, une voix en provenance du trottoir intervint :

– Tout roule, bafouilla Jess. Libby, la meilleure amie du monde entier, est très occupée par la librairie. Et l'appartement. Et tu vois, ses parents sont peut-être naturistes, alors elle doit déménager *rapido*.

Jess tenta de faire claquer ses doigts sur « *rapido* », mais sa motricité fine en avait pris un coup à ce stade. Elle se contenta de fixer l'endroit où son pouce et son index auraient dû se rejoindre.

– Hé, Jo, tu es douée avec un pinceau ?

Chapitre 28

Home

La Libby à la gueule de bois félicitait la Libby éméchée. Pas uniquement parce que la Libby éméchée avait retiré presque tout son maquillage avant de s'écrouler sur le lit de la chambre d'amis, mais aussi parce qu'elle avait avalé deux comprimés de paracétamol et, d'après ce qu'elle voyait, pratiquement une pinte d'eau entière. La Libby à la gueule de bois se sentait encore du côté obscur, mais pas aussi mal qu'elle aurait pu être.

Pas aussi mal que Jess. Libby entendit une plainte grave en provenance de la chambre de son amie et, peu de temps après, un bruit de chute et un « Aïe ! ». Quelques secondes plus tard, elle entendit Jess longer le couloir à pas lourds en direction de la cuisine, et marmonner quelque chose à propos de sa bouche qui était sèche comme une botte fourrée de paille.

Tenant son verre vide, Libby se fraya un chemin jusqu'à la pièce à vivre où Jess essayait de lancer un café, tout en bavant sur une canette de Coca Light comme si sa vie en dépendait.

– Salut, dit Libby, d'une voix basse et enrouée.

– Il y a du Coca Light au frigo, grommela Jess. J'essaie de préparer du café. Et des toasts. On prend des toasts, hein ? Les glucides sont thérapeutiques tu sais, et je suis médecin !

Jess se tourna pour faire face à Libby. Elle n'avait pas retiré son maquillage, mis à part les vestiges laissés sur son oreiller, et ses yeux étaient ourlés de rouge à cause de la fatigue.

– Et je suis sûre d'avoir du dioralyte quelque part. Bien que là, tout de suite, une perfusion de solution saline serait plus utile.

C'était génial d'avoir Jess et ses connaissances médicales de son côté pendant les pires cuites. Au début de leur vingtaine, elle était une légende. Elle transmettait à ses amis tous les traitements qu'elle venait d'apprendre. Amis qui profitaient de leur jeunesse en buvant avec excès au moins trois soirs par semaine.

– C'était une bonne soirée quand même, dit Libby en appliquant pour se rafraîchir la canette de Coca glacée sur les points de pulsation.

Une autre journée chaude. Elle était certaine de transpirer de l'alcool à quarante degrés.

– En effet. Toute la soirée. Ce dont je me souviens en tout cas. D'ailleurs, tu sais où sont mes chaussures ?

– Tu les as échangées avec une femme contre sa place dans la file de taxi. Tu lui as dit que ta vessie avait atteint le « maximum de sa capacité ».

– Flûte ! lâcha Jess. C'étaient des bonnes chaussures. Je te jure. Elles m'ont complètement estropiée, mais jolies à regarder.

– Tu m'as dit hier soir que si tu évoquais l'idée de les porter encore une fois, je devrais m'en servir pour te cogner la tête.

– Ah oui ?

Libby acquiesça.

– Tu étais très bruyante à ce sujet.

Jess se pinça l'arête du nez, puis rit :

– Oh, mince, Libby. Quand était-ce la dernière fois où on est sorties et qu'on s'est amusées comme ça ? Quand est-ce qu'on est devenues aussi sérieuses ?

– Probablement juste après une gueule de bois comme celle-là, gémit-elle, avant de demander à Jess du dioralyte, connu pour ses vertus réhydratantes. Et vite !

– Double dose, dit Jess. On doit virer cette vilaine gueule de bois avant demain. La cohésion d'équipe, c'est déjà affreux dans de bonnes conditions, alors le lendemain d'une gueule de bois, c'est cauchemardesque…

– Il faut que je dégage cette gueule de bois avant l'heure du déjeuner, expliqua Libby. Je ne peux pas prendre une journée de congé sans mettre les pieds à la librairie… ou à l'appart, maintenant que j'ai des ordres en provenance de la maison. Gueule de bois ou pas.

– Je suppose, dit Jess avec une grimace. Mais au moins, tu auras l'occasion de peaufiner ton projet avec Jo pour demain.

– Mon projet ? Avec Jo ? Demain ?

Un vague souvenir flotta dans la mémoire de Libby. Un truc après avoir mangé des chips et avant que Jess ne lui tende ses chaussures ? Une adorable Jo et une Libby pleine de promesse avaient proclamé qu'elles s'aimeraient pour toujours. *Oh, bon sang !*

– Qu'est-ce que j'ai fait, Jess ? demanda-t-elle, le ventre noué à cette pensée.

– Eh bien, tu lui as demandé de t'aider à peindre l'appartement, et ensuite (tu vas adorer ça) tu lui as demandé si elle pensait que Noah t'aiderait avec son van pour déplacer certains meubles parce que, et de cette partie je m'en souviens très clairement, tu l'aimais bien et tu avais envie d'être près de lui.

– Oh, l'horreur ! grimaça Libby, se remémorant des bribes de conversation en technicolor horrifique.

***

Durant la journée, Libby fut de plus en plus mortifiée d'avoir exposé ses sentiments les plus secrets. En fait, cela la consumait tellement qu'elle n'arrivait à rien faire, ni dans la librairie ni dans l'appartement. Elle passa une bonne heure assise sur le sol nu de son futur salon, les yeux dans le vague. Elle attendait qu'une once d'énergie fasse bouger son corps et lui permette d'avancer.

Un peu après quinze heures, quand la charge en glucides parut s'amenuiser, elle s'aventura jusqu'à l'épicerie de Harry pour acheter des chips Tayto au fromage et aux oignons, du Lucozade, plus un Twix *king size*.

– Dure nuit ? demanda Harry, en jetant un œil au teint blafard de Libby.

– Eh bien, c'était une bonne soirée, en vérité. Probablement une trop bonne soirée.

Harry bascula en arrière sur ses talons.

– Vous, les jeunes ! Tu sais, à mon époque, les femmes ne s'approchaient pas des bars et elles ne buvaient pas de pintes. Un minuscule demi, voilà ce qu'elles prenaient.

– Ah, Harry, vous n'êtes pas aussi vieux que ça ? Et pour sûr, il n'y a rien de mal à ce qu'une femme boive une pinte, si ?

– Bon d'abord, je suis aussi vieux que ça. Ce triste objet sous tes yeux est né pendant la Seconde Guerre mondiale, tu vois, dit-il en se désignant du doigt. Je suis né la nuit où les Allemands ont lâché les bombes sur Messines Park. « Quel vacarme cette nuit-là », avait l'habitude de dire ma mère. La seule fois où les Allemands ont frappé Derry. Quand j'étais petit, elle me grondait parce que je laissais traîner mes petites voitures partout et elle disait que les bombes de Messines avaient fait moitié moins de bazar que moi. Elle me donnait une bonne tape derrière l'oreille. À cette époque, il était acceptable de donner aux gamins une bonne tape derrière les oreilles. C'était une belle époque, Libby. Dure, mais belle.

– Plus dure pour les femmes quand même, vu qu'elles n'avaient pas le droit de se détendre avec une pinte à la main à la fin d'une longue journée, plaisanta Libby. Vous, les hommes, vous n'êtes pas faciles à vivre, vous savez !

– Ah, c'est certain, je le sais bien. Un petit Babychamp. C'était la boisson de Mary à l'époque. Je ne veux pas donner l'impression d'être misogyne, mais cela avait son charme. Ces boissons. Les minuscules verres dans lesquels on les servait.

Harry parut si nostalgique que Libby ne put se résoudre à lancer une diatribe sur les maléfices du patriarcat ou sur le droit des femmes. Harry était un homme gentil, mais il appartenait à une autre génération, celle de son grand-père. Elle l'imagina aussi courtois et respectueux des femmes que son grand-père adoré l'avait été. L'espace d'une seconde, elle ressentit une vague d'émotion qui menaça de la submerger. Ce fichu chagrin qui s'insinue en nous quand on s'y attend le moins ! Les affres de la gueule de bois ne l'aidaient pas non plus. Elle devait manger ce Twix rapidement et faire remonter son taux de glycémie.

– Mais Libby, je ne veux pas t'offenser toi et ton époque. Le monde a changé, je le sais. Et tout n'est pas mauvais. Alors ne te mets pas en colère contre moi et ne viens pas brûler ton soutien-gorge devant ma boutique ou quelque chose dans ce goût-là, dit-il avec un sourire effronté.

– Comme si j'allais faire ça, dit Libby en riant.

Il calcula le montant de ses courses et lui tendit son sac.

– Je ne t'ai pas compté le Twix, ma chérie. Je me suis dit que tu en avais plus besoin que moi.

Elle se sentit encore plus noyée par l'émotion. L'expression de Harry vira à l'angoisse en le remarquant.

– Ne sois pas bouleversée, ma belle. C'est seulement un Twix et il était presque périmé de toute façon.

– Vous êtes très gentil, Harry, renifla Libby. Vous avez été si gentil depuis mon arrivée ici, alors que rien ne vous y obligeait. Vous m'avez accueillie.

Le vieil homme rougit.

– Tu es l'une de nous, aujourd'hui. Tu es quelqu'un de bien, je le sais. Un ajout bienvenu à cette famille élargie. Noah avait raison à ton sujet, le jour de ton arrivée. Il a dit que tu étais un rayon de soleil. Je lui ai dit que c'est ce que j'ai toujours pensé de ma Mary. Le jour où elle est entrée dans ma vie, elle a apporté un rayon de soleil.

Cela suffit pour faire basculer Libby dans un véritable festival de sanglots. Harry, mortifié, se retrouva démuni, incapable de gérer cette crise émotionnelle. Il sortit de son comptoir et la prit dans ses bras, gêné. Il lui tapota le dos.

– Là, là, dit-il pour l'apaiser. Nul besoin de pleurer, ma belle. C'est gentil, ce qu'il a dit. Noah sait reconnaître une belle personne quand il en voit une.

Elle repartit en reniflant et en humant son Twix. Elle réfléchissait à sa gueule de bois et à sa fragilité émotionnelle. « Belle personne » ou pas, elle avait balancé sa chance de trouver l'amour à cause de ce stupide rêve d'ouvrir une stupide boutique pendant cet été stupide.

Bien sûr, quelques heures plus tard, quand elle fut de retour dans sa chambre (qui avait maintenant un avis d'expulsion virtuel sur la porte), la culpabilité de Libby céda la place à la haine de soi pour avoir pensé du mal de la librairie et de la rue et de l'été.

C'était samedi soir et elle s'apitoyait sur son sort. Elle parcourut son téléphone, essaya de réfléchir : qui appeler pour se lamenter ? Elle avait déjà parlé à Jess. Son amie, à l'article de la mort, projetait de dormir dans l'espoir de se sentir vaguement humaine le lendemain.

Le seul prénom qui lui venait à l'esprit, à sa grande surprise, était celui de Noah. Même si la perspective de passer du temps avec lui l'effrayait, ne pas le voir et l'éviter activement lui faisaient encore plus peur. Il la comprenait, elle et son besoin de s'intégrer. Elle repensa à sa conception d'Ivy Lane : l'endroit où il était enfin en sécurité, chez lui ; l'endroit qui l'avait aidé à se remettre de sa tragédie. Elle le comprenait. Elle le ressentait aussi.

Mais non. Elle ne lui enverrait pas de texto. Surtout pas maintenant, dans un tel état d'émotivité, avec un tel manque de tendresse. Elle le verrait assez tôt, songea-t-elle, grâce à Jo et grâce à sa grande bouche.

Libby se demanda si Jo avait répété ses paroles à Noah. Peut-être que Jo était aussi pompette qu'elle, et sa mémoire embrumée. Au mieux, elle n'aurait aucun souvenir. Noah ne savait peut-être pas qu'il allait devoir l'aider, ni que Libby avait des sentiments pour lui.

Elle envoya un rapide message WhatsApp à Jo. Elle s'était organisée autrement et elle espérait que Jo n'avait pas la même gueule de bois qu'elle. Puis elle écrivit :

Je me souviens à peine de ce que j'ai dit hier soir, j'ai dit les pires bêtises. Je n'en pensais pas la moitié.

Jo ne répondit pas.

Chapitre 29

Confessions d'une accro du shopping

Un peu après quinze heures, le dimanche, Libby se maudissait de ne pas avoir acheté assez de peinture mate ou de colle à papier peint. Soudain, elle entendit un coup frappé à la porte de l'appartement.

Elle déposa son rouleau de peinture et descendit l'escalier avec lenteur. Elle essuya la transpiration de son front, payant encore les excès du vendredi soir. Elle ouvrit la porte et tomba nez à nez avec Jo. Horrifiée, elle aperçut aussi Noah. Ils étaient plantés là, pinceaux à la main. Jo lui adressa un large sourire. Noah paraissait extrêmement gêné.

Tellement gêné que Libby sut avec certitude que Jo lui avait rapporté ses paroles. La gêne émanait de lui par vagues, et elle était quasi certaine de dégager les mêmes.

– Le rush vient de se calmer au bar, dit Jo. On est venus aussi vite que possible.

– Tu n'as pas reçu mon texto ? Tout est sous contrôle. Franchement, rentrez tous les deux, profitez de votre pause avant le coup de feu de ce soir, dit-elle en luttant pour regarder Noah.

– Ne sois pas bête, dit Jo, le sourire éclatant. L'union fait la force. En plus, quand je te regarde, je me dis qu'un peu d'aide ne te ferait pas de mal.

Libby regarda ses bras et ses mains éclaboussés de peinture. Les coulures colorées sur sa salopette.

– Tout va bien. De toute façon, je ne suis pas encore prête à déplacer les meubles. Je dois sortir pour acheter de la peinture. Alors, vraiment, vous perdez votre temps.

– Noah pourrait t'emmener acheter la peinture ? proposa Jo avec un sourire espiègle, qui lui valut un regard assassin de Libby et Noah. En fait, pourquoi on n'irait pas tous ?

Malgré sa réaction, Libby se sentit agacée par le regard de Noah. Voilà pourquoi c'était une mauvaise idée de rester près de lui, même cinq minutes.

– Je peux conduire. Et je peux y arriver toute seule. Allez-y, retournez au pub. Libérez le personnel ou prenez du temps pour vous.

Noah leva la tête, la dévisagea et soupira.

– Libby, nous savons tous les deux que Jo, ici présente, est assez tenace quand elle a une idée en tête. Alors, pourquoi est-ce qu'on ne se mettrait pas au boulot ? Ça ne prendra pas longtemps et ensuite tu seras débarrassée d'elle.

Jo croisa les bras sur la poitrine et sourit de contentement.

– Il a raison, tu sais. Ne t'inquiète pas, je serai là pour briser la tension évidente entre vous.

Libby rougit jusqu'à la racine des cheveux et secoua la tête. Elle n'eut d'autre choix que de dire :

– Laissez-moi attraper mon sac et mes clés, alors.

Et se retourna pour monter l'escalier.

– N'oublie pas de te débarbouiller le visage et les mains ! lança Jo.

Dès que Libby pénétra dans sa salle de bains nouvellement équipée, et qu'elle se regarda dans le miroir installé par Craig, elle comprit pourquoi. Une énorme tache de peinture blanche lui barrait le visage. Visage constellé de minuscules points blancs, qui mettaient en valeur les cercles foncés sous ses yeux, vestiges de sa gueule de bois.

– Et zut ! jura-t-elle, en frottant de son mieux pour enlever la peinture. Zut ! Zut et double zut !

***

Dans le van, le silence était assourdissant. L'amitié qu'ils avaient bâtie au fil des dernières semaines semblait évaporée. À la place, une gêne. Assise à côté de Noah, elle ne savait que lui dire, de peur d'aggraver la situation. De toute évidence, elle n'avait pas envie d'être là non plus.

– J'ai toujours adoré les magasins de DIY. Je sais, c'est un peu triste, mais j'adore ça. J'adore choisir la peinture, et regarder les équipements de cuisine et de salles de bains. Sans oublier le coin jardinerie. J'adore ça. En général, Noah déteste y aller, s'enthousiasma Jo. Pas vrai, Noah ?

– Ouais, répondit Noah.

Sa voix n'était pas bourrue, mais il ne semblait pas excité non plus. Fermement ancré dans la neutralité.

– Tu sais ce qu'il te faut ? Ou tu es ouverte aux idées ? demanda Jo.

– Pour l'instant, j'ai juste besoin de peinture mate et de vernis. Et de colle à papier peint. Je n'ai pas encore choisi toutes les couleurs, mais j'ai acheté un adorable papier peint pour un mur déco.

– J'adore l'idée d'un mur déco, approuva Jo. Pas vrai, Noah ?

– Ouais.

La situation virait de gênante à insoutenable.

– Je n'arrive pas à croire que le jour de l'ouverture approche, poursuivit Jo. Tu dois être dans tous tes états ? Tu as fait des miracles dans la librairie. J'ai toujours adoré son cachet, mais pour être honnête, je pensais qu'elle était irrécupérable. Mais tu as réussi !

– Eh bien, ça a été un gros boulot. Même après l'ouverture, elle ne sera pas finie. Je suis fière des travaux accomplis, mais j'ai toujours su que l'ouverture ne représentait que la moitié du chemin. La garder ouverte, c'est l'autre moitié. Tant de gens m'ont dit que je prenais un gros risque. Une librairie par les temps qui courent ? Qui entre encore dans une vraie librairie ? Mais tu vois, il faut que je tente le coup. J'ai mis tous mes sous dedans pour avoir le plus de chances de réussir.

– Pourquoi ? demanda Jo. Ne dénigre pas ton rêve. J'adore l'ambiance des librairies. J'adore aller dans un endroit où je peux tenir un vrai livre dans les mains, regarder les couvertures. Mais pourquoi c'est si important pour toi ?

– Mon grand-père, répondit Libby. C'était son rêve, et je suppose que j'essaie de le réaliser pour lui. En sa mémoire.

– Eh bien, c'est admirable, dit-elle avec douceur. Je suis certaine que tu le rends fier. Tu ne crois pas, Noah ? Tu ne trouves pas ça adorable ? Prendre un tel risque pour réaliser le rêve de quelqu'un d'autre ?

– Si, dit Noah, le regard fixé droit devant lui. Je trouve ça fantastique. Le symbole d'une personne.

À ces mots, le cœur de Libby se serra. Toutes ses émotions menacèrent de la déborder.

– C'est très gentil de ta part, dit Libby. C'est effrayant aussi. Je ne supporte pas l'idée de l'échec ni de devoir laisser tomber.

– Nous ferons notre possible pour que tu n'échoues pas, intervint Noah, les yeux toujours rivés droit devant lui.

Libby en profita pour essuyer une larme sans être vue.

***

Quelque part entre les seaux de peinture de taille industrielle et les papiers peints en exposition, Libby prit connaissance d'un texto de Jess.

OMG, tu ne croiras jamais ce qui est arrivé ! Appelle-moi !

Malgré tous ses efforts, elle n'y vit pas le signal pour lui téléphoner. Son amie se trouvait au beau milieu d'un séminaire de cohésion d'équipe, en plein comté de Donegal. Elle maudit son téléphone et le glissa dans son sac, en promettant d'appeler dès qu'ils auraient terminé, ce qui ne devrait plus durer très longtemps.

Libby se détendit à l'idée de retourner à l'appartement et de retrouver sa solitude. Mais, bien sûr, Jo avait d'autres projets et elle insista pour qu'ils s'arrêtent dans un bar pour boire un café et manger un gâteau.

***

Au bout de quelques minutes, son café toujours intact, Noah s'excusa pour aller passer des coups de fil dans son van. Il avait à peine posé un pied dehors que Jo se faufila plus près de Libby.

– Quoi de neuf ? demanda-t-elle.

– Quoi de neuf sur quoi ?

– Noah et toi ? Il y a des ondes bizarres entre vous. Je ne lui ai pas dit, tu sais. Que tu l'aimes bien. Si c'est ce que tu crois. Mais si tu veux mon avis, il le sait. Et si tu veux mon avis, il ressent aussi quelque chose. Quand Noah Simpson n'est pas bien en présence de quelqu'un, c'est pour deux raisons. Soit il l'aime, soit il le déteste. Et je sais avec certitude qu'il ne te déteste pas.

Libby regarda sa tasse, prit sa cuillère et entreprit de remuer son café, même si elle n'avait pas mis de sucre.

– C'est compliqué.

– Les choses sont toujours compliquées, dit Jo. Pense à toutes les situations importantes de ta vie. Certaines n'étaient-elles pas compliquées ?

Libby garda le silence. Jo marquait un point. Rien de ce qu'elle avait voulu intensément n'était arrivé facilement.

– Écoute... OK. Je l'aime bien. Ce n'était pas que l'effet de l'alcool. Mais cela n'a pas d'importance que je l'aime bien ou qu'il m'aime bien. Ce n'est pas le bon moment.

– Quand est-ce le bon moment ? demanda Jo, sourcil levé. Si on attend le bon moment pour agir, eh bien, on ne fait jamais rien.

– Je le sais. Et je suis d'accord, en grande partie, mais parfois c'est vraiment le mauvais moment. Je viens de rompre avec mon copain pour me concentrer sur mon affaire. M'impliquer avec quelqu'un, alors que je dois m'engager corps et âme pour être sûre que cette boutique marche, ce ne serait pas juste pour lui. À la condition qu'il veuille de moi. Je ne peux pas lui donner ce dont il a besoin, parce que je ne peux pas me permettre de me laisser distraire.

– Alors selon toi les deux ne peuvent pas coexister : le toi qui travaille et le toi amoureuse, déclara Jo, l'air sérieux. C'est dommage. Dans une vraie relation, les deux se nourrissent mutuellement. Tu as bien plus à gagner qu'à perdre. Elle lança un coup d'œil furtif à la porte, à l'instant où Noah entrait.

Le cœur de Libby bondit.

***

En montant dans le van, Libby se souvint du texto de Jess. Elle sortit son téléphone de son sac, se demandant s'il serait grossier de rappeler Jess en compagnie des autres. Impossible d'avoir un peu d'intimité dans la cabine du van. Elle opta pour un message.

Peux pas parler mtnt. Pouvais pas saisir le signal avant. Qu'est-ce qui se passe ? Raconte-moi ! Un scandale au séminaire ?

La réponse de Jess arriva deux minutes plus tard.

OMG, j'attendais ton message. Toujours coincée dans ce truc de cohésion mortel. Presque fini. Mais il faut qu'on parle. Devine qui j'ai vu ici ?? Ant ! Il m'a proposé de prendre un café, mais je ne le ferai pas si trop bizarre pour toi. On discute ce soir ?

Jess paraissait si excitée que Libby ne put s'empêcher d'être aussi excitée pour elle. Pourtant, la situation était un peu étrange. Elle la dépasserait. Et c'était juste un café. Pas une demande en mariage. Si une relation naissait entre eux, Libby aurait du temps pour s'adapter, pensa-t-elle.

Elle ressentit autre chose aussi. De la jalousie. Elle ne pouvait la combattre. Pas vis-à-vis d'Ant, loin de là. Mais Jess semblait heureuse et remplie d'espoir pour sa vie amoureuse, tandis que Libby était tiraillée entre sa tête et son cœur.

Elle renvoya un bref texto à Jess, lui disant qu'elle l'appellerait dès qu'elle pourrait, mais qu'elle devait absolument accepter l'invitation.

Tous trois gardèrent le silence durant le reste du trajet. Lorsqu'ils s'engagèrent dans la rue, tout changea en une seconde. Ils furent accueillis par les lumières bleues d'une ambulance et par une petite foule rassemblée devant l'épicerie de Harry.

– Arrête-toi ! s'entendit crier Libby, mais Noah s'était déjà rangé sur l'emplacement le plus proche et avait ouvert sa portière pour se précipiter au-dehors.

– Oh, Harry, qu'est-ce que tu as fait ? murmura Jo.

Chapitre 30

Nos étoiles contraires

Libby entra dans la boutique, sur les talons de Noah, Jo un pas ou deux derrière eux. Mme Doherty, qui habitait deux portes plus loin, se tenait près du seuil, les mains plaquées sur le visage.

– Harry ! lança Libby.

En regardant derrière Mme Doherty, elle vit deux pieds dépasser du comptoir. Une secouriste du Samu parlait dans une radio, et une voix désincarnée en provenance de derrière le comptoir demandait des médicaments, hurlait des chiffres et des termes médicaux.

– Je suis venue prendre de ses nouvelles. Il avait l'air un peu patraque ce matin… C'est comme ça que je l'ai trouvé, sanglota Mme Doherty.

Jo l'entoura de son bras et lui proposa une tasse de thé pour se remettre du choc.

– Je lui ai dit, je lui ai dit qu'il fallait ralentir le rythme. Qu'il ne rajeunissait pas. Des jeunes auraient fait quelques heures pour lui à la boutique. Vieux bouc têtu, sanglota-t-elle à nouveau.

Noah avança vers le comptoir, mais la secouriste, qui avait parlé à la radio, lui demanda de rester en retrait pour avoir de l'espace.

– Que lui est-il arrivé ? demanda Noah.

Elle le dévisagea avec compassion.

– Apparemment un malaise cardiaque. Nous faisons tout ce que nous pouvons. Une autre équipe est en route.

– Il ne respirait pas, sanglota Mme Doherty. J'ai fait de mon mieux. J'ai appelé à l'aide, mais il n'y avait personne dans la rue. J'ai essayé de faire un massage cardiaque… Je ne sais pas si je l'ai bien fait.

Noah resta planté au beau milieu du magasin, l'air démuni et perdu, tandis que Libby se retrouva paralysée. Figée sur place devant la boutique, des souvenirs du jour où son grand-père était décédé l'assaillirent. C'était un malaise cardiaque aussi. Il n'y avait pas réchappé. Elle se rappela avoir pleuré, alors que les médecins expliquaient ce qui s'était passé. Ils avaient fait leur possible. Mais il était parti. Et il n'était pas revenu. C'était la première fois qu'elle voyait son père pleurer, se balançant d'avant en arrière, pendant que son épouse essayait de le consoler, s'efforçant de dissimuler son propre chagrin et son choc.

– Il allait bien ce matin. Pas vrai, Libby ? Il allait bien quand vous avez fait cette balade tous les deux, avait dit sa mère.

Elle avait voulu lui dire qu'il s'était plaint de fatigue. S'ils étaient rentrés à la maison plus tôt, l'issue aurait-elle été différente ? Était-elle en partie responsable ?

Plantée là, dehors, devant la boutique, sa respiration devint haletante. Harry allongé au sol, sa vie menacée. Aurait-elle pu faire quelque chose ? Il avait l'air en forme quand elle avait discuté avec lui la veille, ou était-elle trop distraite par sa gueule de bois pour avoir remarqué quelque chose ?

– Y a-t-il quelqu'un que nous devrions contacter ? demanda la secouriste, interrompant le fil de ses pensées. De la famille ? Vous êtes de la famille ?

– Non… Non, nous sommes des voisins. C'est comme si on était de la famille… Mais non… il n'a personne, personne sur place, en tout cas, bafouilla Noah.

– Mais sa femme, Mary, dit Libby. On devrait la mettre au courant.

Noah se retourna pour la dévisager, l'air troublé.

– Mais Mary est morte, Libby. Elle est décédée il y a cinq ans, il est tout seul. Ses enfants vivent en Angleterre… Je n'ai pas leur contact…, dit-il en se tournant vers la secouriste. On veille sur lui ici dans la rue. Il est l'un des nôtres.

Libby n'arrivait pas à en croire ses oreilles. Cela ne pouvait pas être vrai. *Oh, bon sang, pauvre Harry.*

– Mais il parle d'elle tout le temps. Il n'a pas dit qu'elle était morte…

Jo renifla et lui prit la main.

– Oh, ma belle, il ne le dit à personne… Pas directement. Ce n'est pas un mensonge, mais il aime parler d'elle comme si elle était là. Ils étaient tellement amoureux, il ne supporte pas l'idée de vivre sans elle. C'est pour cela qu'il passe tellement de temps dans la boutique. Il déteste être seul chez lui… Oh, Harry…, dit Jo, la voix brisée.

Libby avait du mal à assimiler la situation. Elle avait le cœur brisé, pour Harry et Mary, pour son grand-père et pour elle. C'était elle, l'esseulée, maintenant.

– On a un pouls ! hurla la secouriste, alors que deux membres du personnel du Samu arrivaient et se frayaient un passage dans l'épicerie.

– Si vous voulez bien reculer, il nous faut de l'espace pour travailler, dit l'un d'eux.

Lentement, sous l'effet du choc, rechignant à laisser Harry seul avec des gens qu'il ne connaissait pas, ils évacuèrent le passage. Libby essayait de comprendre, submergée par la peur.

– Je vais avec lui à l'hôpital, lança Noah. Il ne faut pas qu'il soit seul. S'ils me laissent monter, j'irai dans l'ambulance.

– Je te suis en voiture, dit Libby.

– OK, OK, dit Noah, mais ses yeux ne quittèrent pas la porte de l'épicerie.

– Je resterai pour fermer le magasin, dit Jo. Je veillerai sur Mme Doherty. Quel choc pour elle.

– Elle l'a maintenu en vie jusqu'à l'arrivée des secours. Elle l'a sauvé, dit Noah.

***

Une heure plus tard, ils étaient assis sur des chaises en plastique bleu dans la salle d'attente surchauffée des urgences de l'Altnagelvin Hospital.

L'endroit était bondé : des enfants avec de vilaines coupures aux doigts, des adultes légèrement éméchés qui s'étaient blessés... Une télévision installée en hauteur passait BBC News. En silence, les sous-titres défilaient, légèrement décalés par rapport aux images, ce qui faussait le sens.

Noah fixait une tasse à moitié vide, avec au fond un reste de liquide brun foncé, censé être du thé. Libby ne savait que dire. Aux dernières nouvelles, Harry était toujours en réanimation. Jo avait réussi à remonter la piste des deux fils de Harry. Elle les avait avertis que leur père avait fait un malaise cardiaque.

Les pensées tourbillonnaient dans la tête de Libby. Pas seulement à cause des résonances avec la mort de son grand-père, mais aussi à cause de la disparition de Mary. Mary qui depuis le début n'était plus. Elle se remémora ses conversations avec Harry, où il parlait d'elle au présent. Une fois la journée de travail terminée, elle pensait qu'il rentrait auprès d'elle, trouvait le dîner servi et passait la soirée avec l'amour de sa vie.

Pauvre Harry. Était-il étonnant qu'il ait rechigné à terminer une conversation ? Elle culpabilisa d'avoir coupé court à leur discussion de la veille. Égoïste, elle languissait de retourner à l'appartement pour se recharger en glucides et se débarrasser de sa gueule de bois. Il avait toujours été bon avec elle. Veillant à la nourrir avec des biscuits « un chouïa périmés », des chips et, à l'occasion, un morceau de fromage qui, malgré les moisissures, avait certainement encore une « bonne semaine devant lui ».

Chaque fois que les portes s'ouvraient, elle levait les yeux, espérant voir surgir un médecin. Un médecin leur annonçant que Harry allait bien. Ni elle ni Noah n'étaient de la famille. Pas au sens biologique du terme. Une larme glissa le long de sa joue et elle essaya de l'essuyer, une main saisit la sienne et la lui serra.

– Il ira bien, tu sais, dit Noah, d'une voix basse et douce. Il est solide. Et on va veiller sur lui.

Libby acquiesça. Elle voulait le penser.

– Je n'arrive pas à croire que Mary est morte. Ce pauvre homme rentre chaque soir tout seul chez lui.

– Oh, non. Pas chaque soir en tout cas. Je le pensais, quand j'ai dit que les habitants d'Ivy Lane prenaient soin les uns des autres. Quelques voisins l'invitent pour le thé deux ou trois soirs par semaine. Mme Doherty ne lâche rien, elle lui dépose régulièrement de bons petits plats. Tu te crois peut-être la seule, Libby la libraire, mais je tiens de source sûre que Mme Doherty a les premiers choix en matière de sucreries périmées !

Libby se fendit d'un faible sourire.

– Certains gars l'embarquent au pub un ou deux soirs par semaine. Pas au Ivy, cela dit. Mon lieu est « pour les gens avec des idées plein la tête ». Et il refuse un dîner gratuit ou une pinte, d'ailleurs. Non, ils vont dans un « vrai pub » avec des moquettes collantes, une cible de fléchettes et une vague odeur de tabac, malgré l'interdiction de fumer qui date du déluge.

Noah lui serra la main.

– On veille les uns sur les autres. Et nous veillerons sur Harry. Je vais instaurer un roulement. Pour tenir sa boutique, jusqu'à ce qu'il se soit remis.

Libby admira son optimisme et regrettait de ne pas le partager. Elle savait, d'après son amère expérience, que tous les vœux ou les espoirs ne feraient aucune différence si le cœur de Harry avait décidé de lâcher. Pour l'instant, sans avis contraire, elle jouerait le jeu parce que c'était agréable et réconfortant.

– Je vous aiderai. Dis-moi comment.

– Ah, tu as assez à faire avec ta librairie, dit Noah. Je suis certain qu'on peut te donner une dérogation.

Libby secoua la tête et regarda Noah droit dans les yeux.

– Non, je suis sérieuse. Je ferai ma part. On veille les uns sur les autres. À Ivy Lane. Ce n'est pas comme ça que ça marche ? S'il faut repousser l'ouverture de la boutique, je la repousserai, et voilà. Certaines choses sont plus importantes.

Un air admiratif ou une pointe d'affection (difficile à dire) passa sur le visage de Noah. Libby savoura.

Même fatigué, le visage marqué par la tension de la dernière heure, il la remuait intérieurement. Si elle tentait sa chance, elle savait pouvoir aimer ce visage. Et ce visage lui donnait envie de tenter sa chance.

Elle était sur le point d'ouvrir la bouche, de dire qu'ils devaient discuter, lorsque les portes s'ouvrirent. Un médecin à l'air sombre fit un geste dans leur direction. Elle serra davantage la main de Noah. Ils marchèrent vers les doubles portes.

Chapitre 31

Le Messager

La pièce baignait dans l'obscurité, si ce n'était la lueur d'une petite lampe inclinable au-dessus du lit. Les seuls bruits provenaient du couloir à l'extérieur. Des pas. Le bip d'une alarme. Des bribes de conversation entre infirmiers. Dehors, la vie continuait, alors que dans cette chambre, elle était figée dans le temps.

Aux petites heures du jour, Noah dormait dans un fauteuil, son corps incliné comme la lampe au-dessus du lit de Harry. Libby s'émerveilla sur la jeunesse de ses traits, puis elle se réprimanda d'avoir osé de telles pensées alors qu'ils étaient ici avec Harry.

Elle tenait la main de Harry, ravie et soulagée de la sentir chaude.

– Continuez à faire comme ça, murmura-t-elle. Continuez à pomper ce sang et à garder vos mains belles et chaudes. Plus de frayeur. Plus de drame. Promettez-nous.

Harry n'avait pas recouvré conscience encore. Son teint était ce que sa mère appelait « buvard bouilli ». Libby ne savait pas ce qu'était exactement la couleur d'un buvard bouilli, mais elle ne lui paraissait pas très tentante.

Des câbles et des tubes entraient en lui, des câbles et des tubes sortaient de lui. Son rythme cardiaque décrivait des pics et des creux sur le moniteur à côté du lit. Les lignes rouges stables indiquaient certes que tout allait bien, mais il ne fallait pas être dupe. D'après les mots du médecin, Harry était un « homme très malade ». Il avait fait un infarctus. En fait, c'était probablement la vivacité d'esprit de Mme Doherty et son massage cardiaque qui l'avaient gardé en vie. Il subirait un pontage, mais pour le moment, son état était stable. Il allait traverser une longue convalescence, il lui faudrait lever le pied. Plus d'ouverture à six heures du matin. Plus de travail quatorze heures par jour, six ou sept jours par semaine. Il allait devoir s'économiser.

Il n'était pas encore au bout de ses peines. Libby s'accrochait à la pensée que Harry était un combattant. Il avait réussi la première course d'obstacles. Elle ferait de son mieux pour s'assurer qu'il franchirait tous les autres.

Noah et elle s'étaient convenus de rester toute la nuit et de prendre une heure de sommeil à tour de rôle sur le fauteuil. Les enfants de Harry arriveraient dans la matinée. Jo avait déjà rameuté une armée de voisins, désireux de garder la boutique ouverte, quoique sur des horaires réduits.

Cette nuit avait épuisé Libby, elle était essorée. Elle regrettait amèrement que ses étreintes avec Noah n'aient pas duré plus longtemps.

Parfois, ils reprenaient leurs manières spontanées et leurs plaisanteries taquines, et son cœur se serrait. Malgré tout, le chevet de Harry n'était pas l'endroit approprié pour lui avouer ses sentiments. Surtout alors que leur vieil ami était si souffrant.

Le matin venu, Mme Doherty arriva pour prendre le relais. Noah et Libby étaient rincés d'épuisement. Luttant pour garder les yeux ouverts, Libby fit le trajet du retour. Noah allait grappiller deux heures de sommeil avant le rush du déjeuner. Libby regarda la librairie et les fenêtres de son appartement.

Elle regretta que ses meubles ne soient pas installés et qu'elle ne puisse pas se vautrer sur son lit.

Elle ne pouvait même pas rentrer chez elle. Il fallait qu'elle reste près de la boutique en cas de problème.

– Viens chez moi, l'invita Noah. Pas d'arrière-pensée. Juste pour dormir. Je prendrai le canapé, tu prendras mon lit. On a eu une nuit difficile tous les deux, Libby. Inutile que la journée le soit encore plus.

Trop fatiguée pour argumenter, elle acquiesça et le suivit en haut de l'escalier en colimaçon, sur le côté du bar. Son appartement était douillet et, encore plus surprenant, joliment décoré.

– La chambre est au fond, deuxième porte à gauche. À moins que tu ne veuilles une tasse de thé décente ou quelque chose d'autre avant.

– Je suis trop fatiguée pour envisager un thé, sans parler de l'effort qu'il me faudrait pour le boire.

– Merci mille fois, répliqua Noah, parce que je suis loin d'avoir l'énergie pour le faire.

Assis sur le canapé, il enleva ses chaussures et tira sur lui une couverture en tricot bleu sarcelle qui reposait sur le dossier. Le canapé était beaucoup trop petit pour lui permettre de s'allonger complètement, mais cela n'aurait pas été correct de l'inviter dans le lit à côté d'elle. Incorrect et bien trop tentant.

– Pourquoi tu ne me laisserais pas le canapé ?

– Chut, femme, dit-il d'un ton taquin. Je dors déjà.

Elle sourit et se retourna, entra dans la chambre, retira ses chaussures et grimpa dans le lit, où l'épuisement et le parfum de Noah finirent par la bercer.

***

Ce fut un peu étrange d'être réveillée par une voix masculine. Libby lutta pour ouvrir les yeux, priant désespérément pour cinq minutes supplémentaires ou… cinq heures. La pièce était floue, le lit chaud et confortable, mais elle ne pouvait ignorer son prénom répété par une voix vaguement familière. Elle leva la tête et aperçut Noah, debout dans l'encadrement de la porte, les yeux vaseux, incroyablement beau. Il s'étirait et l'exhortait à se réveiller.

– Je déteste te réveiller, mais d'après Jo, Craig te cherche. J'ai pensé que tu aimerais te rafraîchir un peu d'abord ?

Libby songea à la tête qu'elle devait avoir. Elle devait sentir mauvais aussi, après les heures passées dans cet hôpital surchauffé, l'absence de douche et d'accès à une brosse à dents. Son maquillage de la veille était toujours quelque part dans le voisinage de son visage, elle portait ses vêtements éclaboussés de peinture et elle doutait que son déodorant ait encore un quelconque effet.

– Je dois ressembler à rien, marmonna-t-elle.

– Franchement, tu as eu de meilleurs jours, sourit Noah. Certains d'entre nous peuvent garder leur apparence intacte vingt-quatre heures d'affilée, d'autres pas. Ne sois pas jalouse.

Il renifla ses aisselles et afficha un air dégoûté avant de rire.

– Tu vois, je suis frais comme une fleur.

Libby ne put réprimer un rire.

– Ça t'embête si je me rafraîchis ici ? Si je prends une douche ? La douche n'est pas raccordée de l'autre côté de la rue, et je n'ai pas de serviettes, d'ailleurs.

Il rougit un peu.

– Bien sûr, prends une douche. Il y a des serviettes propres sur le porte-serviette. Si tu ouvres le placard de la salle de bains, tu trouveras des déodorants de Jo. Je suis certain que ça ne l'embêtera pas que tu t'en serves. Et il y a des brosses à dents neuves aussi. Fais comme chez toi.

– Merci.

– De rien. Merci, Libby. D'être restée hier soir.

– Ce n'est rien.

Il hocha la tête.

– Ce n'est pas rien. Cela compte beaucoup pour Harry, et cela compte beaucoup pour moi aussi. Je ne suis pas un grand fan des hôpitaux. Trop de souvenirs, et pas des bons. Ma famille, tu vois… Ils sont morts…

Libby fut submergée par la honte. Elle était tellement accaparée par le souvenir de son grand-père qu'elle n'avait même pas pensé au traumatisme de Noah, à la tragédie de sa vie.

– Tu as traversé tellement de drames, dit-elle.

Aucune parole n'était susceptible d'apporter du réconfort après de telles pertes.

– Oui, en effet. Mais quoi qu'il en soit, merci. Maintenant, dépêche-toi de prendre cette douche !

Elle aurait voulu dire autre chose, mais elle ne trouva pas les mots. Alors, elle hocha la tête et se dirigea vers la salle de bains.

***

Craig avait fait des miracles. Il avait fixé les étagères aux murs comme elle le voulait, et installé une série de modules de tailles différentes, pour correspondre aux différentes hauteurs de livres. Il y avait même un petit espace coloré destiné aux enfants. Libby avait le projet d'apporter le vieux fauteuil de son grand-père dans la boutique, une fois capitonné à neuf, et de le placer dans le coin enfants, pour que les parents puissent leur faire la lecture.

L'étagère du coin bar et une vitrine pour de futurs en-cas étaient aussi installées. La petite cuisine contenait des placards assortis à ceux de son appartement.

Ce n'était pas terminé, mais presque. Le cœur de Libby se gonfla de joie. Par-dessus tout, Craig paraissait heureux de son travail. La librairie faisait partie de ses chantiers préférés. Bien que simple visiteur d'Ivy Lane, la maladie de Harry le toucha et il dit qu'il ferait son possible pour apporter son aide. Il proposa même les services de sa fille pour tenir la boutique le week-end.

– C'est une chouette fille. Douée pour les chiffres et elle ne passera pas son temps à mâcher du chewing-gum en fixant son iPhone. Elle serait heureuse de travailler, dit-il.

Libby se promit de glisser quelques livres dans la main de la jeune fille. Si elle était intéressée, elle l'embaucherait même pour l'aider à la librairie.

Son appartement serait très vite prêt, et la communauté se mobilisait autour de Harry. Elle en eut les larmes aux yeux. Pendant qu'elle travaillait à un rythme ralenti par la fatigue, elle songea à la fragilité de l'existence. Rien ne durait toujours. Ni l'argent. Ni la santé. Ni l'amour.

Aux alentours de quinze heures, son téléphone bourdonna. Elle râla en voyant le prénom s'afficher sur l'écran. Jess ! Elle avait promis de la rappeler dès qu'elle reviendrait à Derry, mais avec tout ce bazar, la frayeur de cette nuit, et l'épuisement de la journée, elle l'avait oubliée. Elle jura à voix basse. Et si Jess la trouvait égoïste, si elle la croyait en colère à propos d'Ant et de son invitation ? Elle ne pourrait pas supporter de se disputer de nouveau avec sa meilleure amie.

Nerveuse, elle appuya sur le bouton « Répondre », et se lança immédiatement dans des excuses sincères :

– Jess, je suis tellement, tellement, désolée. Tu vois, quand on est revenus, Harry était souffrant et on a dû aller à l'hôpital, parce que sa famille vit loin, et j'y ai passé toute la nuit. Mon téléphone n'avait plus de batterie… et puis aujourd'hui… eh bien, aujourd'hui c'était bizarre… et je suis très fatiguée. Mais je ne t'évitais pas, je ne t'ignorais pas, je t'assure !

– Libby, calme-toi ! la pria son amie. Je savais que tu avais une bonne raison. Et Harry ? C'est le vieil homme de l'épicerie, n'est-ce pas ? Il va bien ?

– On lui fait un pontage. Il a de la chance d'être en vie, Jess. Oh, c'était affreux et effrayant, comment tu arrives à faire ça tous les jours ? Gérer la vie et la mort, les maladies graves ?

– Heureusement, la médecine générale a son lot de rendez-vous sans intérêt, ses éruptions cutanées et ses orteils dégoûtants, et quelques moments de joie aussi, comme des bébés. Alors, tout n'est pas affreux.

– Ça m'a rappelé mon grand-père, avoua Libby, presque dans un souffle.

– Oh, ma chérie, ça a dû être difficile. Mais on dirait que Harry est entre de bonnes mains. S'il est en chirurgie, c'est qu'il y a de l'espoir.

– Oh, je l'espère. C'est un homme adorable. Ce serait dur d'imaginer la rue sans lui. Mais, Jess, il faut que je te parle de sa femme…

Libby allait se lancer dans la triste histoire de Mary, quand elle réalisa que Jess n'appelait sans doute pas pour apprendre la mort tragique de la femme de son voisin, mais pour lui annoncer une nouvelle. Libby aurait pu se gifler.

– Bon, j'arrête ! Ant et toi ? Le café ? Tu as dit oui ?

– Oui. Je le vois plus tard, mais j'ai très peur que ça te contrarie ?

– Mais pas du tout. Retrouve-le. Vois où ça te mène. S'il te raconte un de mes secrets, alors, bien sûr, largue-le, mais je ne pense pas qu'il soit comme ça, ajouta-t-elle.

– Tu es sûre que ça ne t'embête pas ? demanda Jess, et Libby percevait l'anxiété dans sa voix.

– Vraiment, ça ne me dérange pas, dit Libby, prenant conscience qu'elle le pensait sincèrement. Les dernières vingt-quatre heures avaient mis tout en perspective. La vie est trop courte pour attendre le bon moment. Surtout les belles choses. Et cette situation gênante ne devrait pas t'empêcher de prendre un risque non plus, dit-elle avec assurance.

– Médecin, guéris-toi toi-même, marmonna Jess.

– Quoi ?

– Libby, mon amie, as-tu déjà pensé que parfois tu devrais écouter tes propres conseils ?

Chapitre 32

Beloved

Les semaines filèrent à toute vitesse à l'approche de la grande ouverture. Ils arrivèrent à tout préparer à temps, y compris l'appartement. Libby s'étira et bâilla, elle ouvrit lentement les yeux et sourit. Là, voilà, elle avait survécu, et elle savourait son premier réveil dans son nouveau chez-elle. Oui, il manquait encore les petites touches finales à l'appartement, un tableau ici et là, et sa cuisine n'avait pas tout le matériel, mais elle achèterait un presse-ail et une passoire en temps voulu.

Elle avait oublié à quel point son lit était confortable, elle fut surprise d'avoir aussi bien dormi. Elle avait cru passer la nuit à se tourner et se retourner, bêtement inquiète. En réalité, après un bain et une heure passée à se pomponner dans sa nouvelle chambre, décorée avec goût dans des tons gris clair ponctués de rose, elle s'était assoupie sous ses draps flambant neufs, dans un pyjama tout aussi flambant neuf. Elle ne s'était réveillée qu'une seule fois dans la nuit pour boire un verre d'eau dans sa nouvelle cuisine magnifiquement équipée.

Un peu comme une veille de Noël, l'excitation avait failli la submerger. Alors que la lumière du jour faisait de son mieux pour s'introduire par les interstices de ses stores occultants, elle fut ravie de découvrir, en s'éveillant complètement, qu'elle se sentait calme. Assise, elle s'étira de nouveau et goûta la chaleur du soleil qui réchauffait ses fenêtres. L'été était encore en pleine floraison.

En relevant les stores, elle ouvrit sa fenêtre et inhala l'air matinal. Elle retint un bref instant son souffle en apercevant Noah debout à la fenêtre de sa chambre, la mine chiffonnée et endormie. Trop beau.

Ces dernières semaines avaient été de la folie. Follement occupées. Entre la librairie, l'appartement, les créneaux au magasin de Harry et les visites à l'hôpital, elle s'était épuisée. Noah et elle ne faisaient que se croiser, mais elle attendait impatiemment de lui parler.

Elle avait rendu visite à Harry le lendemain de son opération. Il était encore assez faible, des tubes et des tuyaux enfoncés dans le corps. Il avait affiché un large sourire en la voyant approcher.

– Libby la libraire, avait-il dit. Ça me fait plaisir de te voir.

– Ça me fait encore plus plaisir de vous voir, Harry, avait-elle répondu. Vous nous avez fait une belle frayeur.

À sa surprise, des larmes lui avaient picoté les yeux.

– Hé, il fallait bien que je vous tienne en haleine, avait-il dit, en désignant de la tête la chaise près de son lit.

Libby s'était approchée pour embrasser sa joue râpeuse, puis elle s'était assise en prenant sa main dans les siennes.

– Justement, on est si bien tenus en haleine qu'on risque de s'étouffer à ce stade, avait-elle dit avec douceur. Mais tant que vous allez bien… Jo et Noah vous ont dit que vous n'avez pas à vous inquiéter pour la boutique ?

– Oui. Vous êtes des gens bien.

– On reconnaît ses semblables.

– Je ne te remercierai jamais assez, avait-il dit d'une voix brisée.

– Harry, ne soyez pas bouleversé, tout va bien. Nous sommes voisins. Nous veillons les uns sur les autres.

– Maintenant, Libby, laisse-moi parler. Fais plaisir à un vieil homme ! Mes fils m'ont dit que Noah et toi étiez restés auprès de moi toute la nuit. Que vous n'avez jamais quitté mon chevet. Cela signifie beaucoup, et même énormément pour un vieux ronchon comme moi.

Il avait reniflé et Libby avait senti les larmes qui menaçaient de couler le long de ses joues.

– On ne vous aurait pas laissé, avait dit Libby. Il fallait que quelqu'un soit avec vous.

– Tu es très gentille. Tu es ce que ma Mary décrirait comme « une crème ».

En l'entendant mentionner le prénom de Mary, Libby avait senti son cœur se serrer. Si Harry trouvait du réconfort à parler de sa femme bien aimée comme si elle était toujours là, elle était heureuse de le laisser faire.

– Une femme intelligente votre Mary, avait répondu Libby. Pourquoi vous ne m'en dites pas plus sur elle ? Comment vous vous êtes rencontrés ?

Libby et Harry avaient discuté une demi-heure, jusqu'à ce que la fatigue l'ait gagné à nouveau. Elle lui avait dit qu'elle partait, mais qu'elle reviendrait le lendemain. Elle appellerait ses fils pour savoir s'il avait besoin de quelque chose ou si elle pouvait être d'une aide quelconque. Harry avait acquiescé dans un demi-sommeil et Libby s'était levée. Alors qu'elle s'apprêtait à partir, il lui serra la main.

– Libby, comme tu le sais, je ne suis pas du genre à m'immiscer, mais Noah et toi ? Vous iriez bien ensemble, tu vois. Je sais que ça peut te faire peur. Je ne suis pas un vieil homme stupide. Je sais que les jeunes gens sont débordés, mais je vais te dire une chose : tu ne regretteras jamais d'avoir tenté ta chance avec la personne qui pourrait être l'amour de ta vie. On ne sait jamais le temps que l'on a à passer avec quiconque en ce monde, ne prends pas le risque de perdre des jours, des semaines, ou des mois précieux.

Libby avait déposé un autre baiser sur sa joue rugueuse. En partant, la tête lui tournait.

Plus tard dans l'après-midi, Jess l'avait appelée pour lui raconter son grand rendez-vous avec Ant. Avec excitation, elle avait raconté à son amie comment ils s'étaient retrouvés, ils avaient beaucoup parlé, flirté un peu.

– Nous allons avancer très lentement. Il veut qu'on fasse les choses bien. Alors, on va faire comme ça.

– Ça me paraît un bon plan, avait dit Libby.

Elle s'était promis de parler à Noah pour lui proposer un rendez-vous. Si Jess pouvait avoir une foi aveugle en l'amour, alors elle aussi. Même si elle se sentait nerveuse à cette perspective, elle ne pouvait nier les papillons dans son ventre. Elle avait observé la communauté entière s'unir autour de Harry. Noah ne la laisserait pas se détourner de ses rêves, même s'ils sortaient ensemble.

Peu importaient ses tentatives, le moment opportun ne semblait jamais arriver. Ils ne s'évitaient pas, mais on aurait dit qu'ils ne pouvaient se trouver dans la même pièce plus de cinq minutes d'affilée. Elle voulait lui parler convenablement, pas en cinq minutes au pub, ni quand ils discutaient marketing à la librairie, ni en croquant des biscuits périmés dans la boutique de Harry.

Harry était rentré de l'hôpital au bout de dix jours, mais avec l'injonction stricte d'y aller doucement. Ses fils avaient été contraints de repartir en Angleterre pour retrouver leur emploi et leur famille, mais ils avaient assuré la mise en place d'une aide pour leur père. Néanmoins, Harry se montra particulièrement entêté. Il n'était pas question qu'une « petite crise cardiaque » le force à prendre sa retraite. À la fin, pour l'empêcher de se faire du mal, on avait convenu qu'il pourrait passer deux heures par jour à l'épicerie, en même temps qu'un assistant. Harry pouvait s'asseoir sur son nouveau fauteuil et superviser son royaume.

À présent, c'était le jour où Libby superviserait son royaume à elle. Les portes d'*Il était un livre* ouvriraient à onze heures. Libby devait se pincer pour être sûre que c'était le jour d'ouverture. Quand elle avait grimpé l'escalier, la nuit précédente, elle avait quitté une librairie fin prête : les étagères garnies, la machine à café enfin maîtrisée. Elle avait même réussi à faire fonctionner la caisse, qui effectuerait son inventaire automatiquement. Les coins écriture étaient déjà réservés et elle organisait son premier événement nocturne. Ce matin, elle n'avait qu'à se lever, s'habiller, et veiller à ce que les flûtes à champagne posées sur les tables de la boutique soient remplies de bulles ou de jus d'orange. Elle réceptionnerait une commande de viennoiseries tout juste sorties du four à dix heures et les traiteurs livreraient aussi quelques hors-d'œuvre. Elle avait enrôlé Jess pour prendre des photos de l'ouverture et pour qu'elle les poste sur Facebook et Twitter. Elle avait invité autant de personnes que pouvait raisonnablement en accueillir la librairie. Y compris les habitants d'Ivy Lane, bien entendu. À la fermeture, Noah avait promis « une petite fête » au pub, et Jo avait prévu un groupe en live, qui jouerait entre autres *Paperback Writer*.

Un tintement de sonnette sortit Libby de sa rêverie. Elle descendit au rez-de-chaussée en pyjama et, une fois la porte ouverte, tomba nez à nez avec un énorme bouquet de fleurs brandi par un livreur enjoué.

– Vous êtes une dame bien appréciée, dit-il pendant qu'elle humait leur parfum.

– Merci. Elles sont magnifiques !

Alors qu'elle s'apprêtait à refermer la porte, il y posa la main.

– Attendez, ce n'est pas le seul bouquet pour vous aujourd'hui !

Il retourna à son van et revint avec deux bouquets supplémentaires, tous deux aussi superbes que le premier.

Libby sourit, se sentant la fille la plus chanceuse au monde. Jusqu'à ce qu'elle doive débusquer assez de contenants. Au final, elle les partagea entre son unique vase et une carafe. Le dernier bouquet se retrouva dans un évier rempli d'eau. En lisant les cartes, elle fut encore plus émue. Le premier venait de ses parents qui lui exprimaient leur fierté. Le deuxième de Jess et Ant (elle nota la signature commune !), lui souhaitant le meilleur. Et le troisième ? Eh bien, il était adressé à « Libby la libraire » et signé de la part de tous les habitants d'Ivy Lane. Le cœur gonflé de joie, elle s'habilla et se maquilla avec soin, avant de descendre pour passer une demi-heure tranquille dans la boutique, avant que l'agitation de la journée ne commence.

Dans la lumière matinale, elle inspira l'odeur des livres et des étagères en bois, et le vague parfum de café. Le soleil commençait à se déverser par les fenêtres, projetant des ombres dans chaque angle de la pièce. Elle alluma la caisse enregistreuse, procéda à un essai ou deux pour s'assurer qu'elle fonctionnait bien et s'assit à l'une des petites tables du coin café pour réfléchir au chemin parcouru. Elle fit de son mieux pour refouler ses craintes pour le futur. Elle savoura l'accomplissement de son projet. Elle avait tenu la promesse faite à son grand-père, elle espérait qu'il l'observait, où qu'il se trouve, et qu'il était fier d'elle.

Elle chuchota « Je t'aime » dans le silence de la librairie, essuya une larme, résolue à ce que ce soit la dernière versée ce jour-là. Elle ouvrit la porte pour attendre la livraison de champagne frais et des délicieuses collations. Ce serait une belle journée.

***

Quand on frappa à la porte, Libby présuma que c'était l'un des traiteurs. Elle fut surprise, agréablement. Noah la dévisageait à travers la vitre. Il paraissait moins sûr de lui que d'habitude. Il fixait ses chaussures, une main enfouie dans sa poche, l'autre tenait un paquet emballé dans un papier kraft et une ficelle. Aucun doute, c'était un bel homme, mais il y avait plus chez lui qu'un simple physique attirant, songea-t-elle en marchant vers la porte. C'était quelqu'un de bien et cela comptait davantage pour elle.

– Je ne m'attendais pas à te voir si tôt, dit-elle en ouvrant la porte.

Souriante, elle l'invita à entrer.

– Mais puisque tu es ici, tu peux boire le café inaugural de ma machine flambant neuve. Dommage, les viennoiseries ne sont pas encore arrivées, alors si tu veux du sucré, tu devras te contenter des biscuits au chocolat de Harry.

– Périmés ? demanda Noah avec un sourire taquin.

– Non ! Tu le crois ? Ceux-là ont encore neuf mois de vie devant eux. Je crois que l'hôpital lui a un peu embrouillé le cerveau.

Libby fit de son mieux pour faire fonctionner la machine, en répétant les étapes qu'elle avait apprises lors de son cours d'entraînement. Son cœur martelait bruyamment sa poitrine et ses mains tremblaient, mais elle réussit à préparer un café crème tout à fait respectable.

– Qu'est-ce qui t'amène de l'autre côté de la rue à une heure si matinale ? demanda-t-elle en lui tendant sa tasse.

Il s'assit à l'une des tables bistro et Libby prit place en face.

– Juste pour m'assurer que tu ne craquais pas sous la pression.

Il rit.

Elle se tourna et étendit les mains devant elle pour qu'il constate qu'elles ne tremblaient pas.

– Je suis parfaitement calme, tu vois ? dit-elle avec un sourire ironique.

– Oui, bien sûr, dit-il en souriant. Tu sais que ça va être génial, pas vrai ? Tu as bâti quelque chose de spécial ici.

– Je l'espère, mais nous verrons bien, dit-elle en l'observant porter la tasse à ses lèvres et boire une gorgée.

Pas de grimace, c'était bon signe.

– Il est bon ce café, déclara-t-il. Mais en fait, je ne suis pas venu ici pour voir si tu allais bien. Je savais que ce serait le cas. Et je ne suis pas venu non plus pour t'escroquer un café à l'œil.

– Qui a dit que c'était gratuit ? plaisanta Libby en s'asseyant. Je le mets sur ta note !

Noah rit avant que son visage ne redevienne sérieux.

– Écoute, je voulais faire ça maintenant. Avant que tu n'ouvres la boutique. J'avais pensé te le donner quand tout le monde serait là, mais je ne voulais pas t'émouvoir devant les autres.

Elle sentit son cœur chavirer. Qu'allait-il faire ? Lui annoncer qu'il voyait quelqu'un d'autre ?

– Ne prends pas cet air inquiet ! dit-il en voyant son visage s'allonger. J'espère que tu vas l'aimer et que tu comprendras pourquoi je l'ai fait.

Il poussa le paquet en papier kraft vers elle. Plat, format A4. Elle s'interrogea : lui avait-il apporté un livre, comme si elle n'en avait pas assez ?

Elle battit des paupières.

– Ouvre-le.

Lentement, avec des gestes nerveux, elle défit la ficelle, déplia les angles du papier, ôta le papier et découvrit une photo encadrée. Si son cœur avait pu exploser à chacune de ses émotions, il l'aurait fait à cet instant-là. Chagrin, tristesse, fierté, amour, joie. Tout était là.

– J'ai vu cette photo chez tes parents, quand je suis venu te rendre visite, dit Noah.

Libby ne pouvait détourner les yeux de la photo.

– J'ai pensé qu'elle méritait d'être ici, derrière ton comptoir. Qu'il méritait d'être ici.

Libby ne pouvait parler à travers ses larmes. Et voilà pour la promesse de ne pas verser une autre larme ce jour-là ! Elle tenait une de ses photos préférées, encadrée et prête à être accrochée derrière son comptoir. Elle devait avoir six ans quand elle avait été prise, assise sur les genoux de son grand-père, tous les deux fixant les pages d'un livre, un large sourire aux lèvres, découvrant l'amour des mots, réalisant ce que l'amour voulait dire, vraiment.

Elle était parfaite.

Elle leva les yeux, tenta de se ressaisir à l'instant où Noah se levait.

– Je te vois plus tard, Libby la libraire, dit-il avec douceur. C'est ta journée. Profites-en.

Chapitre 33

Devine combien je t'aime

Retirant ses ballerines léopard, Libby frictionna ses pieds fatigués et accepta volontiers le verre de vin que Jess venait de poser devant elle.

– Celui-ci est de la part de Harry, dit Jess, et Libby leva son verre dans la direction de Harry, qui tenait salon dans un coin, son habituelle pinte remplacée par un verre de vin rouge.

– Si les gens continuent à me payer des verres, je vais finir passablement soûle, dit Libby en prenant une bonne gorgée. Mais, ma foi, je l'ai bien mérité.

– Sans aucun doute, confirma son père, un sourire fier sur le visage. C'était une journée géniale, Libby. Géniale. Tu peux être fière de toi et on est tous fiers.

– Je suis d'accord, dit sa mère en réprimant une larme, alors qu'elle entamait son troisième verre de vin, qui l'avait un peu rendue pompette.

Malgré son mal au pied, Libby débordait d'une joie délirante. Cette journée avait dépassé toutes ses attentes. Tout le monde s'était extasié et elle avait écoulé assez de stock pour se sentir confiante en l'avenir de la librairie. Elle avait aussi pris un certain nombre de réservations pour les coins écriture, dont un pour Jo, qui ne voulait repousser plus longtemps l'écriture de son livre.

Pourtant, elle était ravie de s'asseoir et de se détendre, et de fêter cette journée. L'*Ivy Inn* bourdonnait du bruit des clients, qui tous semblaient désireux de lui payer un verre et de lui souhaiter leurs meilleurs vœux. Elle avait un peu l'impression d'être à un mariage. Elle veilla à remercier chacun pour leur soutien.

Bien sûr, il n'y avait qu'une seule personne avec qui elle avait vraiment, vraiment envie de discuter. En regardant de l'autre côté du bar, elle le voyait bavarder avec un client, prendre la commande. Ses regards étaient constamment attirés vers lui. Et elle avait beau essayer d'être plus discrète, elle n'y parvenait pas du tout.

Ce qui lui fut confirmé par Jo qui, assise un bref instant en face d'elle, lui chuchota à l'oreille :

– Un peu comme l'écriture de mon livre, parfois, il faut faire en sorte que les choses arrivent. Trouve le temps. Vole-le s'il le faut.

Jo fit un signe en direction de Noah. Enhardie par deux grands verres de vin, Libby lui dit qu'elle avait absolument, à cent pour cent, raison.

Elle gigota pour s'extraire de derrière la table et marcha vers le bar, s'approchant de Noah autant que possible.

– Ta commande ? demanda-t-il un sourcil levé.

– En fait, j'aimerais te dire un mot. Cela t'embêterait si nous avions une rapide discussion ?

– Bien sûr que non, dit-il en soulevant le passe-plat pour lui permettre de se faufiler.

Il la conduisit vers le bureau, où Paddy bondit aussitôt pour montrer qu'il était content de la voir. Ce fut suffisant pour rompre la glace. Tout cela lui parut naturel et normal. Toute sa nervosité s'évanouit.

Elle ne se sentit pas stressée en refermant la porte. Seule avec Noah. Il s'appuya contre son bureau à quelques pas d'elle.

– Bon, Libby la libraire, que puis-je faire pour toi ?

Il avait un sourire espiègle, qui fit s'envoler les papillons dans son ventre.

– Eh bien, Noah de l'*Ivy Inn*, j'y ai beaucoup réfléchi. Vraiment beaucoup. Ce que tu peux faire c'est tenter ta chance, avec moi. Tu peux m'aider à trouver le bonheur. Tu peux continuer à me faire rire. Tu peux continuer à être un bon ami et un super bon businessman. Tu peux continuer à m'emmener en virée dans ton van. Tu peux continuer à être toi.

Noah baissa brièvement la tête avant de la regarder droit dans les yeux, le regard brillant, le visage sérieux.

– Autre chose ?

– Une toute petite chose, dit Libby en prenant son avenir dans les mains.

Elle avança vers lui.

– Noah de l'*Ivy Inn*, tu peux m'embrasser.

Et c'est ce qu'il fit.

Épilogue

Six mois plus tard

Libby s'adossa au rocking-chair Ercol qu'elle avait acheté pour une bouchée de pain au dernier salon de Belfast. À ses pieds, un groupe d'enfants, dix au total, étaient assis sur des coussins et des poufs colorés, les yeux rivés sur elle.

Son club de lecture du samedi matin se révélait extrêmement populaire, pas seulement auprès des enfants, mais aussi des parents, qui se détendaient en prenant un café, tandis qu'elle emmenait chaque semaine leurs enfants dans un périple magique. Elle ouvrait leurs esprits à de nouveaux mondes, de nouvelles histoires, et à l'amour de la lecture.

Cette semaine, c'était un peu différent. Elle allait débuter une histoire très spéciale et elle espérait capter l'attention des enfants assis devant elle.

– Comment est-ce qu'on commence une histoire ? leur demanda-t-elle.

Ils sourirent avant de répéter à l'unisson :

– Il était une fois !

Elle leur sourit en retour. Elle adorait commencer les séances de cette façon, en invitant les enfants à entrer dans l'histoire avec elle.

– Parfait ! Alors, il était une fois un roi très sage et très bienveillant qui s'appelait Ernie. Il avait une petite-fille très curieuse et parfois un peu désordonnée qui s'appelait princesse Libby.

Les enfants gloussèrent en entendant son prénom.

– Ensemble, le roi Ernie et la princesse Libby décidèrent qu'aucun enfant du royaume ne devrait plus jamais avoir de devoirs.

Les enfants l'acclamèrent.

– À la place, ils devraient lire autant d'histoires qu'ils le voulaient et leurs parents devraient absolument leur en lire une avant de dormir !

Les enfants applaudirent de nouveau.

– Ils travaillèrent très dur pour s'assurer que chacun obéissait à leurs lois. Ils travaillèrent si dur que la princesse Libby n'avait que très rarement le temps de sortir et de jouer avec ses amis. Ou, en grandissant, de rencontrer un beau prince. Puis un jour, de façon inattendue, un visiteur vint au château. Princesse Libby n'avait pas beaucoup de temps pour lui, parce qu'elle était très occupée à ranger ses livres et à écrire des histoires pour les enfants du royaume. Mais très lentement, le visiteur, prince Noah, se fraya un chemin dans son cœur…

Libby savait que l'histoire était un peu tarte, mais elle avait toujours cru aux happy ends et, six mois après l'ouverture d'*Il était un livre*, elle était pratiquement sûre d'avoir trouvé la sienne.

La clochette au-dessus de la porte tinta et tous les yeux se tournèrent vers Noah, venu prendre son habituel café du matin. Quelques enfants pouffèrent en le voyant. Ils connaissaient tous bien Noah maintenant. C'était un habitué de la librairie, tout comme Libby du pub.

– Ah ! s'exclama Libby. Voici notre prince courageux, venu nous raconter comment il combat les dragons et remporte la princesse !

Noah se planta avec fierté, les mains sur les hanches dans la pose d'un super-héros.

– Prince Noah à votre service, dit-il. Ou je le serai dès que j'aurai pris mon café !

Il fit une drôle de tête avant de marcher vers Libby et de déposer le plus doux des baisers sur sa joue. Les enfants poussèrent des « Ooooh ! » et s'esclaffèrent, avant que Libby ne les ramène dans l'histoire de la princesse, qui se terminait par : « Et ils vécurent heureux jusqu'à la fin des temps. »

Remerciements

Je remercie Caroline Ridding et Nia Beynon, ainsi que toute l'équipe de Boldwood pour avoir tenté leur chance avec Libby Quinn et ses rêves. Je suis ravie d'avoir rejoint une maison d'édition aussi innovante et passionnée. Des remerciements tout particuliers à Jade et Shirley pour leur perspicacité durant la réécriture et la relecture.

Merci aussi à mon agent, Ger Nichol, qui a insisté pour que ce roman ne reste pas dans un tiroir, mais soit envoyé dans le vaste monde pour trouver un public. J'ai adoré me replonger dans l'univers de la romance.

J'ai rédigé ce roman par distraction à une époque où il m'était agréable d'écrire de jolies choses qui arrivaient à de belles personnes. Il a été écrit grâce aux encouragements de nombreux amis écrivains, surtout Fionnuala Kearney, ma première lectrice et la plus fiable. Merci, Fionnu, comme toujours.

Merci aussi à Michele Gorman, Marian Keyes, Melissa Hill, Louise Beech, Sheila O'Flanagan et John Marrs et à tous les auteurs, nombreux, qui rendent ce domaine plus beau. Ils sont trop nombreux pour que je les cite tous, alors j'espère qu'ils se sentiront inclus dans cette mention.

Merci à tous les blogueurs, lecteurs, critiques, libraires, amis sur Twitter et les médias qui prouvent encore et encore que la fiction féminine est aussi forte que jamais, et sans qui les auteurs seraient perdus.

À un degré personnel, merci à ma famille et à mes amis, mon mari et mes enfants, et à tous ceux qui me permettent de vivre de mes histoires et m'encouragent à continuer à rêver.

Ce livre est dédié au grand-père Ernie d'origine, décédé en 1993, quand j'avais seize ans. C'était un grand-père spécial qui décelait la magie dans le trivial, qui encourageait le grain de folie et l'ambition, et qui, j'aime à le penser, serait fier comme un paon de tous ses petits-enfants. Ces histoires sont pour lui.

À propos de l'autrice

Freya Kennedy vit à Derry, en Irlande du Nord, avec son époux, ses deux enfants, deux chats et une chienne folle nommée Izzy. Elle a travaillé comme journaliste pendant dix-huit ans avant de se décider à écrire à plein temps. Quand elle n'écrit pas, elle lit, fréquente ses nièces et neveux, nettoie derrière ses enfants (beaucoup) et dit des mots d'amour à sa chienne.

Elle a rencontré Michael Bublé et l'a même embrassé. C'était l'un des meilleurs moments de sa vie.

Elle croit à « tout est bien qui finit bien ».

Freya Kennedy est le pseudonyme de Claire Allan, autrice de thrillers psychologiques.

Visitez le site de Freya : www.claireallan.com/freya-kennedy

Suivez Freya sur les réseaux sociaux :
facebook.com/ClaireAllanAuthor
twitter.com/claireallan
instagram.com/claireallan_author
bookbub.com/authors/freya-kennedy

Le nouveau roman de l'autrice àsuccès Heidi Swain !
Une histoire d'amour drôle et attachante à la campagne

Disponible en librairie et en version e-book

Responsable éditoriale : Ambre Rouvière
Correction et composition : Nord Compo Multimédia
Conception graphique de la couverture : Nord Compo Multimédia
Illustration de couverture : © Shutterstock/Franzi

Depuis 2009, Prisma Media met en place une politique d'achat écoresponsable. Ainsi, une majorité du papier de nos magazines est certifiée (gestion durable des forêts). La fabrication des livres des Éditions Prisma s'inscrit également dans cette démarche.

Dépôt légal : mai 2022 – n° 99972
Achevé d'imprimer en France par Imprimerie Floch